U0742336

意林®轻文库

青春最美，梦想出发

中国式好看轻小说优鲜品牌

加油吧，全能少女骑士

梵卓 著

北方妇女儿童出版社

·长春·

图书在版编目（CIP）数据

加油吧，全能少女骑士 / 梵卓著. -- 长春：北方
妇女儿童出版社, 2017.5
（意林·轻文库. 非非工作室·灵气少女馆系列）
ISBN 978-7-5585-1101-1

Ⅰ. ①加… Ⅱ. ①梵… Ⅲ. ①长篇小说–中国–当代
Ⅳ. ①I247.5

中国版本图书馆CIP数据核字(2017)第081815号

加油吧，全能少女骑士
JIAYOU BA, QUANNENG SHAONÜ QISHI

出 版 人	刘　刚	
总 策 划	阿　朱	
特约策划	师晓晖	
执行策划	张　星	
责任编辑	吴　强　王　婷　孟健伊	
图书统筹	蓝曦悦	
特约编辑	丁　旭	
绘　　图	花月婷然	
书籍装帧	胡静梅	
美术编辑	张云丽	
开　　本	700mm×1000mm　1/16	
字　　数	300千字	
印　　张	12	
版　　次	2017年5月第1版	
印　　次	2018年1月第2次印刷	
印　　刷	北京嘉业印刷厂	

出　　版	北方妇女儿童出版社
发　　行	北方妇女儿童出版社
地　　址	长春市人民大街4646号
	邮编：130021
电　　话	0431-85678573

定　　价	20.80元

目 录

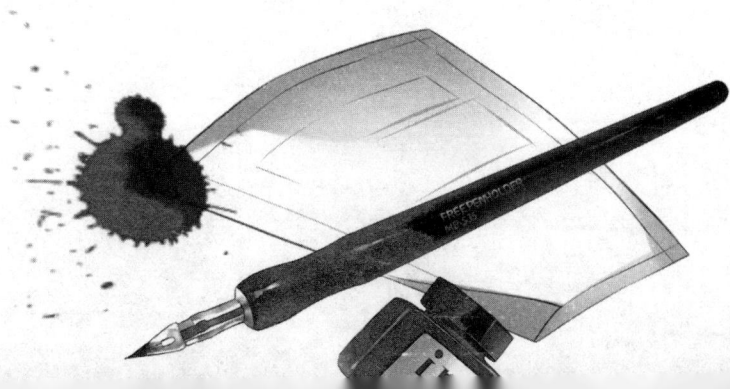

Chapter 1

世界上最苦的差事

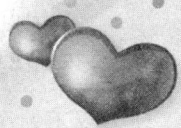

♥ 1 ♥

编辑部里曾流传着这样一句话：编辑和作者之间有着一种说不清道不明的羁绊，在茫茫的作品中遇见并选中了对方，即为命运！

午后的阳光微醺，透过树叶间的缝隙洒下来，照得人暖洋洋的。庭院的石桌上摆着刚吃完的外卖，两个穿着护士服的小女生正叽叽喳喳地讨论着，享受难得的休闲时光。

"你听说过那个叫麓微的漫画家吗？"

"知道啊，就是那个在《KDM》杂志上连载关于吸血鬼罗曼史而大热的漫画家，他的画风超级美，刚开始看的时候觉得故事挺俗套的，但越到后面，越觉得惊艳，不到最后一刻，永远都猜不到结局啊！"

"是啊，每次男主角一出场，都忍不住想要尖叫啊！实在是太帅了！"

"我原本是不太欣赏这种类型的男生啦，没想到发行后效果好得出乎意料！"一道突兀的男声蓦地插入女生们的交谈之中。

小护士们略带狐疑地扫了对方一眼，没有理会他，继续讨论着漫画的剧情。

"女主角的服饰也很漂亮啊。虽说是少女漫画，画工却很精湛。"戴眼镜的小护士忍不住做捧心少女状。

"不只是女生的服饰，就连一些大场景的绘制也很精细，只要一上色，张张都是壁纸的既视感啊。"男子并没有因为两个人的忽视而气馁，继续侃侃而谈，双眼更是泛着熠熠的光泽。

终于，两名小护士停止了交谈，忍不住打量起眼前的男子：短短的板寸头，头发根根直立着，浓眉大眼，一副阳光的好青年模样，却在和女生讨论少女漫画，这就……

因腿上打着厚实的石膏，他正以十分可笑的姿势站着。男子注意到两名小护士略带异样的目光，便笨拙地从口袋里抽出两张名片递给她们。

其中一名护士见到名片上那熟悉的标志，忍不住惊呼："青鸿漫画杂志社？是麓微所属的杂志社啊！"

男子略微自豪地点了点头，更是刻意轻咳了下，清了清嗓音："不才！鄙人正是负责麓微老师作品的漫画编辑。"

护士们听闻他的自我介绍，态度骤变，面露崇拜，急忙热络地搀扶男子坐下。

"这位小帅哥，听说麓微的这部漫画要完结了？"

"是啊，大结局这个月底便要上市了，不过我因为意外摔断了腿，暂时还未看到样书。"

"啊，好想看！"那位戴眼镜的小护士一脸神往。

"可是，这部作品就这样完结了啊，连载了五年多，真的挺舍不得的。"

"你知道什么时候会出新的漫画吗？真的很喜欢这个漫画家的画风和故事呢。"

一抹尴尬之色从脸上悄无声息地掠过，男子重新展开笑颜，信心满满地拍着胸脯保证："很快的！这样，我们交换下联系方式，如果麓微老师的作品有任何消息我也好提前通知你们。"生怕两名护士小姐犹疑，他紧接着补充一句，"看在你们是老师忠实粉丝的份儿上，将来若是推出签名周边之类的，我可以为两位提前预订哦！"

一听到有签名周边，两名护士欣然同意。

男子正低头翻找手机时，一只白皙细瘦的手臂从背后伸过来，快速地锢住了男子的脖子，令他动弹不得。

"顾大哥，你是不是又欺负人啦？"

清脆的嗓音似竹露清风般干净而舒爽。灵气逼人的五官，瘦小的瓜子脸搭配时刻上扬的嘴角，轻薄利落的短发，适度地减弱了分外灵动的桃花眼的妩媚。

她的穿着打扮略显随性，但……或许世界上就是有这样的女生，意外地合眼缘。无须太多的言语，只要一个简单的笑容，便瞬间满室春光，令人舒爽，可谓男女通吃。

这便是所有人在第一次见到邵小野的时候，脑海里留下的印象。

板寸头一听到声音，马上委屈地辩驳："冤枉啊，我的小少爷！我只是在努力推销咱们杂志社的作品啊，你说上哪儿找像我这样敬业的好员工？"

邵小野没理会男子的"申冤"，一只手握着扳手，略带惩罚性地轻敲了对方的脑袋。

"算了吧！我是觉得你住院都不忘搭讪的心很敬业。"

这时，两位护士的眼角分外默契地抽搐了两下。

"她们两位是麓微老师的忠实粉丝，身为其责编，我自然有义务招待这些粉丝，否则，出现黑粉怎么办？对老师的人品和作品产生误解又该怎么办？"

对于男子急急的辩解，邵小野只是无奈地翻了个白眼。

"天地可鉴，我的身和心都是属于麓微老师的！"最后，他以一个郑重的告白作为结束语。

"最好是这样。"邵小野终于放开青年，将扳手收进了包里，"你的医生来查房时没见到你，让我下来找你，赶紧走吧。"

说完，她重新将目光转移到两名护士的身上，带着截然不同的礼貌笑容，微微颔首。

"美女姐姐们，这个祸害我就先带走了，记得下回见到这位仁兄要绕道。"

仍在云雾中的护士们，只能下意识地点了点头。

与护士道别后，邵小野小心地搀扶着男子离开。

"喂，有你这样说自己的救命恩人的吗？"男子不满地嚷嚷着。虽然他高出邵小野大半个头，但因为腿伤，此时也只能弓着身体，迁就邵小野的步伐，亦步亦趋。

"是啊，救命恩人，所以厕所漏水的水管我已经修好了。你自己也小心点儿啦。"

"我可是在你家厕所里摔倒的，这不能算是工伤吗……"

一高一矮的背影渐行渐远，拌嘴的声音不绝于耳。

身后，当了许久背景的两名护士这才稍稍回过神儿来，脑海早已不受控制地跳出一连串的疑问。

这个女孩究竟是谁，水电工吗？

但看她和这位编辑很是熟络的样子，难道是他妹妹？可哪个哥哥忍心让妹妹包揽如此的重活？还有，就算是盲人，都听得出眼前的家伙分明是个女生，为何这个编辑要唤她为"少爷"？

实际上，邵小野不是水电工，更不属于任何贫民或者灰姑娘的设定。她有一名社长父亲和教授级别的医生母亲。乍一听，邵小野显然是含着银汤匙出生的大小姐。

然而，此处应有转折！

经营着一家中小型漫画杂志社的父亲，时常因为各种琐事而忙碌出差，母亲更是为了她伟大的医学事业常驻国外。如果不是偶尔能从医学新闻上看到母亲，她几乎都快遗忘对方的声音相貌了。

意外的是，父母的忙碌不仅没让邵小野走上叛逆少女的道路，反而令她从小就学会了独立，没有一般女孩子的娇弱和矫情，很自觉地把家打理得井井有条。

哦，对了，这其中最重要的一个原因可能是家里并不只邵小野一个人，还寄住着一名万年宅男——顾城，只要一星期不打扫对方的房间，她大概就得找把铁铲将对方挖出来。

邵小野再长大一些，便开始学着帮社长老爹处理一些基本的稿件，偶尔还能提供一些新颖的题材和思路。

忘了介绍，她父亲经营的杂志社正是青鸿漫画杂志社，尤其以少女漫画出彩。所以邵小野每天都泡在各种漫画大纲和漫画书的海洋里，看得多了自然也就熟悉了漫画中各种各样的桥段套路。

于是，邵小野如今上至厨房水电无所不能，下至护花体贴无微不至，再添加一些

"细心"和"惊喜"当催化剂，使她彻底打破了同性相斥的生物原理，身边总是围着不少女生。

因为名字的发音经常容易被混淆，所以慢慢地，周遭的友人都习惯亲切地唤她为"小少爷"了。

据不完全统计，邵小野无论形象还是气质都高度符合同性友人们心中关于"少爷"的完美设定，忽略性别，她就是少女们梦寐以求的男友人选！

"我拒绝！为什么要我代替顾大哥，当麓微的责编？"

病房内，邵小野严词拒绝了社长老爹的提议，为了表明坚决的态度，她甚至增加了肢体动作：双手交叉在胸前，手中还握着一把明晃晃的水果刀，刀面残留着半截果皮。

在外界，人气漫画家麓微被贴着超神秘、高人气、画工赞三个亮闪闪的标签，但实际上在编辑圈内，每个编辑对这个麓微的评价都是：超难搞、超恐怖、无节操。

和麓微合作过的编辑，基本都坚持不了三个月，三个月后编辑不是辞职就是调组后去医院精神科走一遭。

但凡人迹经过之处，必有故事留下，更何况是那些脑洞大开的编辑们。渐渐地，漫画圈里流传着各种关于这名少女漫画家的传说。

比如，当麓微的编辑就会被诅咒，编辑会在三个月内像漫画情节描述的一样遭遇不幸。

再比如，一旦接近该漫画家，就会陷入可怕的漫画怪圈，像不小心被麓微抓走，成为他笔下的一名角色，这也是为何麓微刻画的人物栩栩如生，宛如真人。

而这名漫画家的真实身份则是最高机密。按理说，漫画家在签约作品的时候，应该附上对方的身份证复印件才对，只有麓微的身份资料那栏是空白。听闻，他的出道作品是社长的友人强力推荐的，之后便神秘地签约青鸿漫画出道。

邵小野曾无数次询问关于麓微的具体信息，邵社长却选择三缄其口，并表示与对方签过保密协议，他的助手也都统一在杂志社提供的办公室里帮忙上色勾线，连麓微的面都没见过。

时至今日，除了邵社长和那名友人外，没人知道麓微是男是女，是圆是扁。

只是，根据内部的可靠消息，这名友人的职业是精神科的权威医生，因此就更加坐实了麓微的某些不寻常之处。

自此，麓微的作品成为一种可怕的流行病，带着致命的人气，却也让编辑们个个避

之不及。

　　慢慢地，愿意负责麓微作品的编辑屈指可数，到最后邵社长差点儿亲自负责。幸好这时，顾城自告奋勇地表示愿意成为麓微的责编，还信誓旦旦地声称自个儿八字硬，脸皮厚，绝不会出事。

　　谁知当天晚上，顾城便眼神呆滞，神情恍惚地回到了家，一副三魂不见七魄的模样。邵小野正担心，却见他坐在沙发上，手捧着麓微的手稿，宛如魔怔了般地高呼："女神万岁！"

　　顾城对于麓微的新作大纲非常喜欢，瞬间就成了他的脑残粉，每天就差三跪九叩、烧香礼拜了。更让邵小野不解的是，顾城这样走火入魔般地崇拜他，却自始至终都没见过麓微。顾城只是在脑海中勾勒出一副理想女神的形象，安慰自己。

　　这让邵小野对于麓微本人和他身上的诅咒更加好奇了。

　　自此，顾城便抱着十二万分的热情工作，并且凭着其百折不挠的缠人功力，使作家简介的扉页上，首次出现了麓微的头像，虽然大半的面容都被头发遮住，看不清真实模样，只依稀露出线条流畅的下颌和淡色的嘴唇，却给顾城创造了无限的想象空间，在死忠粉的道路上，一去不复返。

　　眼看三个月过去了，顾城在编辑的职位上也越来越得心应手，就在大家都以为所谓的诅咒即将被他这个二愣子给打破时，意外还是出现了。

　　"你看，这还不是诅咒？你这次的意外，不就和第107话里，女二为了追赶男一，在过马路的时候，不小心被疾驰的车子给撞倒而住院一样吗？完全应验了漫画里的剧情。"

　　邵小野据理力争，虽然她也清楚这次实属意外，只是关于这个漫画家的诅咒传说，流传甚久，让人忍不住多了几分疑虑。

　　"其实，我不用休息，我可以继续工作的！"

　　顾城挣扎着要站起来，却被邵社长一把摁回床上，邵社长语重心长道："你这也算是因工受伤，我没理由让你病情加重。"

　　"明明是他不注意个人卫生，随地乱丢肥皂，上厕所看漫画还不穿鞋，这才不小心踩到肥皂水滑倒的，这样也能算因公受伤？"邵小野在一边忍不住嘀咕。

　　"你也不看看，这是在哪出事的。"邵社长难得皱着眉，轻声斥责邵小野，末了还补了句，"这是你对待救命恩人的态度吗？"

　　邵小野颇为不甘地撇撇嘴。

　　小时候她曾和家人走散过一次，幸亏被顾城发现，并将她及时送往医院救治。

后来顾城告诉邵小野，他发现她时，她已经昏迷在草丛中，身边没有其他人，至于究竟是什么原因导致的昏迷，邵小野也说不清楚，大家自然更不得而知了，当然这些是后话。

当时顾城将邵小野送到医院，联系了家人后便匆匆离开了。顾城大学毕业后，阴差阳错地进入了邵社长的杂志社任职。夫妇俩认出他就是当年救了女儿的人，知晓顾城在这里没什么亲友，便建议他住在家里，也能帮他们照看一下女儿。对于没有任何兄弟姐妹的邵小野来说，家里多了名新成员，她自然举双手赞成。

"不过，你之后想再骚扰对方只怕难上加难了。"末了，邵社长忍不住添了句。

"什么意思？"邵小野和顾城两个人异口同声。

"麓微老师在新学期开学之际，已决定搬进学校公寓了，那里严禁外人出入哦！"

"苍天哪！"顾城忍不住抱头哀号。

邵社长强忍着笑意，转身出门，帮顾城办住院手续。

当病房内只剩下邵小野和顾城两个人时，顾城转念一想，面上转忧为喜。

"小少爷，仔细想想这件事确实非你不可，更别说你本身的学校就自带优势。如果换成其他编辑代替我，难保你未来的嫂子被人捷足先登啊！"

邵小野今年高中毕业，就读的正是琉光大学，和麓微同一所大学。

因此，禁止外来人士入内的学生公寓，对于本校的学生来说却是畅通无阻。

只不过……

邵小野挑起一边疏淡得宜的眉，露出一个颇为古怪的表情，忍不住重复了句："未来嫂子？"

她没听错吧，麓微什么时候成了她未来的嫂子，顾城的内定媳妇人选？重点是，他貌似连对方美丑男女都不晓得，怎么就私订终身了？邵小野忍不住腹诽。

"是啊，我已决定非卿不娶了！"顾城似乎没听出邵小野话中的深意。

"兄贵三思啊，你貌似每次去找麓微老师，都被对方挡在门外，担任对方责编的两年多来，仅限于在网络上用邮件交流，你怎么就认定麓微老师是女生呢？"

邵小野掰着手指头，细数两个人屈指可数的交往，不明为何他就有这么大的自信。

"为什么不会呢？先不说少女漫画的男性画家比例微乎其微，而且你觉得有哪个男生会取麓微这样女性化的笔名呢？而且，就专业来说，麓微老师的画风细腻动人，对少女的内心也刻画得极为到位，这是男性漫画家不具备的天然优势。"

顾城慢慢收起嬉皮笑脸，一旦涉及自己的专业，他总是变得格外认真。

气氛的微变，让邵小野下意识地屏住呼吸，只是当她听到顾城给出的结论时，还是

忍不住提醒："就算如此，你这样会不会太草率了点儿？"

"怎么会？难道你不觉得麓微老师全身上下都散发着与当今女生截然不同的气质吗？"

"宅吗？"邵小野阴阳怪气地补刀。

"是大门不出，二门不迈的良好品德。"顾城纠正道，不知从哪摸出了一本麓微的漫画，他翻开扉页，指着上面印着的那张遮住半张脸的照片，说得头头是道，"看到没，这绝对是一名拥有精致容颜的美女！"

或许是因为常年宅在家中作画的缘故，照片中的人仅露的半张脸的肤色，白得近乎透明。邵小野怎么也想不到这张半遮半掩的照片，就能引发顾城的无数联想。

"所以，少爷啊！"顾城转而握住她的手，难得正经地嘱咐道，"你哥后半生的幸福可就全靠你了！"

"啥？"邵小野微启唇瓣，感觉自己突然肩负起了某种莫名的重大责任。

在顾城和邵社长两个人双管齐下的怂恿之下，邵小野终于弃械投降，答应暂代麓微的漫画责编。

♥ ♥

八月，暑气正盛。

天空苍碧如洗，烈日挟着千军万马的气势，喝退懦弱的云彩，喷薄而下，将地面炙烤，胁迫蝉鸣草萎，猖狂宣泄着酷暑的霸道。

然而这样一片避之不及的灿阳之下，碧绿的梧桐林间，一经小路缱绻着几许凉意，安静地延展至远方某处，阳光从片片绿叶细缝筛落，碎裂成点点金片，云淡风轻地铺泻下来，添抹几许小清新的浪漫。

在梧桐林的尽头，一栋独立的古旧楼房赫然耸立于眼前，不知名的绿色藤蔓爬满了大半栋房子，若不是从大门的位置能依稀看出有人出入的痕迹，绝对会被人误会此处早已荒废许久。

琉光大学的几处学生公寓都是新建的小区式的高楼，并且彼此紧挨着，仅仅这处公寓，单独坐落一处，紧邻的建筑并非人声鼎沸的教学楼，而是几乎没什么人烟的废弃宿舍。

其实这栋公寓充其量就是个普通民宅，校方大概觉得这公寓虽然老旧，但拾掇拾掇还是能住人的。选择在此入住的学生，多数因为它租金便宜，并且空间宽裕。即便如此，每个楼层都只住着零星的学生，从未满过。

"哇——"

不知是什么惊吓了树上的乌鸦，它们"呼啦啦"地从重重树影之中猛地蹿出，即便心脏再强健的人也会忍不住心中一悚。

就算漫画家需要绝对安静的地方来专心创作，但是这位置未免也太过偏僻了些……被一只乌鸦惊吓到的邵小野，心中忍不住嘀咕。

公寓一共七层，每层有六个房间，均自带浴室，共用一个厨房和大厅，每层楼的转角都设置一道铁闸门，舍监会在早晚九点巡视一遍。住在这里的学生，大都零散分布在各个不同的方位，因此只有这栋公寓没有刻意将男女生宿舍安排到不同的楼层。

麓微住在顶层，因为建筑过于老旧，并没有安装电梯，于是邵小野必须在经历户外酷热的折磨后，接受更为残酷的洗礼。她抱着自己的行李箱，踏着坑洼不平的水泥楼梯，一步一步地爬上了七楼。

三十分钟后，邵小野勉强撑着酸痛的双腿，将身上被汗水打湿的衣裳拧干，并用拧干的衣角抹去脸上的汗渍。稍微整理了下仪容后，她将汗津津的手探入口袋里找钥匙。

之前大火的系列书马上就要完结，可是麓微老师的新系列的故事大纲迟迟没有交上来，最近更是连邮件都不回了，彻底失去了联系，她无奈之下只能登门拜访。

否则，她一点儿也不愿意住在这么个阴森可怕的学生公寓。

似乎太久无人居住，钥匙孔内略微有些生锈，邵小野尝试了好几次，这才听到了那声沉闷的"咔嗒"声，锈迹斑斑的铁门"吱呀"一声缓缓打开。

或许因为周遭树木繁茂，即便是白日光线充足，房间里也昏暗得厉害，本该凉爽的清风穿过古旧的窗台，带出几分萧索的寒意。

湿透黏腻的衣裳贴在身上，被冷风这么一吹，她瞬间觉得脊背刺骨的凉。

"难怪这里一直被学生称为闹鬼公寓了！"她忍不住感叹道。

跟破旧的外表相仿，大厅的布置也质朴简单，该有的家具却都配备齐全。只是……

邵小野蹲下身子，抹了一把地板砖上的灰尘，手指头瞬间染上厚厚的一层黑灰。

"阿嚏！"浮动的尘雾让邵小野忍不住打了个响亮的喷嚏，屋里顿时尘土飞扬，她汗湿的脸霎时黑了一大半。

这里简直像是常年无人居住的空屋，她根本无法想象传说中那位美女漫画家麓微就在这么个鬼地方住了一个多月。

顾不得放置行李，邵小野依次打开了这一楼层的每个房门，终于发现最里面那个单间门是被锁住的。

"您好，我是新入住的室友……"邵小野尝试着敲了下门。

门后是一片令人尴尬的寂静。

"那个……麓微老师您好，我叫邵小野，顾编辑因事故住院，我将暂时担当您的漫画责编。由于老师您新作的分镜脚本迟迟没有交，所以……"

"……"

咦？难道有事出去了？

见门内迟迟没有动静，邵小野忍不住狐疑，但她很快释然，决定先进行一次全面大扫除，毕竟是两个人的初次见面，第一印象非常重要！如果能够借此良好的氛围洽谈新作签约的事情，也许会事半功倍。

是夜，淡淡的清辉漫过窗外的枝丫，跌落进漆黑静谧的房间，生出几分温柔，大片的光泽洒落在客厅的沙发上，似一席轻絮披在了熟睡中的少女身上。

四周安静极了，仿佛月光洒落的声音都能听到一般。

"叮——"

短信传来的声音，打破了这看似静谧的美好，邵小野迷糊地从睡梦中清醒。短信是顾城发来的，大体是询问她是否见到了麓微老师，然后便是叮嘱她要照顾好女神，因为对方一旦沉浸于创作中，常常连着几天几夜不吃不喝。

敢情她家邵大社长和顾大少爷是将她外派到这里，照顾对方的衣食住行啊！邵小野看到短信内容颇有些心酸。

然而手机上显示的时间却让她打了个激灵，她快速起身，径直冲到最后一个房间，用耳朵贴着门板，期许能够收获一丝动静。

她本能地望向了纹丝不动的铁闸门，如果对方从外面回来，开关门的响声必然会惊动到她的，只是如今都已接近午夜了，却没有任何动静……

或许是走廊的光线较为昏暗，一道淡蓝的微光通过门缝隐隐地透了出来。

答案呼之欲出：麓微原来自始至终都没有出过这个房间！

邵小野正欲再敲门，眼角却在不经意间扫过门缝处，门缝间夹着一张纸片，她颇为好奇地取下纸片。

一行尚算清新飘逸的字映入眼帘：顾城没事？

原本郁积在胸口的怒气，瞬间因为这简单的话而消散无踪。

对于麓微，她清楚这将是一场持久战，邵小野并不打算就她不见人这件事上太过较真，而是回到自己的房间，准备早早上床休息。

临睡前，邵小野猛然想起，如果麓微连载的这五年来，没有一个人能够亲眼见到她本人，那……大家口口相传的所谓漫画家的诅咒又是从何而来的？

第二日清晨，邵小野将早早备好的热腾腾的豆浆油条放在门口，并附上张小字条，简单解释了顾城的情况，请对方放心。

傍晚下课，她兴致勃勃地冲回公寓，却远远地便看见门口安然放着的食物，豆浆已隐约散发出令人难忍的酸臭气味。

只是，放置豆浆的位置明显和早晨略有不同，看来对方还是出过门，也看到了门口的字条，可惜却没有任何反应。

原本晶亮的眼霎时黯淡，但她没有选择第一时间去找麓微理论，反而一脸平静地清洗了豆浆杯子，告诉自己要振作，再接再厉。

第二日早晨，她精心准备好了红豆薏米粥，旁边再附上一张小字条。

我可以告诉您不吃早餐的十大坏处，但最大的坏处是……大家会心疼！为了您的粉丝们，请老师千万照顾好自己！

当晚，粥依旧纹丝不动，只是那张字条上隐约显出一块脏污的不明印迹，疑似……脚印！

邵小野深吸了口气，强忍住咒骂的冲动，埋头准备明日的食材。

第三日早晨，她放上了清凉祛暑的绿豆汤和糯米糕，依旧附上一张小字条。

老师想要保持身材，我无权劝阻，但却无法想象老师忍受饥饿时的痛苦！所以，请别为难我的大脑，好好吃饭！

或许麓微女神比较喜欢风趣幽默类型的关怀。邵小野努力安慰自己，试图挽回日渐流失的自信。

然而，现实常常事与愿违。

准备了整整一周的爱心早餐，换掉走廊昏黄的电灯泡，清理了厨房堵塞的水管后，得到的却是每天发臭的食物和对她永远关闭的大门。

终于，邵小野压抑不住内心的怒气，用力地敲打麓微的房门，宣泄着这几日的愤愤不平。

"麓微老师，我承认，我只是个没什么经验的新人编辑，可能无法让您放心地将自己的心血托付给我，所以才用这种态度来表达您的不满，但我很喜欢老师的作品，也绝不会做出任何有害作品的行为，请您相信我，给我一次机会……"

邵小野的一番话简直是教科书级别的大方得体，毫无错处，然而回应她的却依旧是冷漠而又无辜的门板。

"喂，就算你人气高，就可以这样无视别人吗？"她破罐子破摔。

"……"

好吧，邵小野这才深刻认识到所谓怀柔政策并非对所有的女生来说都是适用的，偶尔来些暴力，才是简单直接的办法。她刚要转身打算找些工具卸了面前的门，却不想……

"哐当"！

一道惊天的巨响赫然打破静默的空气，她隐约听到门内微弱的闷哼声。

她生怕麓微出什么意外，当下飞起一脚，直接踹向门板正中心，老旧的门扉早已无法承受任何摧残，因此邵小野还没踹两下，它便正式寿终正寝。

♥ 4 ♥

就在门轰然倒地的瞬间，昏暗中一道黑影以非常人的速度，"唰"地从眼皮底下掠过，躲进了衣柜内。邵小野来不及上前询问，就被房间内一股股浓郁的恶臭给熏得差点儿没背过气去，那是各种食物长期放置而氤氲出的"毒气"，此刻正绵延不绝地攻击着她的鼻孔。

邵小野努力憋着气，借着电脑屏幕上微弱的光，走向对面的窗户，却不想在下一秒踩到不明硬物，身体一歪，险些失去平衡。她低首才发现竟不小心踩到了一个玻璃樽，这也间接解释了刚才那道声音究竟由何而起。

邵小野利落地拉开窗帘，打开窗户的那一刻，更是情不自禁地将脑袋探了出去，拼命呼吸着得之不易的新鲜空气。待空气流通驱散呛人难忍的气味后，骤亮的光线便突显出满地的凌乱。

地上遍布着易拉罐、纸团和各种方便面与快餐盒的残骸，床铺和桌上散落着衣裳，唯一能称得上整洁的位置，大概就是那张作画的书桌了。

眼前的画面并非到令人作呕的程度，但是只要联想到大家一向崇拜的人气漫画家，顾城心心念念的女神，居然在这样一个脏乱差的环境里赶稿，她都忍不住想要怀疑下自己的人生。

相比之下，一向邋遢成性的顾城形象瞬间变得高大了许多。

她几乎是以躲地雷一般的诡异姿势，重新来到衣柜前，双手握住柜门尝试着拉开衣柜，却发现对方似乎也在死死地抵抗着。

"那个……老师，或者我唤你为鹿唯学姐更亲切一些，我听说学姐开学后近两个月都没有去上课或报到，是身体有什么不舒服吗？"

说来尴尬，作为对方的责编，邵小野竟是从书桌上摊开的记事簿上无意瞥见了对方的真实姓名。

由敲房门改成了敲柜门，这也算是一种质的飞跃。想到这，邵小野忍不住"扑哧"发出了一记笑声。

而躲在柜子内本就敏感的鹿唯，听到了门外传来的笑声，以为是对自己的嘲笑，抓紧门板的指骨都微微泛白，却仍坚持不松手。

"你一直闷在衣柜里也不是办法啊。相信我，我真的不是什么坏人啊，我是真心想为你的作品出一份力，或者你可以先尝试认识我，做个朋友？"邵小野继续耐着性子循循善诱。

"朋友？"由衣柜内传来的低沉嗓音，不知是否因为隔着一道门板，听起来缥缈且不真实。

"对，朋友！虽然这么说有些唐突，但……"

"不需要！"鹿唯想也不想地拒绝。

"好吧，即使你不需要朋友，但现在我是你的漫画责编，在工作上，我们也必须好好谈谈，"她停顿了下，加重句尾的语气，"面对面的！"

"之前和顾城……我们都是用邮件交流，你有什么问题，发邮件就好。"

"不行！对我来说，人与人最好的交流不是冷漠的机器可以代替的，所以，我很需要与你当面谈谈！"对于这点，邵小野很坚持，而且，虽然隔着柜门，邵小野也听出，对方的声音有些低沉无力，联想到对方这般糟糕的生活状态，她不免有些担心。

"那没什么可谈的。"

苍白的双手下意识地抱住头，鹿唯蜷缩成一团，一想到会有一个鲜活的生物出现在他的视线内，没日没夜地喋喋不休，或者用观赏怪物一般的眼光盯着自己，他就想把自己埋在深深的地里，或者和吸血鬼一样藏在棺材里，永不让人发现！

邵小野挑眉，又拒绝她？

很好！

邵小野慢慢勾起一抹意味深长的笑容，二话不说走出了房间。

听到邵小野离去的脚步声后，房间内重新归于平静，鹿唯不清楚外面的具体情况，不敢轻易出去，只得又等了会儿。就在鹿唯以为邵小野已然放弃离开，正欲开门的时候，纷沓的脚步声又由远而近地传来，鹿唯吓得急忙将柜门重新关得死死的。

窸窸窣窣，疑似麻绳摩擦的声音在衣柜周围响起，鹿唯虽有疑惑，却不敢轻举妄动。

门外，邵小野分外满意地欣赏自个儿的杰作，她也不和鹿唯多费口舌，低头开始收拾起房间来。

薄暮低垂，夕阳照进窗明几净的室内，邵小野躺在充满阳光和青草干爽气味的床铺上，这才稍微觉得找到些许人气。

她盯着纹丝不动的衣柜，感叹对方的耐力，不过一会儿，她颇为恶趣味地搬来了一把椅子，坐在衣柜前，端着一碗热气腾腾的泡面吃了起来，还刻意将吧唧嘴的声音弄得极大。

"咕噜……"

泡面的香气让柜子里的某人感到饥肠辘辘。

鹿唯有些尴尬，恍然想起，最后一次往嘴里塞食物似乎是前天晚上。

邵小野强忍住笑意，悄悄地将椅子挪到了角落处，静待瓮中之鳖。时间一点一滴地流逝，光线由杜若花般的淡白转至雏菊的晕黄，最后慢慢暗淡，夜幕降临。

躲在柜子内的鹿唯不知究竟待了多久，只是逐渐麻木的四肢和大叫空城计的胃袋正强烈抗议着。

终于，他尝试着推开柜门，柜门却不知卡到了什么东西，竟纹丝不动。透过缝隙，鹿唯赫然发现柜门竟被邵小野用绳子给拴住了。

绳子的松紧做得十分巧妙，开门的缝隙刚好有巴掌宽，这时，一双略带戏谑的双瞳与他的视线撞了个正着。

"你到底做了什么？"终于，鹿唯显示出难得的愠怒。

"没做什么啊，你不想出来，我帮你而已。"邵小野装作无辜地耸了耸肩，眼尾若有若无地勾勒出几分狡黠。话说，学姐生气时扬起的声线，带着一种少年的清越，不娇柔，却带着一种中性的魅力，看来对方与顾大哥的设想有差距哦！

"放……放我出去！"鹿唯第一次被女生戏弄，窘迫异常，幸好昏暗的光线遮掩了他那滚烫的面颊。

"你确定？"邵小野反问，如同一只得逞的狐狸。

被她这么一问，鹿唯却是微微一愣，不待他有所反应，柜门霍地被打开，白炽灯也在这一刻同时亮起。

突然接触光亮，鹿唯下意识地用手遮挡眼睛，透过指缝，他窥见了笼罩在光晕中的邵小野。

很难形容的女生，一对碧水明眸里似乎藏匿着浩瀚星空，淡粉色的嘴角颇为意味深长地勾起，说实话，分明是戏谑的神情，却让他忍不住傻眼，只一眼便觉得岁月静好。

至于柜门外的邵小野也用带着几分好奇的目光打量着眼前分外单薄的鹿唯。

怎么说呢？和想象中的神秘画家形象有些出入，不过想到之前糟糕的生活环境，似

乎这样的麓微老师也很正常。

惊觉邵小野的窥探，鹿唯这才回过神儿来，忙不迭地想要去关门，却不想对方的速度更快，邵小野先发制人，当下伸出一条腿迅速抵住门处。

"你……"

鹿唯才要开口，却觉得怀中一暖，一碗带着余温的海鲜面赫然出现在他的视线内。

"吃吧！"邵小野也很干脆，她的手肘闲适地靠在微微弯曲的膝盖上，她目的明确，鹿唯不吃完，就别打算离开。

虽然姿势有点儿不雅，但意外地让人觉得帅气。

"什……什么意思？"对于这般强势的要求，鹿唯有些不适应，惊得差点儿被口水呛到。

邵小野略带兴味地凝睇着鹿唯紧绷又防备的神态，云淡风轻般地启唇："没什么意思，我就当养了只任性的宠物好了。"

鹿唯蒙了，掩盖在刘海下的明净鹿眸闪过一丝惊慌失措。

不再坚持，他默默地拿起筷子低首乖觉地吃起面来，只是他第一次被这样灼人的视线紧盯着不放，多少有些不自在。如今，他也顾不了那么多。说实话，他是真的饿坏了。

直到碗里的面见了底，邵小野这才满意地收走了碗筷，并递给他一套干净的衣裳。

"干什么？"他不明就里。

"鹿唯学姐，请问您多久没有洗澡了？"邵小野直截了当地问道。

邵小野再次将视线集中在对方那因长时间不曾梳理过而蓬乱的头发，以及长到鼻子的刘海下的一副厚实的黑框眼镜，现在的鹿唯和照片上一样，仅仅露出淡色的唇瓣和下颌。更让人无法忍受的是，他竟穿着一件严重与季节时令不符的淡黄色宽松毛线衫！

"不用你管！"

填饱了肚子后，鹿唯不再配合她，甚至是下意识地将身子往里挪了挪，似乎也不打算出去了。

邵小野也干脆直接伸出了"禄山之爪"，想以最直接的方式将对方拽出来。

鹿唯自然本能地想要挣脱对方，就在两个人拉扯之间，只听"刺啦"一声，那件本就松垮的毛衣竟被邵小野轻而易举地撕成了半开衫，瓷白平坦的胸线一览无遗。

鹿唯愣住了，就连近距离盯着对方胸膛的邵小野眼睛也有些直了。

"那个……鹿学姐，你平时都不穿内衣吗？"她后知后觉地问，大脑智商数值直线下坠。

清冷的语调沁上一层薄薄的怒意，离开了柜子，男生特有的喑哑低音表现得更为清晰："谁告诉你，我是女生了？"

因为之前饿过了头，鹿唯的嗓音多少带点儿气若游丝的意味，显得有些雌雄难辨，邵小野虽然有一些怀疑，但是并没放在心上。

"我……"邵小野张了张嘴，却觉得仿佛鱼刺卡在嗓子里般，不知该如何化解这让人尴尬的场面。大脑更是被这突然出现的变故，震得碎成了豆腐渣，再也组织不出有力的语言。

只是她的脑海中忍不住回放着顾城的话，这……不是说少女漫画家是男生的比例微乎其微吗？那她这是……中奖了？

这时，鹿唯终于自行走出衣柜，只是他这一出来，邵小野顿时觉得眼前被阴影笼罩，她后知后觉地发现，对方竟然意外的高挑啊，哪里还有半点儿女生的模样！

就在邵小野震惊与愕然间，鹿唯却突兀地笑了，从唇边隐隐露出的笑痕，意外地让人生出一股寒意。

下一秒，他开口，如恶鬼私语般："很好，你果然也要被诅咒了！"

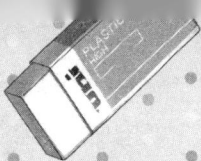

Chapter 2

诅咒这东西
有时候也看人

♥ ♥
1

"闹鬼？"

邵小野望着眼前一排废弃的旧校舍，继而将目光重新投放在身边的林雪音身上，虽没有太多表示，但一对秀气的眉毛却是不自觉地拧起。

日暮落下许久，浓稠得化不开的夜色带不出丁点儿星辰，只剩下周边零星的路灯散发着橘黄的光线。

校舍前是大片的空地，干涸的土地上，没有任何一片生机愿意在此驻足。

荒凉？

不，毕竟邵小野新搬进的宿舍就离这不远，想到这，林雪音下意识地扯了扯嘴角，挂上一记无奈的笑。

凉风袭过两个人的面颊，林雪音本能地打了个激灵，白天还感到少许燥热，如今已感到几分寒意。

林雪音强作镇定地打开手机上的手电功能，刚要有所动作却被邵小野拉住了手臂。

邵小野犹疑片刻，有些不知该如何同她开口。

"那个……你确定要进去？或许江姜她们不在里面呢，这栋校舍荒废太久了，难保里面住了其他生物……我是说，地基也有可能不太稳了。"

林雪音扶了扶眼镜，重重地点了下头坚定前进的信念："午休的时候，无意听到她说要来这栋旧校舍开试胆大会，刚才江妈妈也打电话过来，说江姜到现在还没有回去，所以我想她很可能在这里。"

"这样啊……"邵小野讪讪地干笑了两声，神色略有些不自在。

"小野，对不起啊，除了找你陪我来这，我也不知道还能找谁了，如果这件事困扰到你的话……"

见邵小野貌似十分为难的模样，她赧然道歉。

"是啊，我真的好困扰啊！如果你不找我，可能明天我这个国民少爷就要退位让贤啦！"邵小野不待林雪音把话说完，便一把揽住她的肩膀，非常干脆地承认，语气诚恳。因这句玩笑，林雪音"扑哧"一声笑开，缓和了因恐惧带来的不安。

邵小野探身朝旁边的一扇敞开的窗户窥了一眼，如所有恐怖漫画的开端，无须营造阴森的气氛，吞噬一切的黑暗就已令心胆蒙上薄薄的寒意。

听说要进入那栋旧校舍，邵小野其实有点儿想拒绝，毕竟一想到那些闹鬼的故事，她就本能地联想到鹿唯口中的"诅咒"。

　　只可惜，"护花使者"的标签贴得太牢固，如今就算她想撇清关系，只怕会扯疼了皮肉。

　　她扭头对着一样胆怯的林雪音，装作无畏地笑笑："要不是看在你是我们班正直而又善良的班长大人，我一定会丢下你不管的！好了好了，别浪费时间了，我们进去吧。"

　　这次，反倒是邵小野率先拉着林雪音小心翼翼地从窗口爬了进去，其间她还不忘回身叮嘱林雪音小心地上的玻璃碎片。

　　林雪音望着眼前邵小野的背影，原本恐惧不安的心渐渐趋于平静，明明眼前的女孩和她一样娇小，却总是令人觉得安心。

　　大概这就是少爷的真正魅力所在。

　　她从不掩饰自己的缺点，也没有刻意地去讨好每个女生。只是选择在恰当的时机出现，在自己力所能及的范围内伸出援手。她更不会用道德束缚住别人，强迫别人必须持有相同的价值观。

　　就算是失败受挫了，简单的三言两语便能轻易让人重新振奋，抚慰人心。

　　只不过……

　　"咯吱……咯吱……"

　　脚下的木质楼板随着两个人的动作而发出破碎的声调，邵小野和林雪音走得小心翼翼，生怕下一步，便直接踩穿脆弱的小木板。

　　两个人的呼吸声渐渐沉重，邵小野下意识地靠紧了手心冒汗的班长，尽量保持着轻松的语调，转移话题："哎哟，这校舍建于民国时代吧，估计比我爸的年龄还大呢。"

　　"嗯。"林雪音略带沉重地点了点头，镜片反光，看不出她的真实表情，只觉得瘆得慌，"听说这栋女生宿舍经常闹鬼，还有传言说这栋女生宿舍有个神秘的地下室，里面埋葬着无数的枯骨……就像……漫画里描述的一样。"

　　"漫画？"

　　邵小野"咕嘟"吞了下口水，心脏略显不安地微微一抖，声音都止不住地发颤。

　　虽然她是大家口中的"少爷"，但并不代表她不会对这些怪诞离奇的故事浮想联翩。尤其是此刻莫名鬼气森然的林雪音，以及周围充斥着吊诡的黑暗，一切的一切，都太不寻常了。

　　"嗯，就像麓微的漫画一样，枉死的灵魂徘徊在人间，寻找替身……"班长仿佛变了个人似的，刻意缓下语调。

　　"你在开玩笑吧，麓微老师的漫画……"下一刻，邵小野似乎想到什么，蓦地闭上

了嘴，光线扫过她极其难看的脸色。

"啊——"

一道刺耳的尖叫声撕裂静谧的空气。

"是江姜的声音！"林雪音突然开口，转身便跑。

"喂！"

邵小野来不及拉住她，只能眼睁睁地看着林雪音循着声音跑去，校舍内光源所及的范围有限，不过眨眼的工夫，林雪音便消失了。

四周再次陷入死一般的安静中。邵小野环顾周围，她总觉得有不知名的生物在黑暗中蛰伏着。但她无法临时反悔，只能深吸口气，平复心跳，硬着头皮继续前进。

"邵小野，不要自己吓自己，那些神神怪怪都是非科学的产物，没有任何依据的。"她拼命说服自己，企图制造少许勇气，减轻内心的恐惧。

罪魁祸首，还不是那该死的鹿唯，故意说什么诅咒，让她忍不住往那个方面无限联想下去，而且偏偏就在不久前，她刚巧看了林雪音所说的那则故事，听说还是由真实事件改编成的短漫。

偏偏鹿唯高中貌似也在这里就读，如果真是这样的话，编辑部里流传的诅咒……难道都是真的？

"呵呵……"

就在此时，辨别不出男女的笑声，从不远的地方幽幽飘了过来，撩拨着头皮阵阵发麻。她猛然刹住脚，脸色刹那间刷白。

这笑声会是江姜她们吗？

邵小野鼓足勇气，慢慢靠近笑声的源头，终于在一扇门后停了下来。

"祝你生日快乐，祝你生日快乐……"

邵小野蹙眉，狐疑：有谁会在这么个鬼地方过生日？

屋内的音调低沉缥缈，听得不甚清晰，她上前了两步偏着脑袋贴门倾听。

就在此时，门突然开了，邵小野的身体一时间失去了着力点，就这样毫无预警地撞了进去。

吱呀——

推门的声响和她凌乱的脚步声令房间内的众人停止了歌唱，几个人同时转头望向门口的邵小野，而为首的江姜则手捧着一块蛋糕，神情呆滞。

邵小野微微一愣，她想不到除了江姜外，班上几个颇为交好的女生都聚集在此，见到是熟悉的朋友，她这才稍稍松了口气。

"原来，你们都在这啊！"

她巡视了房间内的几名同学，寻找班长的踪影。

"林雪音一直在找你们……"没等说完，邵小野默默地闭上了嘴，视线凝固在江姜手中的蛋糕上，无法挪开。

蛋糕上布满了一层黏稠的果酱，层层堆叠在一块儿，有着极其不规则的形状，让人看了觉得分外不舒服。白色的烛泪缓缓落在蛋糕上，如恶鬼饮血，连带着烛火的光线似乎都变得不同寻常。

"呼——"江姜吹灭了其中一根蜡烛。

邵小野还来不及反应这是怎么一回事，背后却响起了林雪音的声音。

"小野！"林雪音神不知鬼不觉地从邵小野的身后冒出，她手持着一根蜡烛和打火机，不带任何感情的音调，在空旷的房间内不断回响，陌生得瘆人，"有一根灭了，你帮忙点上吧！"

"啪嗒"！

豆大的火光从打火机的喷口射出，将林雪音毫无表情的五官笼入一片昏黄的光晕之中。

邵小野绝非轻信怪力乱神之说的人，更不是胆子小的女生，只是……如今发生的一切不只是诡异，而是……太相似了，和鹿唯所创作的漫画故事不谋而合，和大家口耳相传的诅咒不谋而合。

而这样的巧合，真实得可怕，极端的恐惧顷刻擒住了邵小野的小心脏，理智也在一点一滴地流失，尤其是当房间内的几个人开始朝她的方向移动时。

为首的江姜端着那颇为诡异的蛋糕，原本鲜活生动的表情早已不见，恍如换了个人似的，动作僵硬得如同扯线的木偶般不自然，其他的同学亦然。

"小野，蜡烛灭了，你快把它点上吧，你是……第九个！"毫无生气的嗓音，嘴角微微勾起的诡笑，都让人瘆得慌。

林雪音和江姜说的台词，也和麓微漫画里的台词一模一样。

所以自己是真的被诅咒了吗？

终于，连日来的猜测和眼前的情景，令邵小野再也找不出任何有力的词汇来说服自己，她推开众人，头也不回地朝外逃去。

"小野，邵小野！"江姜一改刚才鬼气森然的语调，在她身后急得跳脚，拼命呼唤着。

只可惜，如今在邵小野的耳内，声调早已变了味，她更是加快了速度，拼了命地

往前冲。

江姜望着逃得无影无踪的邵小野，显得有些不知所措，她望着手中造型逼真，实际上不过是用果酱制成的提拉米苏蛋糕，忍不住疑惑：她是不是玩得有些过火了，还是说她那炉火纯青的演技成功将邵小野给唬住了？

"江姜，怎么办？小野好像真的被吓到了。"林雪音擦去脸上的红药水，面露不安。

"看恐怖片面不改色的少爷这么不禁吓？"江姜也有些犯糊涂了。

其他女生面面相觑，同样不知如何是好，大家七嘴八舌地讨论起来。

"早知道不演这么恐怖的桥段啦，演麓微其他比较浪漫的桥段就好了。"

"是啊，我们这是将惊喜成功演变成惊吓了呀。"

"哎，我们的少爷貌似真的吓坏了，要不明天买些甜点一起负荆请罪？"

实际上，对于邵小野会有如此过激的反应，江姜也是始料未及的，以她对少爷的了解，少爷不应该如此胆小才对。

♥ 2 ♥

"我现在一定、肯定、绝对被鹿唯的漫画给诅咒了！"

逃跑中的小野，大脑中不断闪现出关于鹿唯的传言，原来传言都是真的，现在她是要被召唤进那个恐怖的短篇漫画里吗？

不要啊！

她怎么这么倒霉啊？成为什么漫画人物不行，偏偏是这个。

邵小野慌不择路地跑着，根本就不记得哪里才是出口，反而越来越往残破的校舍深处冲去，她甚至忘记了这样残破的地板根本就无力承受她如此剧烈的奔跑。

哗啦！

她一时不慎踩烂了楼梯，脚下一空，整个人顺势掉了下去，好在楼梯下的空间并不高，摔下的时候，不过是擦破了点儿皮，并无大碍。

也因为这一摔，令邵小野找回了些许理智，她揉了揉摔得生疼的屁股，捡起摔落在地的手机，借着手机微弱的灯光打量周遭，只一眼，便让她忍不住倒吸一口凉气。

床铺简陋凌乱，古旧得看不出年代的木箱布满了灰尘。只可惜，她还来不及看清其他，手机就发出了电量低的警报，照明的亮光闪了闪就灭了，彻底黑了屏。

四周再次陷入了黑暗，这次的黑暗比之前更恐怖，空气携带着莫名的湿冷，她心跳得飞快，却下意识地捂住口鼻，不敢大声喘气，生怕惊动了什么。

这……这里难道就是林雪音所说的那个地下室？

她隐约记得鹿唯的漫画里描述过地下室的场景，虽然具体的画面早已模糊，但先入为主的观念却忍不住让她往眼前的地下室联想。

或许墙壁上的污迹就是血迹？

然后，接下来的故事是什么来着？

咯噔！咯噔！

自从邵小野踏入这栋校舍开始，一切似乎朝越来越糟糕的方向展开，比如说现在，不远处的木箱里竟传来了奇怪的响声。

她吓得脸都青了，全身抖得跟糠筛似的，黑暗中所有的声音都只能凭空想象，而这样的想象只需拢聚恐惧的残象便可以迅速滋蔓开来，无边无际，只差一个时机，便可以顷刻扑倒胆怯无助的人。

箱子发出了些许动静后，再次归于平静，继而传来悠长的"吱呀"声响，似乎是有什么东西缓缓地打开了木箱子。

邵小野再也压抑不下心中的恐惧，放声尖叫。

"啊——"

"闭嘴！"

一只冰凉的手适时捂住了她的嘴，生硬的胁迫口吻，空洞的音调，更似久未接触尘世的幽灵。

也许是怕到了极致便能爆发自救的本能，说时迟那时快，她张口咬了对方的手一口，就在对方痛呼松手的瞬间，她顺势抓住了对方的手肘，快速翻转，来了个漂亮的过肩摔。

刺啦！

"啊——"

敌人的哀号来得真切，刚才掌心握住对方的真实感也让邵小野冷静了不少，她摸摸手中被扯下的衣料。

这鬼怪的衣服似乎有些脆弱啊，还有这声哀号也带着几分熟悉的感觉。

她的智商终于正式上线，反应了过来："麓微老师？"

"哼……"对方回给她一个闷哼，以示不满。

邵小野回到家，给手机重新充上电，这才看到江姜发给她的短信。原来，她们几个人本来想庆祝她担任麓微的编辑，这才决定模拟排演了麓微的首部短篇漫画给她一个特

别的惊喜，却没想到造成了反效果，让邵小野以为自己被诅咒了。

至于所谓的诅咒来源，她后来从社长老爹那得到了证实。原来最早负责他的责编跳槽后，想把鹿唯也挖到自己的新公司，没想到被他断然拒绝了。前编辑因此怀恨在心，这才故意制造出一些鹿唯的诡异传说，想要搞臭他的人际关系，偏偏负责鹿唯的新责编，刚上任不久就因家里有事而离职，凑巧让这些传言增添了几分可信度。

而鹿唯不但没有因此烦恼，反而觉得可以借由这些传闻让编辑不再骚扰自己，专心创作，也就没有多解释，而社长自然尊重当事人的决定，他也觉得这会是个不错的卖点，增添少许神秘感，便一直任由这些传闻流传、扭曲、发酵……最终形成了可怕的漫画怪圈。

社长一直不把这件事太当回事，因此也没刻意向女儿解释，没想到偏偏让邵小野认了真，还上了心。

同社长老爹确认后，邵小野忍不住想，今天遇到的事，只不过因为一些巧合便被人们的思想无限放大，造成了如今的恐慌。她甚至在想是不是大家口中的那个麓微的形象，也是被传言夸大扭曲了？

那么真实的他，究竟是什么样的呢？

她甩了甩头，拒绝自己再胡思乱想下去。既然误会已经解除，当务之急，应该先向鹿唯道歉，修补好编辑和漫画家之间的关系才是首要。

"麓微老师，麓微老师！"

邵小野来到鹿唯的门前，才敲了两下门，门竟霍地被打开。只觉眼前一黑，被兜头罩下一件外套，她先是微微一愣，这才幽幽地伸手扒拉下盖在脑袋上的衣服。

这是她刚才借给鹿唯的外套。

只不过，这样归还衣服的方式很是让人生气啊。

"喂，你……"邵小野才要抱怨。

"为什么你的衣服会在我这里？"鹿唯颇为不悦地截下了她的话，让她本想说的话给硬生生堵在嗓子眼，最后连同口水统统咽下。

为什么？

还不是因为不小心撕烂了他的衣服，为免他衣不蔽体地回来，丢了他人气漫画家的脸面吗，这衣服虽然小，但也做出了不少贡献啊！这才没过一会儿，他就翻脸不认账了？

邵小野想了想，考虑他碍于脸面才故意装傻扮失忆，于是她选择善解人意地避开了正面冲突的话题。

"嗯……可能上次放洗衣机的时候，不小心弄混了，抱歉哈。"她讪笑了两声，避重就轻地答道。

此刻，鹿唯刚洗完澡，正顶着湿乎乎的头发，仍旧是超长刘海和超大黑框眼镜遮住半张脸的造型，身上穿一件普通的衬衫，就像那种路边摊几十块便能淘到一件的廉价衣服。

按理说，鹿唯的稿费即便无法让他奢侈挥霍，他也不应该落魄到此地步的，生活作风简朴？她不懂了。

邵小野抛开疑惑，继续换个讨喜的话题："那个……我打算煮点儿吃的，你要吗？"

"不要……"鹿唯正要拒绝，谁知肚子却很不给面子地"咕噜噜"响起，他脸一红，道，"不要太咸了！"

邵小野则强忍着笑，端着一本正经的态度重重地点了点头。

面煮好后，鹿唯端着面并没有在厨房停留，而是绕过客厅径直往自己的房间走去。邵小野也急忙放下筷子，亦步亦趋地跟在他身后。

见邵小野屁颠屁颠地跟进来，鹿唯有些不悦，眉峰轻蹙："你跟着我进来干什么？"

"那个……我来帮忙收碗筷，顺便看看老师您的进度……嘿嘿！"显然后半句才是她的真正目的。

鹿唯才要赶人，可是看到她那张笑盈盈的脸偏又发不出脾气来，只得扭头不看她，当她是透明的。

将面条放到书桌上，鹿唯按照往日的习惯，一边浏览漫画素材，一边夹起面条，细嚼慢咽。

邵小野则用手支着下颌，目不转睛地盯着鹿唯吃面的侧颜，神游太空，回忆起了那个医院的午后。

顾城淡淡地开口道："少爷，我问你，你觉得麓微老师的漫画如何？"

"嗯，麓微老师的画功是大家都认可的，笔触空灵而细致，对人物的刻画和场景表现力的把控也无可挑剔。和其他少女漫画家相比，他甚至连网点纸都很少用，只是故事的节奏和悬念拿捏得不是很准确，比如一开始男女主人公的相遇就有些无聊，尤其是在描绘男女感情线上……"邵小野微微一顿，"美好得几乎不切实际。"

"你想说他设置的某些浪漫环节容易落入俗套是吧！"

对于邵小野如此直白的评价，顾城浅淡的笑意浮起。

"你分析得很客观,但过于片面了些。"顾城打开床头柜,从一堆漫画杂志中翻出了一本略微残旧的漫画杂志,递给邵小野。

邵小野瞥见封面微微一愣:"这是……"

"没错,这是杂志社早前停刊的悬疑类杂志的第三期。你看看。"

邵小野将信将疑地接过杂志,很是随意地翻阅着,当翻到倒数第三篇时,她先是粗略地扫了眼开头,不一会儿,眼神却微微地变了,淡色的眼瞳比平日深了许多,偶尔挑眉、眨眼的诧异表情,泄露了她被剧情牵引住的内心。

看到最后,邵小野不仅没感觉释然反而更加郁闷了!

因为,这篇故事……根本就没结束。

"怎样?喜欢哪一篇?"顾城问。

邵小野指了指杂志,忍不住感叹:"故事在一开头就将所有读者的心给紧紧抓牢,并且随着剧情跌宕起伏,这故事单纯当作短篇漫画来登载,实在是太过浪费了。隐藏在故事下的世界观很宏大,结尾也颇让人意犹未尽,简直就是个巨坑啊!"

"这是早期一些新人的参赛漫画作品,作者名全部标注在目录处……"

不待顾城说完,邵小野早已利落地翻到第一页,继而爆出难得的高音:"麓微,这是麓微的出道作?"

"所以相反的,麓微老师在构造故事剧情的时候向来别出心裁,只是当她转型画少女漫画的时候,选择更为细水长流的方式,所以别以为她只是画功好而已。"

"我……不是这个意思。"

"小野,当你仔细观察麓微的漫画时,你会发现她的每一个分镜只要上了色,就是插画壁纸的既视感。是,虽然她网点纸贴得极少,甚至基本不用,但无法否认她在细节的描绘上恰好填补了这个缺漏,也因此形成了独属于自己的画风,能将小细节都处理得无可挑剔的画家是极少数的。"

邵小野沉默了片刻,她承认自己确实没注意到这个方面,只不过……

"可是,这样绘图很吃亏的,大家看漫画时更在意情节,尤其是少女漫画,撩拨心弦的爱情故事才是大家所向往的,毕竟又不是花鸟工笔画。"

"对,是很吃亏!但麓微老师这几年一直如此坚持着。我想,这不仅仅是为了锻炼画功,而是他对自己笔下的每个人物和场景的尊重。因此,这样的漫画家,也应该受到我们的尊重,不是吗?"

或许顾大哥说得对,能对自己喜欢的东西如此用心的人,本性应该也不会太坏的。

只不过……抛开那些无稽之谈的诅咒，鹿唯本身也有些古怪。

他为什么会在那个时间出现在废弃的校舍里？还在那样阴森恐怖的密室内，如果只是故意吓唬她的话……

不对不对，她即刻否定了这个想法。

通过她和鹿唯这几天的相处，她明白，他绝不会做如此无聊的事。

找灵感吗？

可他分明是少女漫画家，不是更应该选择那些充满浪漫氛围的场景吗？

更令她在意的是，那个时候鹿唯的口气和神情总感觉哪里不太对劲，脸上那抹诡异的麻木表情让她难以忘记。

那是一种令人不由生出一股寒意，几乎激发内心深处的恐惧，仿佛心中的所有美好都已死去，剩下的只是绝望的躯壳的感觉。

如此想来，鹿唯似乎很喜欢将自己锁在一个密闭的小空间内。最初的衣柜，现在的木箱，是缺乏安全感吗？

邵小野对鹿唯种种的不寻常表现猜来想去，但此刻她却选择缄默，她的母亲是心理学方面的专家，潜移默化中造就了她极为擅长揣摩他人的心思。如果她现在当面质问这些问题，很可能让他们本就如履薄冰的关系更加恶劣，未免得不偿失。

鹿唯此刻不知道邵小野在想什么，只是觉得她注视的目光太过灼人，让他周身不自在。

"你干吗老盯着我？"最终，他忍不住扭头质问。

"麓微老师，你是男生，为什么要画少女漫画呢？"邵小野决定先装傻，问出了另一个她长久以来的疑惑。

他微微一愣，继而继续埋头吃面，安静了好一会儿，才含糊不清地回答道："因为悬疑杂志停刊了。"

支撑下巴的手肘微微一歪，邵小野差点儿从椅子上摔下来，她曾设想过无数种答案，却没想过真相是如此简单而又直白。

"哦！"她讪讪应了句，重新坐正身子，盯着他瞧。

鹿唯被盯得有些不耐烦了："你能不能不要盯着我看啊？"

"可是你吃面的样子很好看啊！"邵小野则回答得十分坦然，几乎是脱口而出。

邵小野并没有说谎，她是真心觉得鹿唯吃东西的样子挺赏心悦目的，大概是他唇瓣

生得粉嫩秀气的缘故。

　　然而就是这种理所当然的语调,让鹿唯的心竟莫名地颤抖了下,一股热气瞬间蔓延到了耳根处。

　　"你……你……你……我……我吃完了,你可以走了。"鹿唯慌慌张张地将剩下的大半碗面推了出去。

　　"你这不是还没吃完吗?大不了,我不看就是了。"

　　邵小野本能地想推回去,就在这推搡间,鹿唯的衣袖露出大半,左手手腕上一道长约三厘米的伤痕就这样跃入视线。

　　她目光微微一顿,停驻在他的那道旧伤上,鹿唯急忙将手一缩,藏起伤口。

　　"你看到了?"他问,神色有些慌乱。

　　"什么?"邵小野一脸茫然,她假意疲惫地伸了个懒腰,"那个,我有点儿困了,碗筷什么的,我明天再来收好了。"

　　她匆忙同鹿唯摆手道了声晚安,尽量以平稳且轻松的步伐走出房间还顺便帮他带上了门,笑容逐渐僵硬却不敢有丝毫懈怠,生怕泄露刚才震惊的表情。

　　她似乎发现了不得了的秘密!

　　然而邵小野刚走出几步,鹿唯的声音却在背后幽幽地响起:"等一下!"

　　她的背脊猛地一僵,差点儿石化,停滞在空中的小腿肌肉似乎都在隐隐抽搐着,背后的房门开了一条缝,光线倾泻而出,与走廊的黑暗形成鲜明对比。

　　"明晚十点,来我房间。"

　　"嗯!"话音刚落,房门便被再次关得死紧。

　　这是鹿唯首次主动提出邀约,可是,邵小野却怎么也开心不起来。

　　暮色四合,余晖漫上堤坝,将三名少女的背影拉长。

　　"少爷,你今天怎么了?上课无精打采的,感觉有很多心事。"向来心思细腻的林雪音最先发现邵小野的不对劲。

　　"如果有这么一个人,行踪可疑,常常半夜出门,不知去向;性格诡异,时常判若两人,刚发生没多久的事却矢口否认,你们觉得……如何?"

　　邵小野考虑了许久,终于忍不住把憋了一天的秘密告诉了好友,江姜和林雪音两个人听完邵小野的话后面面相觑。

　　"少爷,你最近看了哪部悬疑小说啊?"江姜忍不住开玩笑,扭头却见邵小野表情凝重,"你确定没开玩笑?"

"呵呵……"邵小野回她一个哭笑不得的表情。

"这绝对是个变态啊！小心他……"江姜做了个抹脖子的动作，还夸张地翻了翻白眼，"天哪！你最近惹到了什么可怕的人物？"

"没你想得那么夸张啦，他是……他是我住在隔壁的室友。"

好险，她差点儿就脱口而出所谓的真相。

"我建议，你尽量避免和对方有太多的接触。"较为谨慎的林雪音好心提醒。

"是啊，比如，如果对方约你半夜去见他，你就得格外小心。"江姜的表情一瞬变得沉重起来。

"什么？"邵小野忍不住在心里打起了鼓。

"是啊，之前不是都有报道什么变态碎尸案，遇到这种人，能躲则躲，不能躲，你随时带个防身的家伙去，总是安全的。"

听到这儿，邵小野竟认真思考起对方的建议。

"话说，你不是当麓微的编辑吗？那你应该见到了本尊，怎样，是高是矮，胖还是瘦，有什么特别的兴趣爱好吗？"作为麓微的头号粉丝，江姜自然近水楼台想要打听偶像的近况。

"呃……麓微老师在创作的时候不太喜欢被打扰，我们也是以邮件方式联系的，所以……我也不太清楚。"

邵小野很想坦白，这个被她们认定为变态的室友正是人人都想要探知的麓微，只是，她担心说出来后，可能就要换她们两个人的精神不太正常了。

"不过，你们听说了吗？原来我们上次去的那栋校舍真的闹鬼，昨天有晚自习的学生看到有古怪的影子飘过，貌似还往你们的那栋旧公寓去了。"

"嗯，据说也有很多人看到了同样的鬼影……"

江姜和林雪音接下来的对话，邵小野没有怎么听进去，只是还在疑惑鹿唯大半夜约她究竟是为了什么事。

难道真的如江姜所说，因为她发现了鹿唯的秘密，鹿唯想要杀人灭口？

听了好友的建议，邵小野在胸口藏了一把扳手以防万一，这才怀着几分忐忑依约来到鹿唯的房门前。

她刚要敲门，门却自行开了，她一愣，透过门缝，房间内的布置一眼望到底，唯独没有看到鹿唯的身影。

"麓微老师？"她尝试着开口呼唤，却无人回应。

考虑片刻，她便擅自推开了房门，并在墙壁上找到了电灯开关，骤亮的光线，照亮

了这片不大的空间。

和最初见到的情景稍有不同，虽然房间依旧凌乱，但大部分是漫画草稿的废纸所致，房内再不似最初那般，总有股奇怪的味道作祟。

"我到底是漫画责编还是他的专属女仆啊？"

邵小野嘴上虽是不满地抱怨，手却不停歇地帮忙整理起来，她刚要将废纸丢入垃圾桶内，一抹鲜艳就这样毫无预警地闯入她的视野。

邵小野小心翼翼地捏起那沾染上零星血迹的纸条，视线忍不住转向自己洁白无瑕的手腕，昨日的伤痕仍旧记忆犹新。

邵小野皱眉：难道他……想不开？

"你在干什么？"质问的声调骤然劈入邵小野的大脑。

邵小野的身体本能地一抖，额头直接撞上了桌沿，她龇牙咧嘴地揉着被撞疼的脑袋，仰头看着正居高临下睨视自己的家伙。

鹿唯如今的模样让邵小野差点儿忘记了疼痛，她上下打量着对方仍旧滴水的衣裳和发梢，湿透的毛衣如同腌制了好几年的大白菜，皱巴巴地紧贴在他的身上，而滴落的水渍从厕所一路延展至他的脚下。

"外面下雨了吗？"她问。

今天一整天貌似都是艳阳高照的好天气。

"没有！"他很直白地回答，继而转身想要往床上倒去，刚经历过一次生与死的痛苦挣扎，鹿唯只觉得全身虚脱般，现在的他什么都不愿想，只想好好地睡上一觉。

见状，邵小野急忙挡在了他面前，好意提醒："你现在还是换件干爽的衣服比较好，很容易生病的。"

"让开！"鹿唯有些不悦地蹙眉，他最讨厌有人干涉他的生活。

可是邵小野还是执拗地站在他面前，用圆圆的眼睛望着他，没有挪动半步。

他低头盯着眼前这个倔强的少女，沉吟、思考，仿佛过了一个世纪般，他恍然记起，是自己约她来的。

鹿唯从抽屉里拿出一沓草稿，直接塞进邵小野的怀里："这是你要的分镜大纲。"

"所以，你约我晚上十点来找你就是为了给我这个？"她狐疑。

摸着怀中的A4纸的感觉有些不太真实，这一切转变得太过突然。

"不然呢？你不是一直想要分镜大纲吗？"他反问，理所当然的语调仿佛邵小野才是那个稀奇古怪、半夜跑出去的神经病。

"你不觉得这交稿的时间……算了！"

她承认她是想多了，可是还不是他自己给人许多不好的错觉？不过大纲总算是交了，她抱着稿子正想离开，却见鹿唯马上就要往床上倒去。

"鹿唯老师，你是想现在去换件衣服呢，还是想让我再撕碎一件衣服？"

她站在鹿唯旁边，一只手搭在他的肩膀上，那对明媚的桃花眼呈现半月形，嘴角露出有些狡猾的笑意。

她总是如此，看似笑得人畜无害的模样，但出口的话却总是令人无法拒绝。

"你少管我！"

鹿唯有些厌烦，冷漠地甩开了对方搭在他肩上的手，谁知只听"哐当"一声巨响，从邵小野衣服内掉出了个颇有分量的扳手，掉落的位置略有些微妙，刚好在他脚边不到一厘米的位置。

鹿唯盯着地上不明来历的工具，继而望向有些不知所措的邵小野。

"你拿扳手进来干什么？"他问。

"啊，唔，嗯……话说看你全身都湿透了，一定是厕所水管坏了，我……我那什么，对，我想帮你看看。"邵小野支支吾吾，顾左右而言他，却仍不忘俯身快速捡起工具，重新塞进怀中，一副慌慌张张的样子。

"你……怎么会事先知道这事？"

邵小野这个理由简直烂得透顶，鹿唯刚想揭穿她，却不想她已经快速地朝门口移动。

"我把煮好的皮蛋瘦肉粥端来。"

声音仍回荡在屋内，却早已看不到对方的踪影。

其实邵小野并没有走很远，反而重新折返并贴在门边，当她听到门后传来翻动衣服的声响，这才悄悄地呼出一口气。

♥ 4 ♥

邵小野作为新人编辑，对于鹿唯的新作不敢擅自决断，于是将鹿唯交的分镜大纲带到医院给顾城审核，当顾城翻阅大纲的时候，她却忍不住陷入了沉思。

昨晚的事，虽然是个乌龙，但不可否认，鹿唯本身存在着很多奇怪的地方，比如，大晚上去废弃的校舍，手腕上的伤口，垃圾桶里沾着血的纸团，还有他浑身湿漉漉地出现又要如何解释？

虽说每个漫画家多少都有些怪癖，可鹿唯的这些行为已经不能简单地以怪异来形容了，他的精神状态有很大的问题，不知是否因为工作压力太大造成的。

"小野，小野，你有在听我说话吗？"

听到顾城的呼唤，她这才回过神来："顾大哥，你觉得这个故事如何？"

"你没事吧？"

向来精神饱满的邵小野很少有如此心事重重的时候，顾城忍不住担心地询问。邵小野笑笑摇了摇头，表示无碍。

"好，那么说回重点。"顾城即刻换上严肃的表情，他将稿子重新推回邵小野的面前。

"麻烦你跟麓微老师说一声，这份大纲无法通过连载的审核，请她重新修改。"

对于这份稿子会被"退货"，邵小野颇为诧异，她以为以顾城对麓微的崇拜程度，一定会无条件支持的。

"顾大哥，这个……"

"少爷，现在你暂代我的职务，你看出这份大纲有什么问题了吗？"

"嗯……"邵小野沉吟了片刻，再次仔细翻阅了一遍大纲，老实回答，"故事的题材很新颖，只不过几个主角之间的感情线设置得太刻意了，令人觉得十分不自然。"

顾城点了点头，表示赞同："是的，感情描述得过于生硬，倒不如说男女恋爱的桥段有些生搬硬套。其实麓微老师上一部漫画也出现过相同的问题，只不过那个时候因为叙事风格和画风容易吸引目光，然后单元剧式的故事恰好掩盖了男女之间互动的不自然，所谓瑕不掩瑜，因此问题才不至于如此明显。

因为之前系列非常成功，那么读者会期待看到更好的作品，眼光也会变得更为刁钻和苛刻，如果以这样的故事连载，一定会被抓到痛处，砸了老师的招牌。还有，小野，麓微老师的这一战，不能输！"

彼时，邵小野并没有听出顾城话中的真正含义，以为顾城纯粹是因为麓微在他心中的特别地位，而格外在乎。

"只不过，这样的话，会不会给麓微老师太多的压力了？"

邵小野有些不安，不知是否该告诉他，自己在和鹿唯的相处中发现了对方存在一些问题。

顾城停顿了片刻，继续开口："漫画家遇到瓶颈有压力是正常的，这个时候就必须看编辑站在何种立场上。"

"立场？"

"小野，你觉得我为什么会当少女漫画杂志的编辑呢？"

"嗯，因为少女漫画杂志里的妹子比较多？"

"哈哈哈，如果我说我真心喜欢少女漫画，你会觉得我虚伪吗？"他反问。

"呃……也不是。"邵小野尴尬地搔了搔头。

"傻瓜！"

顾城揉了揉她的发："在所有人眼中，少女漫画似乎被贴上了'霸道少爷爱上傻白甜女主'的固定套路，当然还被很多所谓的大人吐槽为玛丽苏，剧情狗血，不切实际，专门为了欺骗小女生的奸商产物。

"还记得，上次我们遇到的那两个小护士吗？她们喜欢看少女漫画，是因为晚上一个人值班的时候害怕，所以看麓微的漫画壮胆。当读者沉浸在自己所向往的美好中时，便会逐渐忘记现实的恐惧……

"我们不否认每个类型的漫画都有它既定的模式，但并不代表我们必须以此来作为最终的目标。将美好的事物呈现给世人，让大家被故事里的情节治愈，被感动，我们能做的便是提供这样一份憧憬：即便这个世界没有童话，但也可以让读者偶尔活在童话中。这就是少女漫画的生存之道。

"其实，我们该说的道理，该表达的东西，一样也不少。"

"这样看来，少女漫画确实没有什么不好的。"邵小野笑道，微微有些释然。

"所以啊，麓微老师简直是少女漫画界的一股清流啊！"

"呃……确实是一股清流。"邵小野讪讪地摸了摸鼻子，掩饰心虚，尴尬地点头承认，只不过她想到的是另一个方面，比如，她觉得现在告诉顾城麓微其实是个男生，似乎时机不太对，"所以……你还是没有告诉我一个漫画编辑究竟应该站在何种立场。"

"如果是我，我会和老师携手并肩，一起解决难题，如果让老师独自承担，压力自然大。"他的一只伤脚仍旧可笑地挂着，只不过脸上那勇往直前无所畏惧的坚定笑容，却让人觉得他的形象瞬间高大起来。

"所以，小野，当你发现你负责的漫画家对于感情线的处理方式不太成熟时，你会怎么做？"

邵小野承认，见到鹿唯，在和他相处的这段时间里，她对他不仅是防备，他似乎藏着一些秘密不想让人知晓，她便一直以局外人的立场来看待这件事，甚至是他这个人。

从来没想到自己是对方的编辑，应该做什么，可以为他做什么。

"顾大哥，我下回再来看你。"

她似乎想到什么，将削了一半的苹果丢给了顾城，急匆匆地冲了出去。

Chapter 3

恋爱中的套路
与反套路

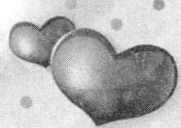

♥ 1 ♥

"麓微老师，请和我约会吧！"

邵小野一口气冲上了顶楼，想也不想地直接踹开了鹿唯的房门，对床上卷成寿司状的物体，大声告白，中气十足。

被单内的人身体不自然地抖动了两下，继而慢慢地露出了半张脸。

因昨日通宵赶稿，鹿唯的脑袋仍旧昏沉，这炸裂脑细胞的告白在脑中消化了近三十秒，他才反应过来。

"嗯……嗯？"他睡眼惺忪，连带眼前女生的面容都附着一层朦胧的金光。

"那晚上七点整，我们在……摩天轮见！不见不散。"邵小野微笑着朝鹿唯摆了摆手，再次如风卷落叶般，转眼间离开，整个过程不超过一分钟。

直到房间再次重归平静，鹿唯的反射弧才刚刚上线。

她刚才说什么？

约会？

想到那个点燃世界的温暖笑容，一股热气直喷脸面，熏得本就混沌的脑袋更加昏沉，还好没人看到他窘迫的模样。

"还有哦！"邵小野突然从门框处探出了脑袋，令他有些措手不及，慌慌张张地拉起被单，兜住自己的脑袋，只见她嫣然一笑，刻意提醒了一句，"听说今晚好像会下雨啊！"

当房门重新被关上时，只剩鹿唯在床上兀自凌乱着。

下雨？

这又关他什么事？

嗒嗒嗒——

密麻的雨点凌乱地打在窗户玻璃上，让埋首于电脑前画稿的鹿唯有些心神不宁，他望了眼窗外几乎与黑夜融为一体的雨幕，目光下意识地转向屏幕上的时钟：7点45分。

眉心淡淡地扯出一道曲折，昭示着主人此刻内心的纠结：她……不会还在雨中等吧？

算了，才不管她！

当初我也没答应要去的，莫名其妙。

鹿唯甩开脑中的疑虑，重新集中精神，提起压感笔，在数位板上快速勾勒两笔后，

笔尖却再次停顿下来。

往常这个时候，她应该会咋咋呼呼地来敲门，可今天却意外的没什么动静，这么晚了，她不会还在那等吧？

不对，她又不是孩子，等不到自然会回来，也许她刚好约了其他朋友在咖啡厅或小餐馆里避雨呢？

当笔尖点数位板的频率几乎要和窗外的雨点同步之时，他终于泄气地放下了笔，轻揉太阳穴，闭目养神，只不过耳边却意外地闯入了邵小野的声音。

"麓微老师，您要按时吃饭才能对得起你的作品和喜爱它的粉丝们！"

"麓微老师，您的胃不舒服，要不我给您煮点儿粥？"

明明才短短几周的相处，邵小野的声音几乎充斥着整个房间，他猛地站起，快速扫视房间，书架上的漫画按照标题整理，整齐且井然有序，所有的废稿全部安静地躺在纸篓里，房间被整理得干净整洁，带着清香剂舒爽的气息，视线所及之处，皆有她的痕迹。

"鹿唯学长，如果不嫌弃，就先穿我的外套吧。"朦胧的记忆中，邵小野动作利落地脱下自己的外套，披在了自己的身上。

鹿唯猛地一惊，瞳孔一阵紧缩。

这是什么时候的事？难道是在他发病的时候吗？

这次，他不再有半点儿迟疑，快速奔出房门，冲下了楼，连伞都没带，匆匆消失在雨幕之中。

鹿唯找到邵小野的时候，她正站在巨大的摩天轮下瑟瑟发抖，雨天的夜晚即便是盛夏也颇有几分冷意。

雨滴扑扑簌簌地敲打在她娇小的身躯上，使她更显孤立无助。而她就这样在毫无遮挡物的地方，整整等了一个多小时？

鹿唯有些疑惑，她今早不还提醒自己今天会下雨，为何她自己反而不带雨伞了？

他没想太多，抹了把脸上的水渍，正要靠近邵小野，却感到地面猛地一晃，等他好不容易保持平衡，回神之时，周遭开始渐次黯淡下来，独留一道雪白的光柱打在他的身上。听不到任何声响，就连密集的雨声也在一瞬消失无踪。

当光线重新降临之时，一切都变了色，本来再平常不过的街道在他眼中也变得异常荒芜，路灯"刺刺"地闪烁着，微弱的光芒投射下的影子尤显空洞。他看不到其他人，听不到多余的声响，仿佛天地间仅剩下他一个人，抑或只有他一个人被遗弃在这世界的尽头。

死亡的绝望张狂地扑向了他，撕咬着脆弱的灵魂。他如同在沼泽中苦苦挣扎的即将溺毙的人，渴望一根稻草的救赎，想要逃脱这样绝望的气息，却怎么也找不到出口。

"麓微，麓微老师，你还好吗？你听得见我说话吗？"

一道清丽的女音直击心脏，令鹿唯的心神猛地一震，嘈杂的街道开始一点点恢复，失焦的视线重新聚焦在眼前的女生身上，而对方正一脸担忧地看着自己，他低首，苍白修长的大手不知何时竟死死地扣住掌心小小的温度。

不安却又心安。

不知是谁先依赖上了对方，他再次恍惚起来。

邵小野担心地望着眼前明显不太对劲的鹿唯，如果不是她刚好转身注意到了身后的鹿唯，接下来会发生什么意外，她不敢想象。

她见鹿唯不过在十步开外的距离，却迟迟没有进一步的动作，反而向川流不息的马路走去，她不敢再迟疑，急忙拉住对方，假装抱怨："麓微老师，您不知道下雨天约会，最浪漫的就是要共撑一把雨伞？亏您还是少女漫画家的代表。"

直到邵小野靠近，这才发觉鹿唯的不对劲，他的瞳仁找不到任何焦点，就这样木然地立在雨中，任由雨水流入眼内，流入唇瓣缝隙，无知无觉，形同死人。

她这才紧张起来，拼命地呼唤鹿唯，企图找回他的一丝神智。

"嗯！"

直到她听到对方淡漠的应答后，这才松了口气，刚才真的要被鹿唯的模样给吓死。

"你……你从七点一直等到现在？"鹿唯先是茫然，继而在看到邵小野的脸庞之时，忍不住问她，而他没发觉，自己的手仍旧死死地抓住对方。

"是啊！"

邵小野本想问他刚才到底怎么了，但被鹿唯这么一打岔，反而忘了之前的疑惑，重重地点头，雨水早将她的衣服和头发打湿，狼狈地贴在身上，难受极了，但她脸上的笑容仍旧不减。

"我并没有说要和你约会。"对于这个女生，鹿唯有些束手无策。

"可是你还是来了，不是吗？"嘴角的弧度并没有因为鹿唯的干脆拒绝而减弱半分，她拉着鹿唯便往摩天轮的入口处走，"好了，我们去坐摩天轮吧。"

鹿唯有些不明白她心里到底在想些什么，便立在原地，不肯就范。

"就算我来了，也不代表要和你约会，我也不想坐什么摩天轮。"

这次换邵小野愣住了，她考虑了片刻："如果你不想坐摩天轮，我们可以选择其他的，比如一起吃甜品，看电影，或者玩密室逃脱，鬼屋探险都成。"

终于，鹿唯有些愠怒，松开了邵小野的手，冷漠的脸上阴晴不定。

"邵小野，你到底想要干什么？"他略带愠怒。

邵小野并未被唬住，坦然回答："当然是要和麓微老师你约会啊！"

"为什么突然要和我约会？"即便有头发做遮掩，他的脸还是爬上了两抹绯红。

"因为我喜欢你啊！"

胸腔微微一震，婉转而直白的嗓音透过绵密的细雨，传入他的耳内，触动了某根心弦。略显消瘦的下颌一点点地收紧，隔着发丝的眼眸逐渐变得幽深，只觉眼前的狼狈少女笑颜如花，身后亦是落英缤纷。

他以为这个世界上，除了自己，再没有人会在乎他，主动靠近他，更不会有人同他表白……

不对不对！

不会是这样的。

不过片刻，他猛然清醒，冷然指控："你说谎，你不可能喜欢我！"

"为什么不可能？"被他这么一说，邵小野略略怔愣，甚至觉得眼前的男生不再那般神秘莫测，比如，现在他极力否认的样子有点儿可爱。

"因为……就是不会！"

鹿唯后退了两步，坚定地摇了摇头，否定对方，甚至是自己。如果她知道自己曾经做了什么，绝不会这么说的，不会！

他转身疾走，想要逃开面前的困境。邵小野见鹿唯要离开，急忙上前拉住对方的手臂，谁承想竟因惯性本能地向前倾倒，她膝盖跪地，被拽着直接在地面擦行了十多厘米。

"你……没事吧？"

鹿唯后知后觉，发觉身后摔倒的邵小野，这才停下了动作，急忙蹲下查看对方的伤势。被雨水冲刷后，地面上的沙砾更加尖锐，邵小野光洁的膝盖被硬生生地磨破了一层皮，虽算不上血肉模糊，但潺潺流出的鲜血混着冰冷的雨水不停下滑，看起来也颇为心惊。

鹿唯身上自然不可能带任何急救药品，他甚至是第一次碰到如此突发情况，于是他首次以商量的口气小心地询问邵小野："现在……该怎么办？"

伤口不算严重，但疼痛却无法作假，邵小野疼得不住抽气，牙关紧咬，却被鹿唯略带无措的举动给逗乐了。

"你觉得如果在漫画里，出现了这种情况，男主角会怎么做呢？"

她以为这个时候，鹿唯会痛斥她还有闲工夫说笑，却不想他竟认真思考起来。

"我……我打120！"刚才出来得有些匆忙，他将手机落在公寓里，于是他起身准备寻找附近的电话亭。

"等……等一下！"邵小野生怕鹿唯真的"劫下"一辆急救车，她急忙拉住对方，"不至于那么夸张啦，公寓里就有医药箱，这个稍微包扎下就可以了。"

鹿唯沉默，所以只要把她送回公寓就好了吗？

如果是漫画书里的话……

他弯腰，在一声惊呼中，一把抱起了邵小野，动作利落又干脆。

是的，鹿唯的这一连串动作是邵小野始料未及的。

好吧，他终于找到少女漫画家的一丝觉悟了。

因为这充满意外的公主抱，邵小野第一次近距离看到了鹿唯隐藏在刘海下的真实面容。

怎么说呢？

即便她阅览过漫画中的美型男生无数，但还是不自觉地出了神。

她就这样直勾勾地盯着鹿唯的脸，忘记了疼痛，忘记了调侃，更忘记了之前预想的所有台词。

原来，这就是他的真实容颜……

感觉到邵小野大胆的注视，鹿唯急忙扭头避开她的目光，嘟囔着："别……别看了。"

"为什么？你明明长得很好看啊！"邵小野向来不吝夸赞别人，而现在她不过实话实说，她还想说什么，鹿唯却兀自将她放下，与她拉开了距离。

"……"

"我不说就是了。"面对鹿唯刻意拉开的距离，邵小野只得讨好地笑了笑，末了添上几声痛苦的呻吟。

这次鹿唯也学聪明了，他半蹲着身子，背对邵小野，让娇小的她伏在自己的背上。

回到公寓后，鹿唯瘫软在地板上拼命喘着粗气，小腿肚隐隐作痛，今晚，他几乎耗费了整年的运动量。

邵小野望着鹿唯苍白的脸色感到有些愧疚，从摩天轮到公寓的路途并不短，鹿唯就这样默默地背了她一路，尤其是这残旧的公寓还没有电梯。

长期伏案工作令鹿唯的体力越发不济，能将她背到公寓，已经濒临体力的极限。

"麓微老师，你衣服都湿了，别躺地上太久，容易感冒的。"即便自己因他而受伤，邵小野仍不忘关心地叮嘱了一句。

"还有……谢谢，你送我回来。"

鹿唯快速瞄了对方一眼，这才记起今天被莫名地表白了，他没有应答她，而是挣扎着起身，飞快躲进了自己的房间，再次将对方的好意拒之门外。

邵小野不禁失笑，似乎早已习惯了鹿唯对自己的态度，她一瘸一拐地回到自己的房间。一番简单的梳洗后，换上干爽的衣裳，手中拎着医药箱和一沓文件夹，她重新敲响了鹿唯的房门。

"麓微老师，可以帮我上药吗？"

音量并不高却恰好重击鹿唯的心口，他早已听到了脚步声，却努力装作不知，继续埋首赶稿，却不想门后突然响起一声痛哼。

几乎是条件反射般猛地弹跳而起，三步并作两步快速朝门口移动，整个动作一气呵成不带半分凝滞，掌心最终在门把手的位置微微一顿，他并不是在意这个女生，也不是因为她跟自己表白，才会如此失了分寸，只不过她现在的伤势是他造成的。

没错，他不想制造麻烦，更不喜欢给别人带来任何困扰。

做好心理建设，鹿唯这才幽幽地开启一条门缝，朝外探去。谁知门口的邵小野安然无恙地站着，脸上仍旧挂着灿烂的笑，见鹿唯开门，她快速闪身，钻进了房间。

"你……"鹿唯来不及阻止，更不知要如何阻止。

她如若无人般，径直坐在床上，将手中的医药箱递出，笑容一敛，明眸如秋水横波。

"麻烦你了。"邵小野嗓音清亮，没有丝毫扭捏。

他迟疑了三秒才接过医药箱，事先提醒："我……我不太会上药。"

邵小野积极地点点头，脸上的期待有增无减。

他妥协，半跪在邵小野的面前，捏着蘸了酒精的棉球为她消毒。

鹿唯没有说谎，他真的不太会上药，邵小野因为他笨拙的动作，好一阵龇牙咧嘴，却仍旧死死咬住下唇，不敢发出一丁点儿痛哼，只静静地盯着鹿唯手上的动作。

他的手指纤细又修长，许是常年宅在室内，手上的皮肤呈现出一种近乎透明的白皙，如若不是指甲盖上的一点儿红润，它几乎要和棉球融为一体。

头发已经是半干的状态，邵小野仍旧看不见他的容颜，气氛却不像最初那般鬼气森然，反而给人一种安静的感觉，或许因他稚拙却不乏小心翼翼的动作，或许无意中看到

了他的容貌，更或许是他即便体力不支却仍旧坚持要背她回家。

总而言之，如今的氛围好到让人忍不住想要说些什么，比如……

"我喜欢你！"她开口，大胆得令人咋舌。

本来在专注上药的鹿唯，一时不慎，下手力度失了准头，极致的疼痛终于无法麻痹感官，彻底刺激了她的神经末梢，她忍不住哀号出口，原本自信张扬的五官变得扭曲。

"你……你别再开玩笑了。"鹿唯背过她，收拾医药箱，借由忙碌来掩饰慌张。

邵小野恰好捕捉到了对方的一丝狼狈，眼中闪过一丝亮光，仿佛发现了他的某个小弱点。

"为什么你会觉得我是开玩笑呢？你不喜欢我吗？"

邵小野不让鹿唯有任何逃避的机会，将对方逼至墙角，和初次见面一般，耀眼自信，气场全开。

鹿唯贴着墙壁，双手无处安放，一张莹白的小脸"唰"地热烫一片，在胸腔内横冲直撞，无人驾驶，无力掌控。

邵小野靠他很近，近得似乎在呼吸着对方喷洒出的气体，导致周遭的空气也开始升温。

"我……不喜欢你！"鹿唯咽了下口水，别过脸颊逃避与对方的眼神交流，否定胸口不稳的心跳。

"虽然我们没有一起坐摩天轮，但是我们一起在雨中漫步过，你也帮我上过药，这样不够浪漫，不能让你心动吗？"

邵小野逼近一步，即便两个人之间仍旧隔了段距离，然而那均匀而温热的呼吸声，若有若无地喷洒在他的耳畔，鹿唯顿觉耳根一阵烧灼发烫。

鹿唯避开她的视线，语气肯定："一点儿都不，你不用再做无用功了。"

蓦地，邵小野的脸上露出了一抹意味深长的浅笑，她退回到床上。

"所以我能否解释为，这些所谓的浪漫场景，看似大胆的表白，却依然无法让你动心的理由是……太过刻意了？"

随着话锋一转，鹿唯脑中立时光芒乍现，刺目得让鹿唯好一阵恍惚。

"什么意思？"他茫然。

邵小野从带来的文件夹里抽出了鹿唯的分镜大纲，里面是密密麻麻的红笔批注，她一改刚才玩世不恭的态度，认真解答："如麓微老师您新作故事里的男女主角一样，因为一次简单的初遇，女生便偷偷喜欢上了男生，然后女生大胆表白，男生欣然接受，于是两个人便顺理成章地在一起，接着顺理成章地一起经历各种刻骨铭心却不乏浪漫的事

件。男主是万人迷的设定，身边环绕着各种各样的美女，而女主的性格特点并没有在第一时间很好地突出，就这样莫名其妙地互相喜欢，实在过于突兀和不自然。希望老师就这个问题，做一定的修改。"

原来她那突如其来的表白和约会，并非出自真心。

"所以，你刚才做的一切只是想要告诉我新稿大纲里出现的问题？"鹿唯开口，语气意外的平静无波。

大脑终于在这一刻彻底冷静下来，悄悄松了一口气的同时却莫名地涌出一股惆怅。

邵小野点了点头："嗯，我和顾编辑讨论过，发现您在上个系列也出现过类似的问题。所以我想，您在处理感情线的时候容易出现一定的弊端。如果让您身临其境，设身处地地体验一次，可能会能较好理解男女主角在情感升温时面临的矛盾。"

"设身处地？"语调堪堪一仄，继而趋于平静。

"你为我做到这种地步，还受了伤，真不知要如何感谢你了。"他淡笑，语气却听不出一丝开心的成分。

"身为您的责编，这也是我应尽的义务，关于新漫画的大纲，如果有任何问题，请不要独自扛着，大家一起面对，或许更好解决。"她笑言，丝毫没注意到对方语气里的不对劲。

"那么具体的问题，我们已经备注在稿子上，麻烦您有空看看，就不打扰您休息了。"

"嗡嗡……"

邵小野的手机铃声适时响起，于是她朝鹿唯略微歉意地颔首，起身一瘸一拐地走出房间去接听电话。

电话是顾城打来的，来询问关于稿子的问题是否有向鹿唯好好说明。

邵小野表示问题已经被她很好地解决了，并且她和鹿唯的友谊也因此迈进了一大步，听到这顾城又是羡慕又是嫉妒，恨不得自己也是个女生。彼时他仍以为，由于邵小野也是女生，才会得到鹿唯的信赖。

"嗯，不过这件事也告诉我们一个重要的道理。"

"什么？"顾城在另一头好奇地问。

"即便是少女漫画家，他们的恋爱经验也并不一定很丰富啊！"

邵小野的话仿佛引爆了某个关键爆点，身后的门在下一秒被打开，鹿唯站在门框边，将邵小野诧异的表情尽收眼底。

"谁说我因为没有恋爱经验才写不出感情戏的？"鹿唯仿佛被触了逆鳞一般，颇为

恼怒地将邵小野推向墙壁，他双手支撑在邵小野的脑袋两侧，居高临下地俯视着对方，发丝顺着他的动作，垂在他的脸侧，让他整张脸皆笼罩在阴影当中，隐约间，邵小野似乎看到了对方的眸内精光乍现，火光灼灼。

粉唇轻轻噘起，轻敛褐眸，遮去眼底的一丝异光，他俯身在邵小野尚未反应之时，快速地在她的额头上印了一个吻，然后飞速离开。

"嘭！"关门的声响拉回邵小野的少许神智，她无意识地轻抚着那蜻蜓点水的一吻落下的地方。

什么情况？她莫名被亲，只为证明这家伙有恋爱经验吗？

门的另一边，因一时冲动亲了邵小野的鹿唯，并没有好过到哪里去，他烦躁地抓着脑袋上的乱发。

天！他到底在做什么啊？

♥ 3 ♥

第二日，邵小野一早起来，正准备出门，不想鹿唯竟早早等候在门口，仍旧是一身不起眼的廉价衬衫与休闲裤，背上背着一个简易的背包。

他努力忽视见到邵小野那一刻的不自然，以及对方脸上闪过的一丝尴尬，尽量轻描淡写道："今天是周末，你有什么计划？"

这次轮到邵小野愣住了，她似乎没料到鹿唯竟会问这个问题。

"呃……嗯……"她沉吟，不知要如何回答这个问题，其实她更想询问昨天那个吻是怎么回事。

外国友人表示友好的打招呼方式吗？

鹿唯似乎料想到邵小野会沉默，反而率先开了口："如果没事干，跟我约会吧。"

"啊？"这次轮到邵小野瞠目结舌，大脑有些短路。

难道这就是所谓接吻的后果吗？

她忍不住为自己脑补"我会对你负责"之类的狗血漫画场景。

鹿唯坐在喷泉边对着来来往往的行人仔细观摩着，手中的炭笔不时在素描簿上肆意挥舞着，一个个人物的轮廓动作逐渐清晰，或站，或跑，或嬉笑，或打闹。

凉风袭过他浓密的黑发，发丝凌乱，隐藏在发后的眼瞳单纯专注得令人不禁驻足神往。

漫画家的人物设计大部分源自日常的人物，因此出门采风和观察人物也是他们必备的工作。

邵小野坐在鹿唯身边，忍不住狐疑地问道："这就是你说的约会？"

"你说过，如果我遇到困扰，身为我的漫画责编，你一定会竭尽全力地帮助我，不是吗？"终于，他合上了素描簿，却重新拿出了个小册子。

"嗯，是啊！"

"你说过，我的漫画里的感情部分交代得太过刻意，但怎样描绘才不显得刻意呢？"

"这……"邵小野苦恼，倒是真的被鹿唯的问题给难住了，"大概，就是让人觉得自然且水到渠成吧。"

"……"

"很敷衍吗？"见鹿唯没回应，邵小野有些尴尬地笑着，"好吧，我也不太懂，但我一定会帮你一起试错，然后一块儿找到正确答案的。"

"试错？"鹿唯意外地勾起嘴角，隐下几分阴谋的调调，他轻笑，意味深长，"这是个不错的词。"

"那昨天……"邵小野不敢应答他，总觉得自己不知不觉被下了套。

"诚如你所言，我的恋爱经验确实不足。"

因此，昨天莫名被亲了一下，也是因为自己的恋爱经验不足的试错？

邵小野欲哭无泪，是她自己脱口而出表示对方没有恋爱经验，如今他提出所谓的试错法则，这个理由冠冕堂皇得让人无力反驳。

"那你想到要怎么做了吗？"

只见鹿唯翻开手中的记事本，上面密密麻麻地写了不少文字。

"少女漫画里的恋爱套路与反套路体验计划表？"她上前，看到笔记本上的标题忍不住重复了一遍。

"这……什么意思？"

"嗯，感谢你昨天给我的启发。"

"所以？"她有种不祥的预感。

"我想将少女漫画里的所有套路都亲身体验一次，来找下灵感。你……会帮我吧？"

鹿唯扭头，脸上绽开一抹浅淡的笑容，一边的嘴角无意识地勾起，似乎密谋着某项不为人知的计划。

"呃……"似乎捕捉到对方的不怀好意，邵小野有些迟疑，尤其是鹿唯一反常态地寻求她的帮忙，令她陷入了两难的境地，一时不知该如何回答他。

"你之前不是说如果我遇到瓶颈，你会帮我一起面对困难吗？如果不愿意的话……"

"好吧！"生怕对方即刻反悔，邵小野急忙应承。

也或许是自己多想了呢，她安慰自己，鹿唯可能真被她的诚心打动，终于愿意解开心结，学习与编辑的相处之道了。

"那么接下来……你帮我租辆自行车吧！"

"啊？"

"嗯？有问题吗？"鹿唯略歪着脑袋，状似无辜地反问。

"没，没有！"身为编辑，邵小野不敢有更多的疑惑，如同二十四小时待命的忠心仆人般风风火火地寻找自行车租借点。

当她好不容易从一家不起眼的自行车行里借出一辆老旧的女式自行车时，鹿唯还算满意地微微颔首，率先跨坐在了自行车的后座上。他的双腿修长，而自行车的高度显然和他的腿长不匹配，使得鹿唯不得不屈着双腿，邵小野盯着那分外憋屈的两条大长腿，嘴角抽搐："这……这是干什么？"

"少女漫画里，经常出现两个人合骑自行车的场面，我想亲自试试，找找感觉，是不是真的那般浪漫。"

"那你坐错位置了吧？"邵小野终于明白了鹿唯究竟在做什么，只不过她却无力改变对方的想法，毕竟……这是她自己挖的坑啊。

"我不会骑自行车！"鹿唯略微无辜地摊手，坦白回答，"我们必须要为不会骑车的男主考虑下，有时候我们不是也需要一些反套路吗？"

好吧，邵小野再次跳进了自己设计的连环坑，如果爬出来的时候，她还没有粉身碎骨的话，请为她喝彩。

感觉周遭聚集的目光逐渐增多，邵小野不想和鹿唯多费唇舌，利落地坐到了前面，扭头询问："你想在这喷泉附近随便逛两圈呢，还是有什么特别想去的地方？"

"有啊！"

"哪里？"她一愣。

"伯莱恩私立大学！"

"去那干吗？"

他理所当然道："私立学院是少女漫画里最常出现的场所，我想作参考画场景。"

"鹿唯，你是不是在耍我？"终于，她忍不住脱口而出心中盘旋的疑虑，称谓也从尊敬的"麓微老师"变成了名字的全称。从这里到伯莱恩私立大学的距离完全不适合骑

自行车好吗？他是不知道还是故意的？

"我为什么要耍你？"

"可是从这里骑车到伯莱恩太远了，还是坐公交车吧！"

"如果不骑车，我如何有灵感？"

鹿唯的话让邵小野无力反驳，算了，她认栽好了。邵小野在自行车上坐好，双手握紧车把，奋力一蹬，车子竟分毫未动。

邵小野回首，见鹿唯双脚落地，有些无奈地提醒："你脚不离地，车子是没办法前行的。"

鹿唯点了点头，却仍旧没有动作："我担心你的车技，还是这样稳当一点儿，大不了你要骑的时候，我配合你往前推行，帮你一把好了。"

"呵呵。"对于鹿唯这样累赘的助力，邵小野表示不要也罢，干笑了两声，"谢谢啊，要不你侧坐吧，会不会舒服点儿？"

鹿唯想了想，忍不住反问："侧坐的姿势会不会太过女生了些？"

"你现在不是要代入女主角吗？"

鹿唯想想觉得有理，于是双脚并拢，重新侧坐了上来。

一切准备妥当，这次邵小野可谓使出了吃奶的劲，奋力往前蹬着，自行车终于不负众望地动了起来。

鹿唯坐在车后，享受这难得的午后，微风不时鼓动着额前的刘海，露出他鲜少为人所见的俊秀眉峰与澄澈干净的漂亮眼睛。太阳似乎也想凑一凑热闹，晃眼的光线令他本就瓷白的肌肤氤氲着一层淡淡的透明感，他抬头，眯着双眼直视着头顶的太阳，一两颗碎光在瞳孔内若隐若现地闪烁着。

偶尔有一朵迷路的蒲公英，乘着别离的风与他擦肩而过，笑容若有若无地淡淡绽开，纯净而孩子气。

这看似不能再稀松平常的平静午后，却让鹿唯的心感到从未有过的惬意和微凉的幸福。

当然，这一切的宁静美好，邵小野根本看不到，也无心去感受。

她每一次往下踩，似乎都怀着誓将脚蹬踩断的决心，每一次凉风的拂面都令她有种错觉，如同坐在她身后的鹿唯对自己的嗤之以鼻。

不过一小会儿，她便汗流浃背，气喘吁吁，小腿肚已经隐隐作痛，控诉着这变相的折磨。然而，她不敢停下，如同一匹行将就木的老马做着超负荷的体力活，分分钟可能累毙当场。

这幅画面很浪漫吗？

她内心只有无数只乌鸦飞过，你让一名娇小的少女骑着自行车，后面还载着体型是自己两倍的巨型婴儿，那感觉绝对不会是浪漫。

一辆自行车从身旁经过，坐在车后的小男孩望着奋力蹬车的邵小野和后面刘海遮脸看不到任何表情的鹿唯，有些胆怯地对前面的母亲道："妈妈，你快看！那个姐姐好像载着个幽灵哦！"

妇女看了鹿唯和邵小野一眼，也是一惊，虽然也认为自己的孩子形容得十分贴切，但视线接触到邵小野苦大仇深的眼神，只得讪讪地训斥两句："小孩子，不要乱说话。"

终于在一个上坡处，邵小野弃械投降，她松开车把，瘫软在地面上拼命喘气："这……这个……男女生共同骑车的桥段，我身为你的编辑，强烈、严重、诚恳地建议你千万不要画在漫画里，一点儿也……也不会浪漫的！"

"我感觉还挺……"鹿唯正想表示自己感觉不错，却在接触邵小野杀人的目光时，乖乖闭上了嘴，默默将册子上的这一条打了个大大的叉，他招来了一辆出租车，"那你顺便把这辆自行车还回去吧，我在伯莱恩私立大学的校门口等你。"

"噔！"

鹿唯不带一丝犹豫地关上了车门，车子扬长而去，顺带留下一排尾气以示告别。

邵小野对着无辜躺在地上的自行车发誓，再这么下去，她一定会杀了这个家伙的！

❤ 4 ❤

当邵小野好不容易来到伯莱恩大学的时候，鹿唯却并没有按照约定在门口等她。她从前门绕到后门，前前后后不下三次，仍没见到鹿唯的踪影。

就在她以为鹿唯故意放她鸽子，准备打道回府之时，却听上方一道熟悉的嗓音骤然空降。

邵小野循着声源仰头，而这一望让她倒吸了一口凉气，鹿唯此时正站在五米高的围墙上，冲着她挥手示意。

"我现在下来了，你可要接住我！"鹿唯以下巴示意邵小野。

"什……什么？"

邵小野完全无法消化鹿唯此刻话中的含义，而鹿唯也不给邵小野多想的机会，屈膝，身子前倾，俨然是即将跳跃的预备动作。邵小野下意识地张开双臂，硬着头皮往前冲，准备随时接住对方。

而此时此刻她的脑子却混乱极了，这么高她要如何接住他？接不住的话，他会骨折，接住他的话，她可就要骨裂了。

邵小野慌张的表情和慌乱的动作被对方尽收眼底，或许连鹿唯自己都不曾察觉到，此刻他的眉眼堪比月牙，盛满了无可比拟的愉悦。

不再有迟疑，后脚微微发力，他向空中跃起，这一刻他感受到了穿行的风从指缝间流淌，他甚至感到天空都格外蔚蓝。

然而，地下的邵小野却明显命苦了些，她感受不到大自然的美好，只觉这个世界对她充满恶意。

是的，就在鹿唯跃起的那一刻，就在她拼命往前奔跑的那一瞬，她……脚下一滑，跌了个狗啃泥。

"啪！"

鹿唯安然落地，在邵小野眼前十厘米处，他睨睇着摔得无比惨烈的邵小野，没有丝毫怜悯，反而顺势翻开手中的小册子，握着圆珠笔，快速记录着。

"女主不小心摔倒或从高空跃下后，能够扑进对方怀抱里的概率为零，嗯，不小心碰触到对方嘴唇的可能性为零，"他沉吟，俯视同样与自己对视，却灰头土脸的邵小野，继续奋笔疾书，"但与大地接吻的可能性高达百分之九十以上。"

"所以，你闹了这么一出就是为了验证从高处坠落后投怀送抱的可能性？"邵小野不知自己嘴角是否被磕到了，不住地抽搐着。

鹿唯认真地点了点头："你放心，关于这个摔倒就掉进对方怀抱里的桥段，我一定不会用的，因为……太过刻意了！"

她发誓，虽然鹿唯回答的语调一如既往的淡然，分外自然认真，一点儿都不像是在开玩笑，可她就是觉得自己被他给耍了！

更可怕的是……

"毕竟，你说我没有恋爱经验，试错是必然的过程！"

是的！他总拿这话来堵她，令邵小野有苦说不出，如鲠在喉。

"不……不用太客气。这是我应该做的，是……我的荣幸。"邵小野勉强让自己的嘴角向上扬起，说出这番违心的话。

"那鹿唯学长在这里还有哪些收获？"邵小野稍稍平复了一下心情，拍打自己身上的灰尘。

"我去了学校停车场。"

邵小野微微一愣："去停车场干什么？"

"参考停车场里有多少辆豪车。"

这次，邵小野总算接通了对方的线路："因为大部分少女漫画都会出现的豪车场景吗？"

鹿唯点了点头："但是，我发现这里其实存在着很大的问题，大学生基本都没有工作，那他们怎么会有豪车？父母给他们买的吗？"

"可……可能吧。"

邵小野现在不只嘴角抽搐，整个人都感觉不太好了。这家伙不是一本正经地胡说八道，而是在一本正经地科普少女漫画的常识逻辑啊！

如果罗曼史有逻辑可言那还是罗曼史吗？

"其实大部分父母不会给孩子买那么贵的豪车，车子的品牌多数会根据父母的喜好，以稳定性能较高的轿车为主，他们不太可能选择花哨且性价比偏低的跑车，当然还不包含市区道路限速等问题。"

邵小野听到最后是拼命努力地抿住嘴角，不让自己笑出声，才能保持一副认真听课的样子。

不否认，鹿唯对于这些问题的观察可以说是细致入微，在外人看来完全属于无稽之谈的事情，他却较了真，上了心。

那时，邵小野暗忖鹿唯根本就是个傻瓜，为何对无心的戏言当真。直到很久很久的以后，她才懂得，有时候重要的不是一个人究竟说了什么，而是那个人愿意把她的每句话都当真。

"最重要的一点是，如果我画加长林肯这类车型，因为比例不对，根本塞不进分镜框内，画面就会变得很奇怪。"说着，他翻开其中一页，竟真的将自己的设想完完整整地画了进去，做了假设。

"嗯，这个……真的……噗……也很……刻意！"邵小野将脸埋在掌心里，憋笑。

见鹿唯仍旧一副淡漠的面容，对每一个细节仔细记录。这下，她竟有些捉摸不透，他是真心来收集材料、寻找灵感，还是只是单纯想要戏耍她。

时值周末，学院里并没有太多学生，鹿唯无从考证"贵族学校帅哥众多"这个不二定律，因此只是临摹了几栋教学楼作参考，便选择和邵小野一块儿打道回府，可谁曾想这竟也花去了大半个下午的时间。

而且在出来的这一下午的时间里，除了最初人多的时候有些不太适应外，他竟没有任何不良的反应，鹿唯内心暗暗称奇。

临近傍晚，暑热稍退，校园内的花木茂盛，盘旋的虬枝上缀满了翠绿的叶子，天边

的霞光就着叶片的缝隙摇曳而下，如落了一地的花。

偶尔飘下的落叶摩擦着青苔小路的沙沙声，踩在其上的细微脆响，悄无声息地融入这一片静谧之中，恰到好处。

通往公寓的这条小径虽然幽静了些，但是环境还是极好的，邵小野首次觉得搬进这栋人人避之不及的"闹鬼公寓"也是有些好处的。

只不过……

这也未免太过安静了些吧？

偶见树下一两朵淡紫色小雏菊绽放，邵小野眼睛微微一亮，灵光一闪，急速奔了过去。

鹿唯见邵小野蹲在不远处，虽是疑惑，却不打算刻意迁就对方而停下，而是不自觉地加快了脚步。

他不想承认的是……

此刻，他竟然产生一种"跟邵小野并肩散步的感觉也不错"的可怕想法，更令人不安的是……他现在正思考是否将这个场景加入漫画里，表现男女主角在耄耋之年，仍旧在携手同行，执子之手与子偕老的深远意境。

慢慢地，不知哪个脑回路出现错位，竟莫名将自己和邵小野带入这幅画面内！

"喏！"对于鹿唯丢下自己先走掉，邵小野并不恼怒，而是加快了脚步，追上了对方，将手中的小花献宝般递出。

鹿唯终于停了下来，幽深的目光沉沉地注视着眼前的少女，似有某物在心中缓缓沉淀。

"给我的？"他反问，语调沁入了古怪的波澜。

"是啊！"她的笑容轻盈又明媚，"你觉得如果在漫画里，男生想要送女生花，会说什么话，比较容易触发少女心呢？"

她仔细考虑过了，无论今天鹿唯以何种目的进行这次采风，她都必须认真地对待。如果真心考虑漫画的事情，那么她就必须同他一样时刻陷入状态；如果他只是单纯地想要耍弄自己，那么她也必须表明立场，自己无心捣乱，而是想同他一起并肩作战。

鹿唯沉吟，接过邵小野手中的小花，放入掌心仔细观察，神情却不自主地游离到了外太空。

"为什么要送我花？"他问，语调意外淡如轻烟。

"咦，这是该我问你的问题。"

"可是今天一整天，我都是代表着女主视角。"

邵小野微微愕然，显然未曾料到鹿唯还沉浸在女主的角色中，一直没出来。

"好吧，容我重新整理情绪，你再问一次。"邵小野不甚在意地笑笑，开始揉捏五官，力度之夸张完全没把自己当成女生看待。

须臾，鹿唯再次问起，声音带了几分喑哑，如空茫而静寂的山涧。

"为什么要送我花？"

"因为……你是我苦等了半世才遇见的幸福！"

邵小野仍旧笑着，演绎得十分深情投入。

那短暂的一瞬间，一股电流直通进鹿唯的心间，酥酥麻麻，令他不能自已。

邵小野猛地握住拳头给自己鼓劲："有没有很感动，看到眼前的场景，我突然想到了。啊！我太厉害了，能想到这句台词，我太佩服自己了，你要记下来哦，说不定下一章就能用得上了。"

不待鹿唯反应，邵小野一蹦一跳地朝公寓大门跑去，欢脱的背影深深烙印在某人的眼中。

他发出一声轻叹，意外的好听，如同落雪的尘埃，醉人心脾。

也许，邵小野自己也没想到，此刻自己的背影在另一个人的眼中，很美！

大概生命中最好的遇见，便是一个人不经意地跌入了另一个人的戏幕里，无关曾经，避谈未来。只是相遇，然后眼中便有了彼此，如若不小心擦肩而过，那么就在如歌岁月中继续寻找，直到在人群中一眼锁住了对方。

Chapter 4

寻找最佳男主角

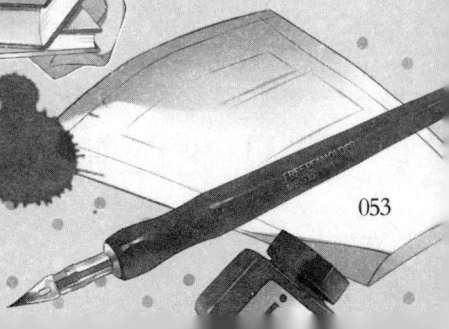

鹿唯小心翼翼地四下窥探，确定无人后，以迅雷不及掩耳之势躲进房门内，颀长的身体紧贴在门上，轻合眼睫，胸腔的巨大起伏触动着指尖微颤。

"扑通，扑通！"

心跳的声响大得惊人，每一次重击似乎都在耻笑自己如今的惊慌无措，他经历过无数次濒临死亡的恐惧，却没一次像如今这般……小鹿乱撞。

"嘭嘭嘭！"

背后的敲门声突然响起，鹿唯吓得一惊："谁？"

"鹿唯学长，晚饭煮好了，你……"邵小野的声音从门的另一侧传了过来。

"不用！"鹿唯急忙应答，心跳的速度却更快了。

门外的邵小野虽疑惑鹿唯为何突然态度迥然，却也没强迫对方，只是提醒他要记得出来吃东西，便回到自己的房间。

听到门后的脚步声逐渐走远，鹿唯这才松懈下来，靠着门慢慢坐了下来，有些颓然。他双手环抱着屈起的双腿，换了个有安全感的姿势，将脑袋埋在其中，努力平复一整天外出带来的冲击，天知道，他用了多大的力气去掩饰内心的恐慌。

嘀嘀——

不知过了多久，直到电脑传来收到新邮件的提示音，鹿唯这才抬起头来，朝书桌走去。

发信息人的名称备注着"曾教授"，鹿唯双击鼠标点开信息窗口，里面弹出一则中文信息，但IP地址却显示在加利福尼亚。

曾教授：今日的行程如何，有感觉到任何不适吗？

鹿唯考虑片刻，这才在键盘上敲击下几个字。

鹿唯：没有发病。

曾教授：这是一个好的开端，尽量尝试接触外界，无论是对你的病还是漫画的灵感都是有好处的。

鹿唯：嗯。

因为这个病，鹿唯其实有很长一段时间不敢接触外界和陌生人了，他刻意将自己禁锢起来，画地为牢。

曾教授是他的主治医生。当今社会对这类病症的研究尚浅，曾教授也是很长一段时间无从下手，只能建议鹿唯通过画漫画暂时缓解病情，却无法彻底根治他的病。

谁知竟因此意外发现鹿唯拥有极高的绘画天赋，通过在家自学的方式，鹿唯完成了高中的语数英以及其他文化课程。而琉光学院一向缺少艺术方面的人才，因此便破格录取了鹿唯。虽然校方承诺鹿唯无须来上课，只要修完学分就能毕业，但曾教授认为这种方式只是治标不治本，甚至会造成他与社会脱节，这并不是她所乐见的。

当鹿唯提出想要外出取材的时候，邵小野多少有些意外，毕竟刚认识他的时候，鹿唯可是一见到她就躲进衣柜里不出来。

不只是邵小野，就连曾教授都觉得诧异，鹿唯竟然愿意接受自己的建议外出，毕竟曾教授也是花费了大半年的时间才让鹿唯信任自己，愿意同她交流。

曾教授：看来这个新来的小编辑对你有着特殊的意义。

曾教授这句看似不经意的玩笑话，实际却充满试探，而鹿唯看到这句话却忍不住紧张起来。

鹿唯：不是的，是她太过烦人了。而且目前实施的这些计划不是你跟我建议的吗？我不是在意她，只是不想她来破坏我原有的生活。

曾教授：我没有说你在意她，你别紧张，放松。

鹿唯：是不是按照你的计划，就可以把邵小野彻底赶走？

生怕心中的信念改变，鹿唯忍不住再次发信息确认，其实他不是想跟曾教授求证，而是想说服心中的自己。

曾教授：嗯，虽不能肯定，但很少有人受得了吧。

当初，鹿唯向曾教授提到邵小野的出现，以及不满邵小野居然嫌弃他因为恋爱经验不足而影响漫画进度。

曾教授便提出了和邵小野一块儿外出取材寻找灵感的方案，来逼走对方。当初曾教授也不过无意提起，不想鹿唯竟真的接受她的意见，并且分外有干劲地实施起来。

说实话，曾教授并不希望邵小野因此而打退堂鼓，毕竟在这么多人当中，她是唯一能够在最短的时间内打入鹿唯的圈子，对他产生影响的人。

虽然不确定，目前的这份影响究竟是好是坏，但……以她对邵小野的了解，她深信，邵小野或许是唯一能够将鹿唯拉出深渊的人。

因此这次的计划亦是对邵小野的考验。

邵小野不是绝对的优等生，但是成绩、人缘、运动各个方面都保持在不错的水平，至少很少有让人置喙的地方。

然而，这一天，她人生中的第一次翘课竟是因为一条短信，一个从不会主动联系任

何人的发信人。

唉，最近因为少女漫画恋爱体验的事，邵小野差点儿没将鹿唯供上神坛，几乎有求必应。

只不过……

"你说你要干什么？"

在储藏室内，邵小野看着面前的鹿唯，忍不住想掏掏耳朵，生怕自己听错了对方话里的意思。

"我要你接近伯莱恩私立大学的校草。"鹿唯再次重复了自己的话。

如果条件允许，她真的很想去摸摸鹿唯的额头，看他是不是烧坏了脑子。

"给我个理由。"

难道少女漫画定律没有告诉他，想要接近伯莱恩私立大学的校草，如果没有女主角光环的话，几乎是自寻死路啊。

"我想重新修改新作里几个主角的人设，因此想找几个标志性的人物作参考。"

"哈哈哈！"邵小野只能干笑几声，继而苦恼地搔了搔头，打着商量的口吻，"一定要是伯莱恩的校草吗？"

"嗯，"鹿唯重重地点点头，"我想知道真正有钱人家的少爷和漫画里描绘的人物到底有多大的差距。"

"就实际来说，伯莱恩门禁森严，外校的人不太好接近，所以，操作起来有一定难度。"邵小野循循善诱，见鹿唯没有吭声，想他态度有所松软，再次加把劲游说。

"其实我们学校也有不少有颜又有才的人物，或许你可以先从他们身上找点儿灵感？"

"这里？"鹿唯先是微微一愣，似乎没有考虑过这个问题。

邵小野见有戏，开始极力游说："是啊，是啊！他们也都很不错的啊！说起来你还没好好逛过我们的学校吧。"

生怕鹿唯反悔，邵小野一把拉起他，就往外走。而鹿唯的眼神则彻底凝固在邵小野抓住自己手腕的小手，一时竟忘了挣扎。

安静的图书馆内，一名模样干净的男子正埋头做着习题，高挺的鼻梁上架着副颇为复古的细框眼镜，浑身散发着典型的书生儒雅气质。

在男生两点钟方向的邵小野则鬼祟地用一本书遮挡，小心地观察着对方，她捅了捅身边呆若木鸡的鹿唯。

"这个男生，如何？听说是我们学校的学霸，文质彬彬，待人也斯文有礼。"

鹿唯俯首表情略微古怪："你喜欢这种类型？"

邵小野微微一愣，有些莫名："什么喜欢？不是你要我介绍咱们大学的标志性人物给你作参考吗？"

"那在图书馆里，女生要如何引起学霸男主的注意？"鹿唯淡淡地撂下一个问题。

"嗯……向学霸请教问题？"邵小野沉吟片刻后回答。

鹿唯摇了摇头："太缺乏新意了，如果女主靠向男主请教问题便能获得他的另眼相看，那么随便什么人都能成为女主了。"

邵小野被鹿唯的问题弄得哑口无言。

"或者喝水的时候假装摔倒，不小心把水倒在男生的裤子上？少女漫画里也有不少这种鲁莽的女主。"

"如果是比较受欢迎的男生的话，一天要湿掉几条裤子？"鹿唯适时地补刀。

"那你说该怎么办？"邵小野双手托腮，拧眉苦思，这一刻她才发现创作是件这么难的事，事事讲究合乎逻辑，情节还必须出奇制胜。

鹿唯低头"唰唰"地在一张纸上写上几个字，他转头将那张折好的纸条递给邵小野："我想做个测验，你可以帮我把这张字条递给那个同学吗？"

"什么测试？"

邵小野好奇地接过字条，正要打开却被鹿唯及时制止："在漫画里，男女主角相遇，并且在引起对方注意后，男主一般都会发出某种信号。"

邵小野有些好奇，她虽不是躺在漫画堆里出生，但身为漫画杂志社社长的女儿，也算是阅览少女漫画无数，却从不知男主还会发出固有的信号。

"脸红，心跳？"邵小野猜测。

鹿唯摇了摇头，一副高深莫测的模样，淡淡地叮嘱她："你过去了就知道了。"

邵小野将信将疑地走了过去，深吸了口气来到学霸的面前，用指骨轻轻敲击着桌面，开了口："同学，打扰下。"

男生抬头，习惯性地推了推下滑的眼镜，本就略带朦胧的双眼眯成了月牙形，从记忆里搜索眼前这号人物。

"你是？"男生客气地询问邵小野，显然从记忆库里搜寻无果。

邵小野并不尴尬，而是自然地将字条推到他的面前，笑弯了那对桃花眼："没什么，我有个问题想请教你。"

学霸略侧首，开始正式打量眼前的女生，总觉得她似曾相识。男生没说什么，终于放下手中忙碌的笔，用那写废无数笔杆的葱白双手慢条斯理地打开那张字条。

一秒两秒，本是漫不经心的眼眸，蓦地扩张少许，他再次抬头快速地扫了眼有些莫名的邵小野，细长的双眸多了几分幽深，然后他笑了，意味深长。

"很好，你成功地引起了我的注意。"学霸同学的嗓音低沉迷人，只是这话中的深意……略有些玩味。

邵小野先是一愣，脑中的千头万绪渐归清明，他的这句台词不就是漫画里男主角万年不变的经典台词吗？

她此时超好奇字条上到底写了什么，她敢肯定这绝不是一个问题或一张借据就能引发的回复。

邵小野正想回头去找鹿唯，学霸却在下一刻站起，身子前倾靠近她："我记得你，你是文学系的邵小野，人称少爷嘛！"

邵小野不知该如何搭腔，更不知该做出哪种反应更为合适，只能尴尬地笑笑。她实在捉摸不透眼前男生如今所表现的一切，是示好抑或……敌意？

邵小野下意识地避开对方的眼神攻势，就这样不经意地一瞥，竟瞧见了学霸捏在手中的字条。

请问，你的智商是否一直在为你的身高担忧？

"轰！"

一记天雷瞬间在邵小野的脑中炸开。

手臂微微一痛，她下意识地抬头，鹿唯不知何时出现在她的身边，他一把将邵小野扯离学霸的身边，脚下的步伐没停，直接拉着她头也不回地朝门口而去。

邵小野这才反应过来，努力想要挣脱鹿唯强力的钳制，却挣扎不开，只得回头向学霸道歉："那个同学，真的对不起，我真不是那个意思，我……我只是被不小心整蛊……"

邵小野没来得及解释完，便消失在拐角处，只剩下学霸一个人，嘴角噙着淡淡的笑意，低头审视手中的字条，眼镜闪过一道反光。他拿出铅笔，对着纸上的某处空白涂黑，拿起纸高举过头顶，对着阳光处仔细观察，涂黑的位置遗留下的信息隐约可见"伯莱恩"和"校草"几个字眼。

学霸按下一连串号码，电话在一阵忙音后接通，他开了口。

"喂，是我，我发现了件有趣的事……"

鹿唯将邵小野拉到图书馆附近的花坛处，才放开对方。

"鹿唯，你到底在做什么？"这次她又没有带上任何敬称，直呼他的名讳。

被如此这般莫名整蛊，任谁都不会有好脾气。

在做什么？鹿唯回头看她，自己也有些茫然无措。

好在他的神情皆被掩藏在厚实的刘海下，让人无法窥探到其真正的内心。

是啊，他只不过是看到那个男生近距离地逼近邵小野，就感觉到不舒服，很不舒服，而他的大脑更是只传达了一项指令：离开，带着邵小野一块儿离开！

见鹿唯没反应，邵小野略带狐疑地在他面前挥了两下手，甚至想要掀开对方的刘海，看他是不是睡着了。

就在她的指尖即将触到对方的发丝时，手却被猛地抓紧，鹿唯制止了邵小野的动作。

她诧异，对方的力度不大，却意外地抓得很紧，紧得微微颤抖。只是让邵小野在意的是他的手很凉。

"那个男生不适合，他有点儿矮。"鹿唯松开了邵小野，答非所问。

鹿唯率先疾步离开，根本不给她丝毫考虑的时间。

"喂，我才不是要问这个。"

邵小野快速追上对方，而他则头痛地揉着太阳穴，大脑一片混乱。这种从未有过的感觉令他不安。

"我说过了，只是想要做个测验！"鹿唯终于停了下来，郑重其事道，"如果不愿意就算了。"

脚步渐缓，最后停下，邵小野抬起头，仰望着眼前的男生，而鹿唯也刚好低眉俯瞰，清风牵引着他额前的黑发，一双慑人的眼瞳刹那绽现，波光潋滟，却晦涩难懂。

邵小野正想细究他眼里的含义，他却淡漠转身，决绝离去。

"以后，请别再干涉我的人生。"

看似再简单不过的一句话，却将别人生生驱赶到另一个世界，同时也将自己牢牢隔离开，泾渭分明。

邵小野呆站在那里，浑身的血液仿佛在须臾间渐缓直至凝固。

"嘭！"

某处似被一个小火星点着，熊熊地燃烧起来，一直蔓延到她的双眼。

再次迈开步伐大步跟上鹿唯，她一把抓紧鹿唯的衣摆，冷声开口："接下来呢？"

她的声音是从未有过的平静，如同暴风雨前的宁静。

鹿唯一愣，似乎没料到邵小野的反应，他轻蹙眉峰："你说什么？"

"我说，看来，你对我们学校的男生不太满意，那么下一步我们要做什么呢？"

笑靥霍地绽放开，明媚耀眼，令人猝不及防。

在这种情况下，邵小野不仅没有生气还能笑脸相迎，实属诡异。但不管如何，既然她没有言败，那么他就如愿增加难度好了。

"去伯莱恩大学吧。"他冷淡开口，当刚才的争吵没发生般。

"好，那我需要准备下。"邵小野爽快应答，亦装傻不知。

只是这一准备又是一周的时间，这期间，邵小野似乎很忙碌，再没来打扰过鹿唯，更没有催促甚至询问他新稿修改的进度如何。虽然两个人没什么交流，但日常三餐依旧定时定点地放在他的门口。

本该乐得轻松的鹿唯，却莫名开始有些惆怅，他不想深究，更不敢正视惆怅的源头，因为他怕这个源头或许是下一次病发的导火索。

于是他拼命地赶稿，通宵画画，企图用忙碌掩饰心中的不安。

周日，邵小野如同之前无数次的早晨，先是象征性地敲了几下门，得不到回应之后，便堂而皇之地推开完全没有上锁的房门，进入对方的卧室。

卧室的房门自从上次被邵小野踹坏后，曾经被邵小野重新修好了几次。只是每次邵小野想要找鹿唯的时候，他基本都保持不应答的状态，邵小野生怕他会饿晕在里头，又得撬门。就这样撬了修，修了撬，几次后，邵小野干脆也不修了。而鹿唯也懒得计较这些，到头来门总归要被邵小野撬坏的。

邵小野一把掀开裹成寿司卷的薄被，从里面挖出了鹿唯。

"鹿唯，醒醒，快醒醒！"自从那次不欢而散后，邵小野便直呼他的名字，鹿唯虽不能理解她的变化，但也懒得改正，他本来就不太在乎这些莫名的尊称。

"干吗？"

鹿唯嘤咛一声，揉了揉耷拉的眼皮，勉强睁开惺忪的双眼，嗓音是未醒的软绵糯甜，甚至带了几分他未察觉的撒娇意味。

"我准备好了，我们今天就去伯莱恩大学。"

嗯？

伯莱恩？

大脑闯入这几个字眼后瞬间清醒，他睁大眼瞳，视线撞上了站在床边带着温暖笑意的邵小野。

他迅猛地坐了起来，一想到自己刚睡醒的窘态被邵小野尽收眼底，恨不得自己变成鸵鸟将脑袋深深埋进被子里，他满脸通红地匆匆走向浴室，想以此掩饰之前孩子气的动作。

"给我十分钟！"他尽量保持平稳镇定的语调。

"好！"邵小野一样强忍着笑意，乖乖应答，和之前一样，从不点破。

十分钟后，鹿唯从浴室出来，仍旧穿着万年不变且不合时令的毛线衫和宽松休闲裤。

"走吧！"

鹿唯套了双拖鞋，就想往外走。不过邵小野更快一步地拦住了对方。

"你就想这个样子去伯莱恩大学？"

"有问题吗？"鹿唯问，不知自己究竟哪里错了。

"当然很有问题啊！"邵小野加重音调，"怎么说也是贵族学院啊！来自外校的学生想要进入学院内部都要经过严格盘查，你这副模样一定会被拒之门外的。"

"……"鹿唯沉默片刻。

"所以？"

"你必须要改造！"邵小野义正词严。

鹿唯拎着眼前的服饰，再次向邵小野确认："为什么一定要穿这个？"

"这次，我们是去参加伯莱恩大学的社团活动，我又不是让你穿什么奇装异服！"邵小野耐心解释。

"可这是小鹿装啊！"鹿唯梗着脖子据理力争的小模样有些可爱，而且邵小野发现他的耳根不知何时染上了层可疑的绯色。

"放心，这不是玩偶装啊。"邵小野抑制住想笑的冲动，继续哄骗，啊，不，循循善诱道，"它不过是帽子上有两个象征性的鹿角而已，就只有那么一点点儿装饰啊！"

"但它是粉色的！"他眉心都快纠结成一片荒川河流了。

"这不是挺可爱的吗？这是他们的队服，没办法啊，还是你想穿我的这套？"

她看似大方地摊手，鹿唯上下打量了她的衣服，下意识地摇了摇头。

邵小野身上的衣服和鹿唯的衣服大同小异，是很可爱的薄款黄色卫衣搭配白色背带裤，帽子上是一对恶魔角，只不过衣服正中缝了个大大的爱心口袋，令鹿唯不太能够接受。

有了对比后，鹿唯觉得自己手中的这件粉色卫衣变得顺眼了许多。

见鹿唯犹豫，邵小野再次加把劲游说："而且，这套衣服我也是花费了很多时间才

帮你找到的。"

是啊！毕竟要找到180码数的女装款，喀喀喀……她的意思是找到如此修长身形的款式实在是花费了很大的精力。

鹿唯无奈，再次抱着衣服默默地进了浴室，邵小野则坐在床上安心等待，好吧！说实话，她其实……期待极了！

❤ ❤

鹿唯打开门的一瞬，邵小野霍地站了起来，嗯，她承认自己有些激动过头了。

其实，这一身行头穿在鹿唯身上很是新鲜，本来女生的版型偏修身些，但偏偏鹿唯本身体型消瘦，整体看上去竟毫无违和感。

"等一下！"欣赏完全新的鹿唯后，邵小野再次叫住了他。

"……"这次鹿唯终于开始有些不悦了。

她从胸前的爱心口袋里拿出了把梳子和剪刀，一见到剪刀，鹿唯下意识地后退两步，进入戒备状态。

"别紧张，我不过是帮你修剪一下刘海。"

"不可以！"鹿唯拼命摇头，努力护住刘海，这是他仅剩的保护色。

"可是你的头发遮住整张脸，一样容易被怀疑，我感觉这样更容易引起他人的注目。"

鹿唯的手微微一顿，却再次用力地摇头："不行，不可以，绝对不要！"

"那好吧，"她无奈摊手，将剪刀丢弃在一旁，"这样，我不剪你刘海了，不过，你的头发真的要扎起来，你这个样子真的很奇怪的。"

又是长久的僵持，直到她差点儿要放弃的时候，终于听到了鹿唯幽幽的应答："好！"

邵小野松了口气，终于停下了手中的动作，鹿唯的发质柔软顺滑，只是头发半长不短。于是她并没有把它们全部扎起来，而是选择将头发从前往后捋，将恼人的刘海用发卡固定，把两边的头发往后梳，做出自然的蓬松感。发尾的线条精致轻盈，显得很是儒雅。

内卷的发梢，垂顺的侧鬓碎发，完美地修饰了鹿唯宛如瓷娃娃般的锥子小脸。

当鹿唯的五官毫无保留地展现在邵小野面前的时候，她忍不住感叹。他是真的很像瓷娃娃，娇美近乎妖冶的孔雀眼，衬着那琥珀色的眼珠子格外水润无辜，更别说那小巧而又秀挺的鼻翼，肉粉色的姣好唇瓣，带着天然上翘的弧度，仿佛在随时等待一个深

吻般。而常年不接触阳光，让鹿唯全身透着一股水润而纯粹的白皙，如同山顶萃取的雪水，不含一点儿杂质。

邵小野曾经在雨中看过鹿唯的容颜，但那时光线不好，而且隔着雨幕，看得不太真切。这次他的脸真真实实地暴露在她的眼前，效果还是很震撼的。

他长得不只是单纯的漂亮，而是精致得让人想要保护，甚至让"美丽"这个词都心生嫉妒了。

鹿唯见邵小野久久没有反应，只得睁开了眼，豁然开朗的视野，让他好一阵无法适应，尤其是面前邵小野看着自己愣怔的模样，让他更是想要挖个地洞往里钻。

他急忙低头，四处去摸着眼镜，慌慌张张地将其戴上，其实鹿唯没有深度近视，只有右眼散光比较厉害，实际并不影响日常生活。

邵小野看到鹿唯紧张的动作，这才回过神来，她本想阻止，但想想他现在这模样出现在外界，就算不会引起骚动也容易引起瞩目，而且让他在世人面前展现全新的样子，也需要给他一些时间来适应，因此也就没有阻止。

"好了，这次可以走了吧。"鹿唯率先站了起来，不敢面对邵小野，语气因为急促而变得有些恶劣。

他发誓如果这次她再阻拦自己，他一定会选择放弃，再也不想因促成计划成功而一次次对其妥协。

"可以，可以。"邵小野急忙应答，生怕鹿唯真的会反悔，那么她这一周的心血都白费了。

来到伯莱恩大学的时候，邵小野熟门熟路地朝门口的门卫大叔通报："你好，我们是动漫社社长汤菲儿邀请的。"

说话间，邵小野奉上了邀请卡。

门卫瞄了眼邀请卡，再回头分别看了眼面前一脸可亲笑容的邵小野和一脸淡漠的鹿唯，点了点头，让两个人进去。

这次和上次来的时候不同，虽是周末竟还有不少学生在校内徘徊，其中也掺杂了不少外校的学生。

"校园祭？"鹿唯好奇地问，只是看这阵仗又不太像。

"不是，刚好赶上了他们学校的一部分社团的周年庆。"邵小野解释道，"听说体育馆那边还有篮球联赛，我想他们的校草应该会出席。"

鹿唯点点头，正打算往体育馆走，却再次被她拉住了手臂。

"在去体育馆前，我们有更重要的事要做。"

伯莱恩贵族大学不仅占地面积广大，就连建筑的格局也是极为考究，颇有东方的风格。小桥流水，古色古香，贴近自然的田园风，更容易衍生出一种"曲径通幽处，采菊东篱下"的意境。

因为鹿唯的关系，邵小野才得以有机会好好参观所谓的贵族学院，只不过，错综复杂的绿化带，让人有些分不清东南西北。

邵小野找了好一会儿，才勉强找到了所谓的动漫社的位置。

两名社员早已在门口等候，一见到邵小野他们急忙热情地迎了上来。

"终于来了，就差你们了。"

邵小野有些不好意思："抱歉啊，学校有点儿大，不小心迷路了。"

一名低年级的女生好奇地抬头看邵小野身边的鹿唯，忍不住感叹，这位姐姐长得好高啊。

当她好不容易看到鹿唯的容貌时，再次无意识地愣住了。

至于另一名年长的女生，多少见过些世面，她急忙捅了捅身边看愣了的小学妹，并且邀请两人进来。

"快进来吧，社长在里面等候多时啦。"

而在邵小野身边的鹿唯则仍旧云里雾里，只能懵懂地看着邵小野和她们热络地攀谈着，不明白她究竟是何时认识这群女生的，毕竟一周前，她还在苦恼如何进入伯莱恩大学。

"小野，你来啦！"刚进入房间，为首的一名瘦高的女生急忙上前，分外热情地拥住邵小野，如同许久不见的好友一般，而身后零零散散地坐着十多名穿着相同服饰的学生，只不过……竟清一色都是女生。

她们见到邵小野虽不似社长汤菲儿那般，但也满是期待，看到这群女生的反应，鹿唯更加困惑，邵小野究竟有什么本事，能得到这群贵族大小姐们的青睐？

直到……

他瞥见汤菲儿身后墙面上那一排横幅，以及上面几个不容忽视的硕大字体。

麓微后援团午茶会

鹿唯的脸色瞬间就变了，原来邵小野所谓的要参与的社团活动，就是欺骗他来参加一场粉丝见面会吗？

她不是不知道他从来就不想开什么签售会，更不想见那些所谓的粉丝，他只是想画画，把自己想到的故事，用自己的双手画出来而已。

"这位是……"

汤菲儿终于注意到邵小野身边的高个子，常人要忽视鹿唯的存在其实十分困难，只不过她可是这儿的社长，当然不能太过大惊小怪，只能先同邵小野嘘寒问暖一番，再顺理成章地询问关于鹿唯的问题。

"啊，这个，我表姐！她很喜欢画画，也很喜欢麓微老师的漫画，所以带她来见识一下，你们不会介意吧。"

"表姐？"鹿唯的语调透出一丝古怪，听到这儿，他更加不爽了。

只不过，鹿唯的声音即刻被汤菲儿的声音盖住，她了然地点了点头，挂上虚伪的笑容，夸赞了两句："你表姐长得真高啊！"

抬头，汤菲儿的视线刚好接触到鹿唯的五官，汤菲儿也是微微一怔，这个表姐长得……真是漂亮得让人不舒服啊。

不行，一会儿结束后一定要套出她究竟光顾了哪家整形医院才行，汤菲儿暗想。

"你长得很让人脸盲。"

鹿唯俯视眼前尖下巴、大眼、硅胶脸的漫画社长，一股厌恶扫过眉间。

"是啊，就是因为太高，到现在还找不到对象。哈哈哈。"邵小野不甚在意地开起了鹿唯的玩笑，适时地打破了汤菲儿和鹿唯之间颇为尴尬的气氛。

众人纷纷因为邵小野的吐槽，忍不住呵呵笑起来。

"够了！"

鹿唯沉喝了一声，充满火药味的口吻，让教室内瞬间硝烟弥漫，所有人都闭上了嘴，不再多言，或愕然，或震惊，或疑惑地将视线一致转向了鹿唯和邵小野两个人，就连空气似乎也在这一刻凝固。

鹿唯没有理会众人的目光，转身离开，他走得异常决绝，甚至连头都不回，迎面刚好撞上了之前一直紧盯着他的那个低年级的女社员，然而鹿唯却只是停顿了片刻，便再次提步离开。

邵小野已然习惯了鹿唯喜怒皆由着自己的性子，并不显得分外惊讶。她先同汤菲儿解释自己的表姐可能是心情不太好，暂时稳住了大家有些惊呆的情绪。她上前询问被撞到的女生是否无恙，因此耽误了些时间，出来后早已遍寻不到鹿唯的踪影。

至于刚才那个被撞到的女生则一路目送邵小野慌忙离去的背影，不禁陷入沉思中，这个"表姐"似乎……有喉结？

♥　♥

如果说邵小野的地理概念不太好，那么鹿唯则属于五行缺方向感。

此刻，被欺骗的愤懑早已掩盖了鹿唯的理智，他根本无心看路，直到发现周边的风景越来越荒凉，杂草错落丛生，这才意识到自己彻底迷路了！

他莫名地走到了一个从未见过的湖边，湖水平滑如镜，偶有清风拂面，泛起层层涟漪，让鹿唯的心也渐渐趋于平静，他望着碧透的湖面出了神，神游的大脑却仿佛有了自我意识般，不自觉浮现出邵小野那张灿烂的笑脸。

她或许不是刻意欺瞒自己，或者他应该静下心来听听她的苦衷。

不对！

鹿唯努力摇头，甩开心中的思绪。她有什么苦衷关他什么事，他来这里不就是为了能够顺理成章地把她赶走吗？

现在，他就应该这样一直闹下去，表示自己不喜欢如此擅作主张的编辑，感觉被侵犯了人权。这样一来，他有充分的理由，甚至可以直接跟社长表明态度，要求换人。

现在，他只需要等邵小野找到他，同她表明自己坚决的立场便好。

时间悄悄划过，心中期盼的身影并没有如期而至。

难道邵小野真的没有追上来吗？她竟然因为那群聒噪的女生而抛下他？鹿唯心里浮起一丝不自在，撒气般狠狠地踢着脚边的小石子。

小石子在半空中划出一道利落的弧度，"咚"地撞上某不明物体，发出沉闷的声响。距离鹿唯十米开外的男生不由得停下了脚步，低头望着自己洁白如新的裤子沾染了少许污渍，旁边躺着那颗极其无辜的小石子。

其实，小石子撞上小腿肚的力道并不重，感觉不到什么痛觉。

只不过……向来纷争都来源自一方的纠缠不清和另一方的置之不理。

男生抬头，目光撞上了视线同样朝他投来的鹿唯。

和所有人一般，男生一样不自觉地为鹿唯颇为精致的五官在内心赞叹了句。

很快，男生朝鹿唯走近，当离对方一步之遥时，发现对方竟还高过自己半个头，之前对鹿唯的所有好感顿时消失无踪。

好好一个女生，长那么高干什么？男生分外嫌弃地腹诽。

彼时，鹿唯穿着那套充满青春粉嫩气息的服饰，即便是休闲款，也容易撩起满满的少女心，偏偏这个时候再搭配上那张本就容易引发误会的五官。

当然，也不能否认眼前男生的智商指数令人担忧。

至少，目前他对鹿唯的外貌概念仍停留在——这么漂亮的面容一定不会是男孩子！

男生靠近，鹿唯不过半掩眼睑，淡淡地低瞥了他一眼，同他擦肩而过，并不打算有太多的交集或停留。

突然，鹿唯的手臂被对方牢牢抓住，他这才无奈停下，带着万年面瘫的疏离表情凝睇对方。

谁知，男生竟嚣张地哈哈笑了两声。

"我遇到不少费尽心思想靠近本少爷的女生，像这样欲拒还迎的伎俩，你用得极为得心应手，看来也是个中高手啊！"

嗯，看来男生的情商也令人颇为担忧。

女生？

听到这个无数次被人误会的词汇，鹿唯很想为自己的额头画上一个表示恼怒的十字，他不知道这男生究竟说的是什么伎俩，但是他对自己的逆鳞却是一触一个准。

直到这时，鹿唯才注意到眼前的男生长得也不赖，剑眉星目，薄薄的唇线如同不久前自己刚练习完成的美少年画像，带着一股青涩的俊美。

鹿唯再次不悦地甩开男生，实在不想和这么个麻烦的家伙继续纠缠，更不想搭腔回答他这极其弱智的问题，而是径直往前走。

才走几步，男生的两名跟班却适时地挡住了鹿唯的去路。

鹿唯无奈，只得转头去看身后的男生，并以眼神询问对方用意。

"小丫头，你可知道你究竟招惹到谁了？"其中一位跟班分外嚣张地威胁着。

"伯莱恩大学第一人，纪氏集团的继承人之一，纪迦川，纪三少爷。"两名跟班一答一唱着。

纪迦川？

鹿唯沉思，觉得这个名字有些熟悉，难道他就是那个伯莱恩大学的校草？

当意识到这一点时，鹿唯只觉自己大脑一阵轰鸣，彻底凌乱了。

他心心念念，分外看好的角色设定的真实人物，居然是这么个愚蠢的货色？

纪迦川分外自恋地靠近鹿唯，本想轻佻地捏起对方的下巴，不想他的手才刚伸出，鹿唯便下意识地后退一步，让他一时不慎，险些跌倒。

"你想怎样？"鹿唯面露愠怒。

"你刚才弄脏了我的裤子，不是应该道歉吗？"对方理直气壮。

鹿唯微微挑眉，嘴角微启，轻蔑的笑淡淡溢出：他配？

现在看来这贵族学院的校草还不如之前的那个矮个子学霸。

纪迦川一扫之前的尴尬，噙着自以为帅气霸道的笑意说道："说吧，我喜欢直接的女生，你引起我注意到底想要什么？礼物是想要现金还是首饰？约会度假的话，你想要去欧洲还是在亚洲？"

鹿唯微微诧异，不知这个嚣张的家伙究竟哪里来的自信能够说出这番话来。

"你喜欢直接的女生关我什么事？"

"当然是因为……"纪迦川正要反驳，快绕地球三圈的反射弧这才后知后觉地发现了不对劲，"你的声音……"

这次他走近几步仔仔细细地观察鹿唯，发现那修长完美的脖颈上有处无法让人忽视的突出，虽然不太明显。

"你是男的！"纪迦川惊呼，拔高的嗓音差点儿破成了公鸭嗓。

"废话！"他气极，觉得和这位校草说话总让他的血压不太稳当。

"你耍我？"

纪迦川的怒火"噌噌"地往上蹿，他们三个人皆带着不怀好意的笑容，步步逼近鹿唯。

鹿唯仍旧挺着笔直的腰杆，丝毫没有示弱的意思，只是他不想和这些人有太多肢体的触碰，因此随着几个人的紧逼，他小心地向后移动。

"扑通！"

鹿唯不曾想到与他咫尺距离的竟是身后那片湖水，他的后脚跟蓦地踩空，不小心跌进湖水中。

蓦地沉入湖水的鹿唯先是感到一阵冰凉刺骨的寒意，继而一波又一波的黑暗开始笼罩全身，四周再次变得安静无比，死亡的气息开始逐渐朝他逼近，水压带来的紧迫窒息感一下扼住了他的呼吸。

透不过气，也无力挣扎，他感觉自己的生命力正在一点儿一点儿地消失。身体变得笨重，缓缓下沉，沉至湖底，结成鱼食，化为淤泥……

这……是一个死人本该有的归宿！

诱导鹿唯跌入湖水中的纪迦川一行人则站在水边，眼见捉弄人的计谋得逞，他们笑得前仰后合。一想到鹿唯一身湿漉漉地爬上岸的狼狈模样，纪迦川郁闷的心胸瞬间豁然开朗，分外快意。

哼！这就是欺骗他纪三少爷的下场。

过了会儿，三个人盯着鹿唯跌入水面的余波，面面相觑，感觉有点儿不太对劲。

"纪少爷，这家伙掉下去连挣扎都没有，就这样沉了下去，会不会出事啊？"其中一名跟班有些不安地问。

"不可能！这湖水不过刚到胸口的位置，什么时候淹死过人了。"纪迦川急忙大声辩驳，以掩饰心中的惴惴不安。

"淹不死人？你给我下去试试！"

一道中气十足的娇喝骤然劈至三个人的耳畔，纪迦川来不及辨别声音的主人，可怜的臀部便受到一记重击，下一刻，他便发觉自己竟腾空而起，划出一道精彩的抛物线，继而急速下坠！

"扑通！"

湖面溅起不小的水花，而眼睁睁看着自己少爷被人踹入水中的两名小跟班几乎忘记了反应，愣愣地转身望向了眼前横眉怒目的少女。

咦？这个女生似乎和刚才那个家伙穿着同一款服饰，难道他们两个是……

两名跟班皆被少女的气场震慑住，不由自主地侧目，并在对方的眼中看到了胆怯的自己，忘记了本该的职责是……守护那个在湖中狼狈扑腾着的大少爷。

实际上，这片湖的位置并不算十分偏僻，它的另一边正好连接着主干道，只不过当邵小野好不容易发现鹿唯的时候，他正和纪迦川那群人纠缠，继而跌落水中。

见到这惊险的一幕，邵小野自然吓得不轻，狂奔向鹿唯的位置，却不想当她靠近事发现场的时候，发现那个主谋和帮凶们不仅不帮忙救人，还在一边嘲笑不止，净说风凉话。

怒火就这么"噌噌"地往上涨，感觉任督二脉都快被自己打通了。邵小野当下飞起一脚，直接将那祸首踹入湖水之中解气。

没有多余的时间和心情嘲笑对方的狼狈，她猛吸一口气，利落地跃起，跳进湖里，寻找鹿唯的踪影。

幸亏鹿唯跌落的位置并不难找，没一会儿，她便发现了在水中似乎已经昏迷的鹿唯，他就这般无知无觉地沉在水中。

邵小野来不及多想，急忙游过去，先是尝试着晃动他的手臂，却没有得到任何回应。

猜测他可能暂时缺氧，于是邵小野想着先渡一口气给他，只是她的嘴唇才刚靠近鹿唯的脸，鹿唯原本紧闭的双目竟蓦地睁开。

人生处处都是坑

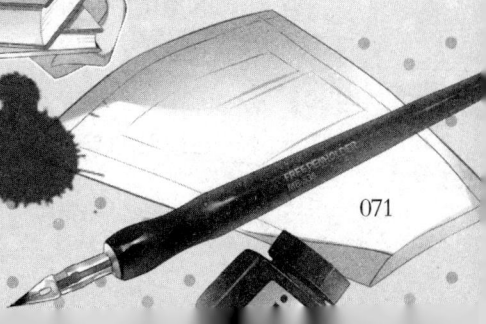

邵小野被鹿唯这诡异的举动给吓了一跳，一个巨大的泡泡从口中冒出，差点儿呛了水。

然而，鹿唯却没有理她，蓦地从水中站了起来，朝岸边走去。

邵小野见状，生怕他再出意外，只得急忙跟了上去，这时，她才发现，那个目中无人的大少爷说得没错，湖水才刚没过胸腔位置，确实淹不死人。

而上了岸的鹿唯没有理会任何人，只是机械地向前走着，他的眼神呆滞，毫无焦距，如同一具行尸走肉般。

邵小野察觉到鹿唯的不对劲，生怕惊吓到他，只得亦步亦趋地跟在他身后。

不远处刚被救上来的纪迦川则在一旁不停干呕，脸色苍白，萎靡不振地倚靠在一个小跟班身上，早不似之前的嚣张跋扈。

看来刚才的猛然一踹，让措手不及的纪迦川喝了不少湖水。

他一见到邵小野，眉宇间立马布满阴霾，精亮的黑瞳更是如火焰般噼啪燃烧，他抬起颤抖的食指，才发出一声："你……"

嗓音破碎，只觉一股胃酸涌上喉头，他扭头再次痛苦地干呕起来。身后的小跟班小心翼翼地拍着纪迦川的后背，同时不忘冲着邵小野叫嚣。

"喂，你知道你惹到了谁吗？"

"我知道，纪少爷嘛，刚好，我也叫少爷！"

邵小野脚步一顿，唇角绽开一记自信的笑，令人如沐春风，颊边的几缕发丝遮挡住了视线，她帅气地一吹，刘海掀开，目光隐约有碎钻般的光辉流泻。

纪迦川微微一愣，没有说话，两名跟班见女生笑容自信，生怕她有其他暗招，不敢有所动作，只能目送鹿唯和邵小野两个人先后离去。

在邵小野的身影彻底消失在几个人的视线中后，一片阴影蓦地罩下，纪迦川缓缓地抬头，因为背着阳光，眼前伟岸的男子，一半融进明媚，一半却陷入了阴影之中。一对标准的杏眼略带慵懒地俯视着坐在地上的纪迦川，越发衬得那双暗黑色瞳仁深邃而又难以捉摸。

纪迦川仰望着眼前的男子，之前嚣张的气势瞬间抽干殆尽，只是怔然地吐出两个字："二哥……"

邵小野小心地跟在鹿唯身边，不敢有多余的动作，她尝试着唤了鹿唯几次，但他都

没有应声，只是木然地前行。

邵小野在鹿唯的眼瞳里找不到任何焦距，他行走的动作则生硬得如同一只提线木偶，完全不似平日里的鹿唯。

终于，他走到一处较为平缓的山坡才停了下来，慢慢地屈起双腿，之后竟直挺挺地跪了下来，邵小野好奇他究竟要干什么，便蹲在他身边细细观察。

谁知，下一刻，鹿唯缓缓地伸出双手，五指渐渐弯曲成爪状，一下又一下地开始抠挖山坡上的泥土。草地上的泥土虽然松软，但难免掺杂着一些尖锐沙石，不一会儿，葱白细嫩的十指，已然渐渐泛红。

邵小野这才发觉事态的严重性，她急忙去制止对方挖掘的动作，冷声轻喝："鹿唯，你挖土干什么？"

无奈，鹿唯充耳不闻，继续执着地挖着土。

"鹿唯，鹿唯，你听得见我说话吗？别挖了。"

邵小野才发现向来羸弱的鹿唯，力气大得惊人，竟一把将她甩到一边，继续"辛勤耕耘"。

"听我说，别挖了！别挖了……"

被甩到一边的邵小野并没有就此气馁，重新爬到他身边。就这样，她不停地制止，不停地被甩开，如此重复了几次。

恍惚间，鹿唯似乎勉强听到了邵小野的声音，机械地将脑袋转向邵小野的方向，张口，一字一顿，词汇零碎。

"挖……挖土，埋……埋……起来。"声如枯槁，毫无感情。

"埋起来？埋起来什么？"邵小野惊惧不已，心中的不安却渐渐扩大。

"我！"他回答。

"为什么你要把自己埋起来？"

"因——为——我——死——了——"

"轰隆！"

邵小野如遭雷击，不敢相信自己究竟听到了什么。

因为他是个死人，所以应该被埋葬在地底。

她一把抓住鹿唯的双肩，提高嗓音，语调坚定："你怎么会是个死人呢？你没有死啊。"

然而，鹿唯却没有理会她，继续埋头挖土。

邵小野干脆也跪在了鹿唯的身边，努力拉住他一边的手臂："你活生生地在我面

前，你听见了吗？"

"沙沙沙！"指腹与泥土相互摩擦的声响没有因此而有丝毫停滞。

长时间的嘶吼使喉咙嘶哑，隐隐生疼，无奈之下，她的头微微一低，张口朝鹿唯的手臂狠狠地咬了一口。

这一口咬得有些重，唇齿间已然尝到了淡淡的铁锈味，她松口，一道沁着鲜艳血丝的牙痕清晰地印在白皙的手臂上。

只可惜，鹿唯似乎感知不到任何疼痛，仍旧用那对毫无生机的双瞳扫了邵小野一眼，继续手中的动作。

邵小野自从担任了鹿唯的责编，第一次感觉到这样崩溃，这到底是怎么回事？

因为鹿唯孜孜不倦的努力，剔透饱满的指尖如今已布满被沙砾割裂的伤痕，鲜血顺着伤口潺潺流出，颇为触目惊心。

她望着鹿唯毫无血色的面容，狠狠吸了一口气，决定孤注一掷。

身子微微向前倾做预备动作，下一秒，如矫捷的豹子，邵小野猛地将鹿唯扑倒在地，将他成功扑倒后，长臂圈起，邵小野死死地抱住鹿唯，不让他有丝毫动弹的间隙，她将脑袋倚靠在他的肩膀上，仍旧不忘在他耳边低吼："鹿唯，鹿唯，你快醒醒……"

她无视已经濒临极限的嗓门，呼唤的声音仍旧一声大过一声，仿佛要用尽毕生的力气般。

鹿唯的双手先是在空中僵硬地挥舞了几下，手指甚至无意识地曲张着。渐渐，挣扎的动作开始一次比一次缓慢，屈成爪的五指，逐渐放松，最后趋于平缓，慢慢地垂了下来。

在黑暗中孤独游弋的鹿唯，突然感觉到一股暖流从胸口慢慢地溢出，流向四肢百骸，煨烫着整个冰凉的身躯，微微的暖意触碰着整个灵魂，仿佛一直飘浮在半空的躯壳找到了依靠，他下意识地想要靠近，汲取着那来之不易的温暖。

耳边隐约传来一丝嘈杂的声响，一道刺耳的噪声如惊鸿般划过，是谁在呼唤他的名字？

当意识重新清晰的那一瞬，最先映入视野的便是蔚蓝无垠的碧空，淡若烟的云絮优雅地飘浮着，看起来分外惬意。

看到如此美好的一幕，他很想重新闭上眼，享受这一刻的宁静。直到，他感知到压在胸口上的分量，以及……依旧鼓噪而些微刺痛的耳膜。

"够了。"他开口，带着一如既往的淡漠。

"鹿……"呼唤的嗓音戛然而止，她猛地抬头，视线触上鹿唯那略带几分窘迫却有

了神采的双眸。

鹿唯发现自己竟离邵小野这么近，急忙推开了对方，懊恼与羞涩同时扫过脸颊，蒸得他面上燥燥的，凌乱的发丝挂在晶莹剔透的俊颜上，惊艳无双。

回来了，他终于回来了。

被推倒在一边的邵小野，不怒反笑，笑得不顾形象，笑得颇为神经质，嘶哑的笑声即便刺痛着喉咙，她也不想停下来。这一刻，她很想尽情哭一场。

仿佛全身被抽去力气一般，她呈大字状瘫软在草地上，胸腔起起伏伏，脸上的笑意未减，提起的小心脏终于能够安稳地放回原位。

"你……你在做什么？"鹿唯被她笑得有些害怕。

"你知道，你刚才……"她才要开口，却瞧见鹿唯分外茫然的神色，轻轻叹口气，如果她现在询问他刚才奇怪的举动，以他一向别扭的性格一定会矢口否认的。

她转了个方向，侧身躺着，一只手撑着脑袋，带着意味深长的调调，嘴角的愉悦却怎么也藏不住。

"很明显啊，我在欺负你啊！"

刚才被他吓得不行，她起了恶作剧的心，想要小小惩戒对方。

在相处的过程中，她渐渐发觉，鹿唯看似与人保持着一种淡淡的疏离，实际上却极易害羞，只要戏谑几句，就……

轰——

鹿唯整张脸红得几乎能够滴出血来，窘迫得简直无地自容。

不过，虽然脸红，但鹿唯还是狠狠地瞪了邵小野一眼，爬起身，率先离开。

邵小野哑然，想不到鹿唯说翻脸就翻脸，只得跟着狼狈爬起，追上他的脚步。

鹿唯埋头快走，留邵小野在后面拼命地追着，对身后的呼唤充耳不闻。

"鹿唯，你等一等啊！"

邵小野喘息呼喊，经过刚才那一出，她体力耗尽，奔跑的双腿隐隐传来的酸痛感，提醒着自己的极限。

鹿唯的大长腿一迈，就是她的两步之遥，邵小野再怎么拼命追赶，却总和对方差了段距离。

最终，她气沉丹田，抛出撒手锏。

"鹿唯，你再不站住，我可要昭告天下，你就是人气少女漫画家麓微了！"

急促的脚步一顿，他微微一愣：是啊，他都差点儿忘记还有这件事。

身体重心微转，他转身朝邵小野的方向靠近，俯身颇为恼怒地揪起她的衣领，用眼

波杀人，迷人的唇瓣却吐出残酷的威胁："你敢！"

好吧，这就是他对待自己救命恩人的态度？邵小野忍不住腹诽。

♥ 2 ♥

"为什么不敢？"邵小野抬头直视，清亮的眼中写满无惧，也来了脾气。

"你……"

鹿唯被噎得脸上染了一抹艳丽，努力压抑胸腔内的怒火，使得他的嗓音都止不住地哆嗦。他蓦地松开邵小野，转身双手交叠环胸，一副拒人于千里之外的模样。

邵小野急忙缓下语气，道："你先别急着生气，可以先听我解释吗？你放心，这只不过是粉丝之间的普通交流会而已。我不可能不经过你同意，就贸然曝光你的真实身份。"

"……就算你说的是真的，那你是怎么认识她们的？"听到邵小野的解释后，鹿唯脸色渐缓，红晕却未退。

"我之前有帮杂志社收集读者的调查表，刚好看到了汤菲儿，才知道原来她是你的忠实读者，所以才向她建议在社团周年庆的时候搞一个相关的活动，这样我们就能顺理成章地进入伯莱恩大学。"

"……"

"嗯……我没有事先告知你，是想要给你一个惊喜。"见鹿唯仍旧拧着眉，没有表露多余的情绪，她只能赔着笑脸，讨好道，"这是目前我能想到的唯一办法，你不是想知道伯莱恩的校草是什么样的吗？这一点点牺牲应该是能够接受吧。"

一想到那个校草，鹿唯的脸色变得更难看了，他现在要将那所谓的校草永远隔离在自己的大脑外。

"刚才说我是你的表姐？"长久的沉默后，他开口，原来他更在意这个问题。

看来鹿唯已经气消，邵小野悄悄松了口气。

"嗯，喜欢麓微漫画的大部分是女生，我怕你一个男生出现会不太自在，才撒了个小谎。相信我，这次的交流会绝对不会让你失望的，参观后……哈啾！"

邵小野不自觉地打了个喷嚏，感觉到一丝凉意，这才发觉两个人已经穿着湿透的衣裳走了大半的路程，她尴尬一笑："看来，我们要先跟社长大人借套干爽的衣裳才行，不然我们都要感冒了。"

"……"

"快走吧，耽搁了这么久，她们该等得不耐烦了。"

她上前想去拉鹿唯，脑海中则在考虑顺便向她们借个医药箱，鹿唯手指上的伤口必须尽快包扎处理下。

鹿唯避开了邵小野的手，她微微一愣，不明白对方此刻的想法。

"谁说我要去了？"鹿唯开口，神情淡淡，双目清冽，语气却异常坚定。

"鹿唯，别玩了。"邵小野脸上的笑容有些挂不住，"你知道吗？不只是汤菲儿本人，其他社员也很喜欢你的作品，她们甚至自发扮演里面的人物，甚至还费心排演了相关的舞台剧。所以，我很希望你即便不愿表态，也能来看看，看到大家对你的用心。"

"那又如何？"鹿唯语调柔和，却透着疏离。

"好吧，如果你今天太累，不想去也可以。不过希望你能稍微出那么一点儿力，赠送几张签名漫画，我可以帮你送过去，也算是对她们的鼓励，让她们的心思不至于白费。"

邵小野退让一步，表示理解，折腾了一天，他一定是太累了才会心情不佳。

其实想要说服眼高于顶的汤菲儿并非易事，她以"麓微的专属责编"的身份才得以接近对方。而且汤菲儿向她索要签名漫画的要求也不算太过分。

"不要。"他干脆拒绝。

"鹿唯！"邵小野的笑容终于彻底垮下，再也不愿假装，她忍了他许久，也忍耐了他许多无理的要求。

大晴天，他突然表示想不出海滩的场景，她跑了无数家音像店，顶着烈日为他搜集各种海边的视频短片；他想要知道吃雪糕后的细腻表情，她二话不说去便利店买来数十袋的雪糕，然后在他面前一天吃下数十根雪糕，现在看到雪糕都想反胃；他说想找制造各种惊喜浪漫的情节，她绞尽脑汁帮他设想各种可能性，甚至一次次付诸实践帮他真实感受，收集灵感。

她怀疑，如果某天鹿唯说想要一场车祸失忆的场景，她估计在看到车子的那一刻都得考虑是不是该撞上去实验下。

她担心他三餐不定时，宛如老妈子一般天天跟在他身后殷勤提醒，天天叮嘱，她发誓，对自己的老爸都没如此用心。

就连现在的这场粉丝会，也是她精心为他策划的，只是为了……

"为什么？你为什么可以选择无视这么多人对你的关心和重视呢？"

邵小野冲他低吼，即便是个圣人，忍耐也是有限度的，更何况她连"圣人"下面的那个"土"都踏不平。

她只是想让他知道，这个世界真的有很多人在乎他，希望他不要将自己封闭起来，

难道这都错了吗？

"关心？重视？谁，你吗？"鹿唯似笑非笑地勾起嘴角，不屑一顾。

"难道不可以吗？"

"你现在所做的一切都是怕我画不出新的稿子影响到你们出版社吧？而且……我说过，我根本就不要如此廉价的友情和朋友，对我来说，它们是累赘！"

邵小野冷笑，原来在他的眼里，自己一直都是个可笑的小丑，原来他从来没有真心实意地将她归为朋友。

好吧！她承认，他赢了，她被他的固执打败了！

"我已经受够了，好！我放弃，你找其他人当你编辑吧，我不干了。"

雪白的小虎牙愤恨地咬在粉嫩的唇瓣上，咬出一处深深的凹痕，从牙缝里挤出这几个字眼。

这一次，是她率先转身离开，决绝而又干脆，不带一丝犹豫，更不再有期待。

如果她不小心回头，或许会看到鹿唯一直目送着她离去的背影，即便她的身影渐渐地淹没在人群里，他仍旧执着地朝那个方向看着……

胸口传来一股股沉窒的痉挛，袭向心底，鹿唯用手轻触胸膛，怎么回事？这里突然好像少了什么东西一样。

指尖与衣料摩擦传来的疼痛微微刺激着他的神经，他俯视，指腹的伤口依旧，血凝固在指尖，指甲缝里仍残留着泥垢。他将拳头握紧，掌心刺痛了指腹的伤口，他咬着下唇，脸上是从未有过的寂寥。

他不是没发现手指的问题，他知道自己又发病了，而这一幕又一次被邵小野瞧见了。他更是丝毫不落地将邵小野讶异的表情尽收眼底，但她很细心，一向不点破他的秘密，也尽量不触碰他不想直面的伤口。

但就是她这般聪慧、细致入微的体贴让他更加不安。

他一直清楚，在遇见邵小野不久后，他竟又病发了。在时隔两年后，因为她那耀眼的笑容他再次病发。接着，他发病的频率开始变得频繁，病情变得严重。而他们才相处不过一个多月而已。

在残破的宿舍里，在摩天轮下，在湖中，偏偏他每次病发都被她撞见，却也每次都因她而化解危机。不可否认，邵小野是唯一在他发病的时候，能够成功将他唤醒的人。

但，那又如何？

或许就如曾教授所言，邵小野是解药，但也是毒药，没有人知道这个以毒攻毒的方法，会将他治愈还是令他不幸毒发。

与其选择完全猜不到结局的冒险，他宁愿放弃这场博弈。在没遇到她之前，他虽然也一直被这个病折磨着，无数次在死亡的边缘拼命挣扎着，但是近几年病情已经渐渐好转。

即便他的病不能完全根除，但至少不再似从前那般。他无所谓有没有朋友，也不在乎永远将自己关在那一方小居室里。

他只要有他的漫画就够了，就这样一辈子画画，不愿出现其他的变数。

所以……

鹿唯转身朝相反的方向走去，身姿孤绝独立。

他必须狠下心，是时候做个了断了。

"所以，你不想再当鹿唯的编辑了？"

饭桌上，邵社长放下手中的筷子，挑眉再次重复了一遍邵小野的意思。

"对。"她喝了一口热烫浓醇的鸡汤，忍不住满足地喟叹了声。身上是干爽的衣服，瓷砖的地板光洁得反射出家具的倒影，周围泛着淡淡的绿植香气，不再像之前那个公寓，无论她清洗多少次，总泛着一股老旧房屋的霉味。

还是家里最好！她打心底发出感叹。

"总之，就算……"邵小野本想发个狠毒的誓言来坚定自己的信念，却又狠不下心来，停顿了片刻，她继续说道，"反正我就是不当了。吃力又不讨好。"

邵社长宠溺地笑笑，也不勉强："不想当，就不当吧。"

"不过，我们的邵大社长当时为什么会签他呢？"

过了一会儿，邵小野还是没有忍住将话题往鹿唯身上绕。

"我们家的少爷觉得他不好吗？"

"……"

邵小野没有回答，只是扯了扯干涩的嘴角，给他一个颇为复杂的无奈表情。

"那小野在和鹿唯接触的这段时间里，觉得他是一个什么样的人呢？"话语顿了顿，邵社长话中有话，"毕竟，你可是唯一见过他真人的编辑。"

邵小野这才想起，自己还没告诉顾城，他心中的女神其实是个男生的真相，她打算明天放学后，就去医院找顾城，顺便同他吐槽自己这段日子里究竟经历了哪些惨无人道的事件。

"嗯……脾气古怪，无理取闹，特别以自我为中心，甚至还有自残倾向的怪人。"邵小野考虑了片刻，回答。

"自残倾向？"邵社长第一次听说这件事，饶有兴味。

仿佛找到了树洞一般，邵小野忍不住朝自己的老爹大倒苦水。

"对啊，有一天，我不经意间发现他的手腕有刀伤，我还曾怀疑是不是我们给对方太大压力导致的。"

"鹿唯和我们签署的只是作品著作权合约，而且他算是我们杂志社的一位金牌作者，我们当然希望他能尽快交稿，但更希望新的漫画无论故事内容还是画功都更上一层楼，因此并没有卡死截稿日。"

"所以啊，他就是一个怪人。"邵小野得出结论。

3 ♥ ♥

"嗯……会不会那手上的刀伤是他故意画来吓唬你用的呢？以便把你吓跑，千方百计想要赶走你。以鹿唯的画功，以假乱真不是什么难事。"

邵小野仔细考虑了会儿，摇了摇头否定了邵社长的猜测："他没这么无聊吧，他这样吓唬我根本就没有意义啊。"

"你知道，世界上有一种鹿科动物唤作麂，它们向来单独生活，一旦有其他动物侵入自己的生活，他们都会本能地选择用防卫的态度来对抗。它们独自活得太久，早已不知不觉地习惯。并非无法适应改变，而是害怕一旦改变了，如果失去，自己承受不起。"

"所以，你的意思是鹿唯那些非常的举动，纯粹是因为害怕我太过深入他的生活圈，生怕被我牵着鼻子走，所以先下手为强，把我赶走？"

邵小野反问，渐渐陷入沉思之中。

"在我看来，或许是这样的。"

"不可能！"邵小野摇头否定，用食指点了点太阳穴，"我觉得他这里真的很有问题。你知道吗？他今天居然说自己是个死人，还挖个坑把自己埋了。"

如果是纯粹想要赶她走，鹿唯没必要做到这种程度，这一点儿都不像他的风格。

"呵呵，有些人没死，但心已被埋葬，在繁华都市庸庸碌碌的人们，有几个不是如此？没有目标，没有梦想地活着。"

也许，每个人的心中都有座孤冢，祭奠着未亡的自己。

"那你觉得鹿唯究竟是个什么样的人？"这次轮到邵小野反问。

"我觉得……他是一个很努力地想要活着的人。"

邵小野表情诧异，想不到父亲竟然给出了截然相反的看法。

Chapter 5
人生处处都是坑

"就算你说的一切是真的，但是在我看来，或许他有某些不为人知的隐情，比如他因为某些原因而无时无刻不面对着死亡的威胁，所以他必须很努力，很努力地与其对抗，而那些伤痕，就是他努力对抗留下来的战果。小野，你要知道，我们从来都不是另一个人的肋骨，永远读不懂对方的心思。因此你亲眼看到的事情，也未必就是所谓的真相。"

邵小野沉默了许久，猛地抬头，表情是少有的认真："邵老爹，关于……鹿唯，你是不是知道些什么？"

邵社长并没有正面回答她，只是意味深长地拍了拍她的脑袋，安慰道："你也累了一天，早点儿休息吧。我今晚要把销售报表完成，可能会晚些回来，不用等我。"

邵小野晚上失眠了。

因为邵社长说的话，因为那个在她看来举止诡异的鹿唯，是的，她居然因为这么个奇怪的家伙而辗转反侧，无法入眠。

她忍不住反问自己：难道她真的做错了吗？就这样轻言放弃她会甘心吗？

失眠一整晚加上之前长时间穿着湿透的衣裳，邵小野头痛欲裂，喉咙更是干痛得仿佛随时会冒烟。

因此，第二天，她便向学校请了假，打算吃了药好好休息，养足精神。

早晨，邵小野刚从厨房倒了杯水，正打算回房间补觉，却听见玄关处传来了开锁的声音。

邵小野心下讶异，明明邵老爹刚还说他今早有视频会议，应该不可能这时候回来，难道是有落下的文件没拿？

谁知，出乎她的意料，开门的不是邵社长，而是应该在医院病床上躺着的顾城。

顾城一边夹着手机，一边手忙脚乱地从门孔抽出钥匙，嘴皮子也不停歇："我知道，少爷最近搬回家住，所以我回来拿点儿换洗的衣服就离开啦，绝不会被发现啦，先这样。"

"咣当！"

顾城关上手机，却在关门的那一瞬，看到了拿着水杯朝他看去的邵小野，一时不慎，惊得钥匙直接从手中跌落。

"小野，你……怎么在家？不去上课吗？"顾城挂着心虚的笑容，干巴巴地问着。

"有点儿低烧，所以跟学校请假了。"相反，邵小野的反应淡定，她的视线扫向了顾城健全完好的一双长腿。

"你的腿伤痊愈了？"邵小野问，因为感冒，她的声音嘶哑干涩。

"嗯……刚好没多久。"顾城分外心虚地应着。

可看顾城刚才那活蹦乱跳的模样，根本就不像是初愈的病患。她犹记得前两周，她去看他时，他仍打着石膏，痛得嗷嗷叫。三天前，她问他脚如何了，他还说，必须再等一周。

就在昨晚，没错！

她打电话告诉顾城，今天傍晚会去医院看他，他还应声说好。

"顾大哥，你确定要让我整个美好的大学生涯里，留下这么一个阴影吗？我最敬重的大哥，竟然欺骗我？"

邵小野眉峰一挑，眼睛似笑非笑，却让人心里一阵发凉。

下一秒，顾城非常孬种地弃械投降，苦着一张脸："好吧，我招，我招还不成吗，少爷，饶命啊！"

客厅内，邵小野喝了口热水，润了润喉咙，开启审问模式。

"所以，你一早就知道麓微老师真名叫鹿唯，是个男的？"

顾城一惊，表情呈现无法言语的惊恐状，显然未曾料到："麓微老师是男生，真的是男的？"

他激动得猛地一拍桌子，翻出昨日邵小野发给他的鹿唯照片："有这般精致五官的孩子，居然是男的？太……太让人绝望了。今晚，我就要自挂东南枝。"

顾城开始夸张地哀号，祭奠自己无疾而终的初恋。

"顾大哥，你这样是不能转移话题的。"

听到邵小野这般轻描淡写的一句话，顾城即刻恢复常色，乖觉地坐在她对面，耷拉着脑袋，不满地嘟囔了句："好吧，我是真的不知道他是男的。"

邵小野感觉有些头昏脑涨，略微疲惫地揉了揉太阳穴："那你为什么痊愈了也不告诉我？"

顾城"嗯啊哦"了好一会儿，这才扭扭捏捏地说："其实，我好了有一段时间，只不过你家那位美女姐姐希望我能继续瞒你一段时间。"

"邵太太？"

邵小野蓦地睁大眼睛，这个答案显然是她未曾料到的。顾城口中的"美女姐姐"和她口中的"邵太太"，正是邵小野的母亲。

只不过，从她记事开始，母亲便时常不在自己身边，邵小野这才恍惚地记起自己已有三年不曾见过自己的母亲一面，而最近的一次通话还是开学前。

邵小野和自己的母亲的相处方式很奇特，因为她母亲常常出差，近几年更是常驻国外，她基本很少有机会见到母亲，因此两个人的关系，一直不咸不淡地维持着。

最熟悉的陌生人，这句话大概最能诠释她们两个人现今的关系。

邵小野的母亲是医学博士，尤其是在精神领域颇有建树，常被邀请出席各个国家的研讨交流会。

小时候，邵小野看自己母亲最多的场景就是她拖着行李箱匆忙赶飞机的背影。那个时候，她总会悄悄地收集关于母亲的相关报道，然后催眠自己，她的母亲是世界上最伟大最厉害的人。因为她在为整个世界做出巨大的贡献，她以后也要像母亲一样厉害，然后母亲会不会对她另眼相看？

当时，她努力想要跟上母亲忙碌的步伐，跌倒过，失落过，最后释然。

渐渐地，她习惯了身边每个人的忙碌，长成独当一面的小大人，渐渐地她懂得自嘲自己的亲情。有时候，她真觉得自己像是在单亲家庭长大的孩子。

按下直达社长室的那层电梯，邵小野仍旧在回忆自己对母亲的印象。

说来，之前传闻鹿唯的漫画是社长医学界的友人强力推荐的，难道这个人就是自己的母亲？

而且她记得琉光学院的校董跟父亲有些交情，而他们美术系的系主任貌似是母亲高中时的学长。

这样便能合理解释了，鹿唯可以占据一个名额，却可以堂而皇之地不用去上课，母亲应该出力不少。现在看来，此事件的各条线索都指向了她。

说来可笑，母亲对一个外人的关心都比她这个亲生女儿要多。

"喂，小野吗？你爸呢？"

"在杂志社。"

"哦，那……你吃饭了吗？"

"嗯，这边现在是凌晨一点。"

"哦，你看我都忙得忘记时差了，那……那你休息吧。"

"嗯。"

"晚安！"

她依稀记得，小时候父母因为忙碌而争吵，争吵着哪一方牺牲，留下照顾年幼的自己，她记得最激烈的那次，他们甚至以离婚为要挟，逼迫对方妥协。

叮——

电梯门骤然开启，她熟门熟路地朝邵社长的办公室走去。

她是真不明白，鹿唯究竟有怎样的分量，需要他们如此费尽心机，甚至要"牺牲"自己的女儿？

♥ 4 ♥

邵小野来的时候正好是午休时间，大部分员工都外出吃饭了，偌大的办公室空荡荡的，除了社长的办公室隐约传来谈话声。

邵小野走近，发现房门没有关严实，举手正要敲门。

邵社长和另一道熟悉的交谈声就这样顺着门缝流泻而出，止住了她的下一步动作。

"我不明白，你现在究竟想怎样？当初是你要我瞒着小野，让她成为鹿唯的编辑。可是她乖乖去了，你却又替鹿唯出主意把小野赶走，现在你又反过来要求我说服小野，不要放弃，继续待在鹿唯的身边？"

"我花费了好长的时间，才勉强获得鹿唯的信赖，让他愿意同我畅谈烦恼，解开心结。如果我不在这个时候尽心去帮他，那么我辛苦建立起来的信任，就白费了。我确定，小野对鹿唯的病一定有很大的帮助。"

"是啊，伟大的曾教授！"邵社长虽心疼女儿的牺牲，却又无力反驳妻子的决定。

邵社长和母亲的对话，让邵小野彻底被震住，本欲叩门的手放在门板上却迟迟无法有下一步的动作。

所以，之前父亲的开导，鹿唯突然转变主意要外出取材都是母亲的意思吗？

"咦，少爷，你找邵社长吗？他就在里面呢！"公司里的一名编辑忘带钱包，只得返回公司，刚好撞见邵小野愣愣地站在门口，笑着同她打招呼。

邵小野还没反应，门倏地被打开，一向沉稳从容的邵社长难得显出些许恐慌："小……小野，你来了啊！"

小野张了张嘴，却不知从何说起，现在她对自己的父亲也多了几分猜忌，他们还有多少事瞒着自己？

只是，不能干站在门口，那样引起其他员工的猜忌，她只好低头默默地进了办公室。

社长办公室内。

邵社长和邵小野分坐两边，与母亲视频的电脑则被安放在茶几正中。

见到这场面，邵小野忍不住苦涩笑道："好难得的一家团聚的场面。"

一句似是而非的自嘲划破紧绷的静默，屏幕内的曾教授脸上闪过一丝愧疚，她承认

这些年确实忽略了女儿。

"小野，我……"曾教授有很多话想对自己的女儿说，话刚出口，却又被死死地卡在喉间。

"小野，其实你母亲也是有苦衷的。"邵社长急忙为妻子开脱。

"好了，曾教授，一切都过去了，我明白的。"邵小野淡淡地给了对方台阶下，但那句"曾教授"却让血肉至亲疏离得只剩下血缘关系。

"小野，你怎么可以这样称呼自己的母亲？"邵社长皱眉训斥。

"我只想知道究竟是怎么回事。"

曾教授沉默，而邵社长见妻子不愿开口，也不好率先发言。

气氛又一次沉默。

"那……让我担任鹿唯的编辑是你的主意对吗？就连顾城大哥腿好后，你仍让他装病，就是为了让我继续当鹿唯的编辑对吗？"过了会儿，邵小野决定主动出击。

"嗯。"曾教授点了点头。

"为什么？"邵小野拧眉，质问的声音里不自觉多了一丝尖锐。

曾教授别过脸不敢直视女儿，继续保持沉默。

见母亲频频保持缄默，邵小野有些疲惫地抚额，闭上眼，太阳穴附近的血管隐隐跳动，低烧的晕眩一波接着一波。

又是长久的静默。

邵小野重重地叹了口气："那好吧，你不想回答这个问题，我也不勉强，我只想跟你求证一件事，鹿唯是否是你的病患之一？"

终于，曾教授轻轻地点了点头。

"他究竟得了什么病？"

"小野，为了保护患者的隐私，这个问题我没办法回答你。"

邵小野的手蓦地握紧，她努力隐忍，不愿因为一时冲动而令谈话不欢而散，她咬住下唇，脑海中则快速收集有关鹿唯的一些信息。

其实要推敲出鹿唯究竟得了什么病并不难，母亲是精神科的权威，而鹿唯目前的症状也很明显。

身上的伤口，常常徘徊于阴森诡异的地方，就在最近，他还称自己是已死的人。

死人……

"小野，也许他无时无刻不面对着死亡的威胁……"父亲的话言犹在耳。

将这些信息串联起来，邵小野突然灵光一闪，猛地站起来："科塔尔综合征，鹿唯

是不是患有科塔尔综合征？"

曾教授虽然不愿意正面回应这个猜测，然而她的不否认就是最好的答案。

邵小野这一刻了然于心，果然！

科塔尔综合征又称为行尸综合征，它是由大脑中负责认知面部的区域与认知相关的感情区域断开所造成的。患病者会产生自己正走向死亡，或者已经死亡的幻觉，甚至认为自己的身躯和器官都不复存在。

在发病期间，大部分的患者都是无意识的，而引发这一类精神障碍的原因通常是患者在精神或身体上遭受过重创。

目前这类病并没有根治的方案，曾教授也是无意中看到国外一名女子被治愈的案例。女孩因父母离异遭受精神重创而罹患行尸综合征，最后竟然被卡通片治愈。

曾教授这才大胆设想，接触一些美好的事物或许能够让患者重新产生对生活的憧憬。之后她便强力推荐鹿唯看一些相关类型的故事书，从童话书到绘本，最后到少女漫画。

没想到，鹿唯最终竟误打误撞地成为一名少女漫画家，对他而言，漫画不仅仅是让别人思你所想，感你所受，而是他生命的救赎。

邵小野得知鹿唯所患的是什么病症，也就能够解释他之前的怪异举动，如今她这才彻底理解邵社长的那句：鹿唯其实一直在生与死的边缘苦苦挣扎着。

可……

即便她能够理解鹿唯，但这和她担当鹿唯的编辑有什么关系呢？她不觉得自己有什么超能力，连母亲这样的精神科专家都无能为力，她一个普通的大学生，又能有什么办法呢？

"我想知道……"邵小野深吸了一口气，这才缓缓张口，"为什么是我？"

接下来，又是冗长的沉默。

"还是我跟鹿唯之间有什么特殊的关联？如果不是，我真的不明白，究竟是什么原因会让你如此在意，在意到宁愿瞒着自己的女儿也要促成这件事？"

邵小野紧张地盯着母亲，不放过她脸上的一丁点儿表情，然而曾教授只是以一种心疼又复杂的眼神看着邵小野，始终没有开口。

随着沉默的时间增长，邵小野的心也一点点地沉了下去，寒气漫至心口处，渐渐冻凝至全身。

"小野，其实……"邵社长正要开口解开两个人之间日渐加深的芥蒂。

不想曾教授却率先截住了邵社长的话："好了，我明天一早还有重要会议要开，就

先到这吧。"她伸手，正想点关闭按钮，却又猛地想起什么，再次提醒，"小野，我是真的希望，你能继续当鹿唯的编辑，你好好考虑下我的建议吧。"

心中悲极倒生出一种别样的轻松，哭不出来，她只想笑，却怎么也弯不起嘴角。

母亲在最后的态度让邵小野彻底心寒了。

如果不是她这个女儿在曾教授心中的地位过于卑微，那么鹿唯可能不只是个无关紧要的病患这般简单。

见屏幕彻底暗了下来，邵小野也不再多言，默默地站起来，邵社长见她有所动作也急忙站了起来。邵小野过于平静的表现让他有些不安。

"没什么事，我先回去了。"邵小野大方地朝邵社长摆手告别，便离开了，没有任性也没有闹脾气，更不再质问多余的问题。

她似乎想起什么重新折返，对邵社长道："跟曾教授说，我会重新担任鹿唯的责编的，让她放心。"

如今，她的听话反而让人不安了。

客厅内。

顾城小心翼翼地盯着表情严肃的邵小野，有些左右为难。

"我……可以选择退出吗？"

"不行！这件事你必须要帮我。"

"嗯……那我可以选择当墙头草，两面派吗？"顾城分外不厚道地说。

一边是供他吃喝的金主，一边是相处多年的妹妹，这真是难以抉择啊。

"好呀！"邵小野答应得格外爽快，笑得分外和善，那对桃花眼更是眯成了两弯月牙，她拿起桌上的水果刀，手起刀落，一个红润的苹果瞬间被切成了两半。

"嗯？"她轻声笑问。

冷汗缓缓地从额头滑下，顾城急忙殷勤道："我认为邵社长和社长夫人这次做得是有点儿过分了，少爷，我站在你这边，挺你到底！"

对于顾城如此明智地"弃暗投明"，邵小野很是满意地点点头。

不过片刻，顾城再次不安地问："你确定一定要这样做吗？"

他不是觉得这个办法不好，只是认为手段有些过激了，而且也有点儿危险。

"没办法，我和鹿唯闹掰了，必须要运用一些非常的手段，才能让鹿唯重新认可我这个编辑。"

邵小野无奈地摊手，她已经决定要回到鹿唯的身边，表面上她似乎是如自己父母的

愿，实际上，她有更重要的事情要做。

　　没错，她要查出，鹿唯和自己的母亲之间究竟藏着什么秘密。

　　邵小野和母亲的接触并不多，但她非常清楚一点，母亲再怎么醉心于研究，也绝不会将家人牵扯其中，如果仅仅是因为鹿唯的病，让母亲宁愿违背自己的原则，这个理由未免过于牵强了些。

　　她已经不再是当初那个一遇到母亲的事，便只会躲在被窝里偷偷抹泪的小女孩，她学会了该如何判断是非，更知道什么是自己应该做的事！

　　"你说，他会不会是美人姐姐的私生……"顾城的话音还没落下，脑袋便被一摞书狠狠地砸了，凄厉的哀号响彻整个客厅。

Chapter 6

照顾病人的
正确打开方式

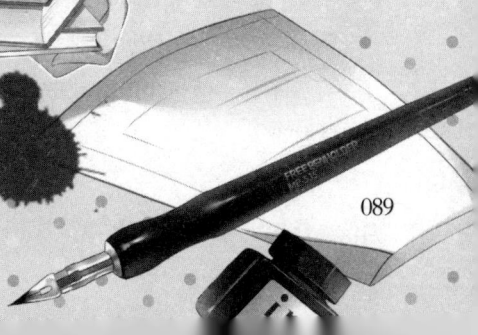

♥ 1 ♥

邵小野不在的这些日子里，鹿唯的作息时间再次混乱，他不眠不休地写写画画，然而新稿却没有任何进展。

在鹿唯的画中，女生的眼睛总是不自觉地被画成明媚的桃花眼，本应该温和善良的女主却总是带着扳手，画中还经常出现女主一脚踹开房门的场景。

一次次，他撕了又画，画了再撕。

因为心里不知不觉地住进一个人，他烦躁着，无处宣泄，只能将一切情绪宣泄在画纸上。

迷迷糊糊地从画板上清醒，鹿唯已经不记得自己究竟是饿得昏倒还是因疲倦而睡着了。他只觉得浑身乏力，脑袋发晕。

他望着桌案上空着的泡面盒，脚底虚浮地往厨房走去，壁柜里囤积的泡面已经空了。鹿唯吞了吞干涩的口水，已记不起上一顿饭究竟是什么时候解决的。

他回到房间，随便套了件衣服便往外走。

此刻正值夜晚十点，路上行人并不多，鹿唯低着头，轻一脚重一脚地麻木移动着，他的脑袋昏沉，眼前平坦的水泥小路却被他走出了扭曲的S形。

便利店附近的一家烧烤店里，一群棒球队员正在边吃烤串边看比赛，被围在其中的唯一女生穿着啦啦队服，笑得花枝乱颤。

场景本来应该与鹿唯没有多大干系，他本应该像无数次那样，默默地路过，而后进入不远处的那家二十四小时营业的便利店买下满满一箱的泡面，回家继续奋战。

真的，本应该如此。

只是不知道是过度的饥饿让人昏了头，还是长期无休止地画画令他产生了莫名的幻觉，眼前的那名啦啦队的女生，总是让他不自禁感觉熟悉。

妖艳的妆容变了模样，就连女子发出的笑声都变了调。

鹿唯魔怔了般，一步步朝她走去，在即将接近之时，他双腿一软，身体失去平衡，上半身整个扑倒在桌面上，桌面上那些杯盘全部被推倒，乒乒乓乓地洒了一地。

几个人终于注意到了鹿唯，霍地站了起来，一脸不爽地盯着这个莫名到来的家伙。

鹿唯迟缓地扭过头，望见同样皱眉看他的少女，一把拉住她的手腕，冷不丁地冒出一句："你……冷不冷？"

女子嫌恶地想要用力甩开鹿唯的手，谁知，他即便饿得眼冒金星，抓着对方手臂的力气却很大。

"你小子这是不要命了，连我们啦啦队队长也敢欺负？"其中一名光头拿出一只空瓶子，气愤地想要上前教训他。

烧烤店的老板一看要闹事了，赶紧过来劝架："算了……算了……他可能喝多了。"

少女看见男生白皙纤细的手指，多了几分好感，也不想惹事，在一边劝说："算了吧，反正也吃得差不多了。"

于是几个人合力掰开了鹿唯的手，打算离去。

看到女孩即将离开的身影，鹿唯也不知怎么突然涌起无数力气，他快速脱下自己的外衫就想往女孩的身上套："你真的穿太少了。"

"啊——"这一突如其来的举动，引来少女的尖叫。

其他人一瞧，自然气红了眼，冲上去对鹿唯一阵拳打脚踢。

本来揍过一顿也就算了，不想挨打后的鹿唯，仍执着地想要上前为女生披衣服："你真的会冷的，给……给……邵……小野！"

这可彻底惹恼了那个心仪女孩多时却苦于找不着合适时机表白的棒球队队长，他上前一把揪起鹿唯的领口，却意外地发觉眼前的这个神经病长得还挺高的。

他吩咐几名队员架住看起来摇摇欲坠的鹿唯，对着他的口袋一通搜刮，却不想只摸到了一部十分老旧的手机和一些零散的纸币。

女孩怕男生冲动惹事，急忙上前道："你想干什么？"

"他糟蹋了我们的庆功宴还敢调戏你，自然是要赔偿的！怎么才这么点儿钱，这是什么？"棒球队队长捏着从鹿唯口袋摸出的老式手机，嗤笑道，"想不到现在还有人用这种只能发短信和打电话的老古董。"

因为队长的嘲笑，其他队员也跟着起哄。

棒球队队长瞥了眼有气无力、垂着脑袋的鹿唯，打开对方手机，发现里面什么都没有，而通讯录里只存了一个人的号码，棒球队长觉得无趣，直接将手机丢弃在一边，五指握成拳，正要挥起。

"等一下！"一道低沉而有磁性的嗓音缓缓滑过，明明是很普通的三个字，却让人不自禁地停下动作。说话的人如同天生发号施令的王者，带着不容置喙的强悍。

棒球队队长仍旧握着拳头，扭头看着眼前穿着一身运动装的陌生男子，只见他俯身捡起跌落在地的手机，光洁圆润的指尖在手机键盘上快速跳跃着，最后，他的薄唇慢慢地勾起一抹邪恶的弧度。

邵小野收到短信的时候，正准备睡觉，所以当她瞧见那串从来不曾主动联系她的号

码闪现之时，先是下意识地揉了揉自己的眼睛，以为看错了。

再仔细看里面的信息，貌似写的是个地址。

邵小野正疑惑，不明白这是什么意思，谁知"叮"的一声又传来一条短信，这次发来的却是一张图片。

鹿唯瘫软在公园里足球场的球门前。

邵小野微微一愣，继而疑惑：难道顾城这么快就行动了？

可他未免也太不会挑时候了吧？邵小野瞄了眼自己身上的睡衣，只能无奈地下床去换衣服。

当邵小野来到公园附近的足球场时，远远便瞧见一群身穿棒球队服的男生，对着瘫软在球门处的男生，不停地挥舞着球棒，飞出的棒球频繁地砸在球门前的男生身上，男生像感觉不到痛一般，就那般耷拉着脑袋。

什么情况？

足球场上打棒球？

当邵小野走近的时候，这才惊觉在球门处被当成人肉球靶的正是鹿唯。

邵小野怒气冲冲地冲上前，挡在鹿唯身前，呵斥道："够了，够了，停！"

几名玩得正开心的队员停下了手中挥舞的球棒，略带困惑地瞅着眼前放肆的小丫头。

邵小野望了眼浑身是伤的鹿唯，痛心疾首地教训眼前一群男生："喂，你们演戏演得太过了吧？没让你们真揍他啊，意思几下就好了吧。你们这些群众演员，顾城到底是从哪里找来的，我要投诉，差评，负分！"

几个人面面相觑，莫名地被教训了一通。

邵小野踮脚环视周围，忍不住嘀咕："顾城大哥没来吗？怎么带人来演戏，自己却不出现？"

"你们等等哈，我要确认下，至于你们的演出费全部向顾城讨要吧。"

什么费？

为首的棒球队队长有些莫名，难道还有其他人出钱要教训这个家伙？

邵小野迅速地拿出手机拨通了顾城的电话。

"喂！"铃声响了很久才被接起，电话那头满是嘈杂的人声和音乐声。

邵小野皱眉，自己把人叫来，也没交代一声就走人，留下她一个人收拾烂摊子，顾大哥做事也太不靠谱了吧。

"喂，顾大哥，你请来的人是怎么回事？为什么莫名其妙地就把鹿唯打得半死，我不是说不要打他吗？而且……这设计的场景也不对，不是事先说好，起冲突的时候，就是推搡两下，让他掉进湖里吗？临时转换场景，你也事先通知我一声啊，让我一点儿准备都没有，导演的基本修养呢？"

顾城被邵小野说得有些蒙了，他转头看着在KTV包房里推杯换盏的弟兄们，人都在这呢，哪还有一拨人？

"你说什么呢？我请的人还在我这玩呢。"

顾城的这句话如同一记响亮的巴掌干脆地甩在了邵小野的脸上，她彻底愣住了。

那眼前的这群人，又是从哪儿蹦出来的？

"喂，喂，喂，小野？"见邵小野久久不回应，电话另一头的顾城有些不安。

"嘟嘟嘟——"

下一秒，邵小野彻底挂断了手机。

顾城觉得不对劲，正想打回去，却不想身后喝高的朋友一把搂住他，招呼他加入战团，几杯啤酒下肚，顾城便彻底忘记了这茬事。

就在邵小野愣住的时候，手机被离她最近的一名男生迅速抢走。发觉事情不对劲的邵小野警惕地盯着他们，不断后退至鹿唯的身边。

"你们……到底想要干什么？"

"我们不想干什么，不过你朋友刚才无端毁了我们的庆功宴，总要赔偿些精神损失吧。"壮硕的棒球队队长从人群中走到了最前面，双手环胸。

邵小野微微一惊，鹿唯怎么会毁了他们的庆功宴？是意外吧……

"你们……你们这是敲诈，我会打电话报警的！"

第一次遇到不良少年，邵小野的小心脏其实也被吓得不轻，大脑更是一片混乱。她都忽略了手机如今已经被他们抢走了，还怎么报警？

"你错了，我们不过是索要正常的赔偿而已。就算你报警，到了警察局，我也会告诉警察，你的朋友骚扰我的女朋友！"

女生顺势被推了出来，她有些不耐烦地蹙眉，不明自己何时成了这个大猩猩的女友，可是她更不想惹乱子，只好默不吭声。

邵小野再次一愣，鹿唯会骚扰女生？现在讹钱的方式越来越没底线了啊。

"呃，我身上没带钱。"

大半夜的，她出来得匆忙，哪里知道会遇到这种事。

"没钱？"队长笑得邪恶，"那就得有些惩罚了。"

他打了个响指，几名男生不知从哪提来一桶桶冰水。

队长大手一挥，一桶冰水就这般无情地泼在邵小野的身上。

邵小野忍不住一阵哆嗦，水混合着冰块，狠狠地砸在脸上，很疼。奈何，如今对方人多势众，邵小野只能硬生生受了这么一回罪。

好吧，她真心应该去查查皇历，自己最近怎么三天两头地遭水劫。

她咬紧上下打战的牙齿，抹了把脸上的水渍："这样，你们消气了没？"

"没！"棒球队队长干脆地回答。

另一桶冰水紧接着劈头倒下。冰凉的水花溅到鹿唯的脸上，他这才幽幽转醒，朦胧的视野里是一名浑身湿透，腰板却依旧挺直的少女。

当画面逐渐清晰，邵小野坚毅的侧脸如一抹重彩，在他的心口画下重重一笔。

"邵小野？"他试探地开口。

听到呼唤，她转头见到鹿唯醒来，先是一喜："你醒啦！你……"

不想，另一桶冷水迎面而来，将邵小野的下半句硬生生地噎回了肚里。

"他们是怎么回事？"鹿唯看着眼前的一群人，有些搞不清状况。

"这应该是我问你的吧？"邵小野的嘴唇已然发紫，全身抑制不住地发抖。

鹿唯仍旧茫然地环顾周遭的几名棒球队队员，他还是记不起刚刚发生的事。

"好，下一拨惩罚开始，把他们的衣服扒了！"壮硕的队长举起手，大喊了一声。

邵小野和鹿唯一听这些家伙居然要开始剥他们的衣服，自然不可能乖乖承受，开始拼命挣扎并且予以反击，场面顿时陷入一顿混乱中。

女生忍不住一惊，扯了扯男子的手臂，小声道："喂，会不会有些玩大了？见好就收吧。"

"放心，这不过是个暗号而已。"队长回以一笑。

"你们在干什么？"

果然，队长刚说完没多久，一道刚毅低沉的嗓音骤然响起。

不远处，一身运动装的男生适时地跑了过来。橘色的灯光顺着他卓绝却附带清冷线条的面容延伸，两片薄唇轻微地抿着，透露出一种浑然天成的清傲。

他淡淡地扫了眼场面，点漆般的眼瞳深邃且带着几分侵略性。

"不要多管闲事。"

队长对他使了个眼神，象征性地挥出拳头。运动服男生却视而不见，他一把握住了对方的拳头。

握紧的掌心逐渐加重，男子吃痛，开始不住哀号。其他队员看到队长遭袭，先是一愣，继而纷纷加入战局。

运动服男生利落地一闪，轻松地避开了对方的攻击，他敏捷地侧身，快速地闪躲，一个帅气的扫腿，再加上几个行如流水的旋转飞踢，他的招式简单，却很有效。

至于邵小野这边，虽然不似运动服男生那般挥洒自如，好在她学过几年跆拳道，倒也不至于吃亏。

相比之下，没有任何功夫底子，且饿得浑身无力的鹿唯就有些狼狈了。邵小野见状从一个人手中抢来一根棒球棍，递给鹿唯让他防身。

鹿唯感激地接过棒球棍，胡乱地挥舞着，虽然伤不着任何人，但也没有人敢接近他。

鹿唯正在得意时，却突觉手中一轻，棒球棍就这么脱手飞了出去。

"咚！"棒球棍击中肉体后发出沉闷声响。

恭喜，他终于打到一个人了。

只不过……

邵小野正忙着对抗眼前这些家伙，却不想飞来横祸，在昏倒前，她似乎听到一道凌厉的风声朝自己袭来。还来不及反应，她就遭受了一次重击，后脑勺儿"嗡"的一声巨响，只觉眼前好一阵天旋地转，完全找不到平衡。

伸手，后脑勺儿一片湿漉漉的，仍带有余温。她来不及反应，眼前一黑，昏了过去。

目睹了全过程的人似乎都被眼前的一幕吓傻了，全部静止不动，眼珠子则分外默契地转向了另一边的鹿唯，等待好戏上演。

鹿唯愣愣地看着自己的掌心，再眼神恍然地瞥向已然倒地的邵小野，他的身形一滞，仿佛被一股力量重击胸口，好半晌，他才有所动作，手足无措地跑到邵小野身边。

不知道要从哪下手，鹿唯最后用颤抖的食指轻轻碰了碰她的脸颊。

"喂，醒醒。"

邵小野无知无觉，本应该朝气蓬勃的脸蛋此刻却毫无血色。

似是有什么东西瞬息之间如摧枯拉朽般轰然倒塌，压得人无法喘息，他跪坐在地，将邵小野的脑袋轻轻地放在自己的腿上，后脑上的血沾染到鹿唯的裤子上，触目惊心。

其他的队员一看出事了，哪里还敢多待，他们扛起负伤的队长，瞬间跑得没了踪影。

运动服男生呼了口气，甩了甩汗湿的刘海，却见到鹿唯一副手足无措的模样，他正

笨拙地摁着邵小野后脑的伤口。

　　他皱眉，快步来到鹿唯面前，利落地脱下里面较为干净的白色衬衫，紧紧地压住邵小野的头部，利落地将邵小野抱了起来，她的脸则自然地靠着男生的胸膛，男生利用手臂恰好按住邵小野的伤口。

　　鹿唯仍旧保持着之前的动作，茫然无措地望着对方。

　　运动服男生突然一笑，嘲讽尽显："你真是一点儿常识也没有！"

　　抱着昏迷的邵小野，运动服男生三步并作两步地快速朝最近的医院奔去。

　　而鹿唯则眼睁睁地看着眼前的陌生人抱着邵小野，一点儿一点儿地消失在视野里。

　　他……一点儿常识也没有吗？甚至连如何保护最重要的人都不懂！

　　医院内。

　　鹿唯睁着大大的眼睛守在邵小野的身边，一晚上一动都不敢动，因此当顾城听到邵小野出事，匆忙赶到医院病房的时候，便撞见一名头发凌乱，肤色白皙却死死瞪着邵小野的男生。

　　好吧！

　　他大脑的第一反应是勾魂使者守在小野身边，呃……昨天喝得有点儿多，看到鹿唯这般狼狈的模样，他甚至有点儿反胃。

　　那名见义勇为的男生把邵小野送到医院，付了医药费，因为一直联系不上邵小野的父亲，便通知了顾城，见邵小野没什么大碍，他就离开了。

　　从始至终，他没跟鹿唯有多余的交集，甚至连正眼都不曾看过对方。

　　"呃……你是麓微老师？"顾城上下打量了会儿鹿唯，有些不确定地询问。

　　鹿唯抬头，脸上除却沾染上的血渍，还有些瘀青的伤口，以及沙石和污迹，整张脸竟没有一处是干净的。

　　这……和照片中的人差别也太大了吧，难道小野怕他接受不了，所以在照片上动了些手脚？

　　"呃，麓微老师你好。我是你的前责编顾城。"顾城友好地伸出手，先行打招呼。

　　鹿唯只是看了他一眼，继续低头死死地盯着邵小野，生怕她下一秒就呼吸不畅。

　　"嗯，我也是小野的大哥。"顾城尴尬地收回手道。

　　听到这，鹿唯猛地站起，一把抓住顾城的手臂，神情紧张："那你知道邵小野，她现在怎么样了？为什么这么久还没醒来？是不是再也醒不过来了？"

　　鹿唯"噼里啪啦"地问了许多问题，让顾城有些措手不及，只得先行安抚对方的情绪。

"你冷静点儿，我刚才问了医生。小野她没什么大碍，因为缝合伤口的时候用了些麻药，麻药劲儿过了就会醒来的。"

听到顾城说邵小野没事，鹿唯浑身虚脱般跌坐回椅子上，继续瞪着双眼，守在她身边，他要第一时间看到邵小野醒来。

"呃……麓微老师，要不你先回去换身干爽的衣服，休息会儿再过来？我在这里看着小野，你放心。"顾城看着他已然充血的眼睛有些不忍地建议道。

鹿唯坚定地摇了摇头："不要，我要在这等她醒来。"

"你这样不是办法，到时候小野醒来，你反而倒下就不好了，是吧。"顾城有些头痛于鹿唯的固执。

然而下一刻鹿唯似乎想到了什么，转头询问："这个是不是也是基本的常识？"

呃，常识？

关常识什么事？

不过既然鹿唯问，他自然顺着对方的话题，猛地点了点头："对，这就是常识啊。"

谁知，鹿唯竟真的乖乖站起，朝门口移动："那好，我这就回去。"

顾城才松一口气，谁知，鹿唯却身子一软，昏了过去，幸亏顾城机警地接住了对方。不过看着失去意识的鹿唯，顾城有些欲哭无泪，他明明只是来看护小野而已，现在却多了个病人要他照顾了。

鹿唯因为严重营养不良，再加上长期睡眠不足，昨日又彻夜守在邵小野身边，最后导致体力不支晕了过去。

护士给鹿唯打了营养针和葡萄糖，而他醒来的时候见邵小野仍没有醒来的迹象，便听了顾城的建议，回去洗漱下，吃点儿东西再回来。

鹿唯离开后没多久，邵小野便幽幽转醒，她先是感觉一阵晕眩，继而后脑勺钻心地疼。顾城见状急忙上前帮她摆正枕头，扶她坐了起来。

"少爷，你还记得我是谁吗？"顾城小心翼翼地问着。

邵小野盯着顾城的方向好一会，才神情茫然地问道："你……是谁？"

顾城眼皮一跳，脸色灰败，顿感晴天霹雳。

下一刻，邵小野再次开口："我又是谁，糟糕，我怎么什么都想不起来了？"

顾城石化，只感觉世界一下子坍塌了般。

"你别吓我，你真的失忆了？怎么可能被揍了一棍子，你就失忆了，生物老师怎么没告诉我人类的海马体这么脆弱。"

恰好此时，巡房的主任医师从病房经过，顾城顾不得其他，一把拽住了主任，神色慌张："医生，你快看看这丫头，她……她……她失忆了。"

"没有。"高冷的主任医师挂着一副招牌的扑克脸，言简意赅。

"什么？真没有了记忆吗？可你昨天还告诉她没什么大碍的。"顾城几乎要抓狂。

"我是说没什么大碍，就是身体机能显示一切正常。"

"啥？有你这么不负责任的医生吗？我要投诉你！"顾城激动得差点儿要揪起对方的衣领。

年轻的主任医师竟云淡风轻地点了点头，淡淡地撂下了一句："嗯，去吧！"

"你……你什么意思？"顾城气急。

"没有人会因为病人的恶作剧而对我的医术产生质疑的。"

恶作剧？

顾城半秒后才反应过来，而在一边的邵小野早已躲在被子里"咪咪"地笑了起来，笑声不时扯痛头上的伤口，疼得她龇牙咧嘴。

"邵小野，你这样吓唬人有意思吗？"顾城郁闷，他不知道多担心这孩子会出什么意外。

邵小野扯了扯笑酸的嘴脸，以及有些疼的肚子："恭喜你，陷入漫画怪圈里出不来咯，想也知道，人哪有那么容易就会失忆？"

顾城的脸顿时黑了一大半。

医生看着这对年轻兄妹斗嘴，也忍不住流出一丝暖意，他上前查看邵小野的伤口，并且循例测试对方的血压和心跳，结果显示一切正常。

"有感觉哪里不舒服吗？"

"头很疼。"邵小野乖乖回答。

"嗯，很正常，还有呢？"

"头疼都正常了，哪里还有不正常啊！"顾城忍不住抱怨了句。

"其他都还好。"

主任医师点了点头，表示确定没什么大碍，傍晚就可以办理出院手续了。

叮嘱完这些，主任医师正准备离开，不想邵小野却再次叫住了他。

"医生，虽然我没什么大碍，但有个小小的意见想提一下。"

"什么？"

"给我包扎伤口的护士小姐是不是新来的？"

"嗯？为什么这么说？"

"就是……包扎我的伤口就好，没必要用绷带把我的眼睛都遮住吧，这样我上厕所吃东西都很不方便啊！"

"……"

这次房间内陷入冗长的沉默之中。

"小野，你又开玩笑了吧！这……吓唬一次就够了，吓唬第二次，就没什么用了。"顾城干巴巴地笑着，突然有种不祥的预感。

"我没开玩笑啊，真的……"邵小野下意识地用手指去摸眼睛，却不想眉眼处根本就没有任何纱布，这次轮到邵小野震住了。

"你们……医院不会突然停电，对吧？"她试探性地开口。

下一秒，主任医生折返回邵小野的床边，翻开邵小野的眼皮，拿起医用手电筒，照射她的瞳孔仔细检查。

长久的检查后，又是一句简单的"没事"。

"又没事？"顾城提高了一个音调，严重怀疑眼前这位医生是否安装了良心这一项机能，"她都看不见了，你还说没事。"

"患者因为受到重击导致脑部残留一些瘀血，压迫了视神经，只要瘀血散了，自然就看得见了。"

"这个电视剧里也有演啊，可是每次这么一说都要等个十年八年的。"

医生似笑非笑地看着顾城，分外佩服他居然有这样的想象力，但还是耐着性子回答，音调依然不急不缓："少量的瘀血，大脑会自行吸收，大概两天就会恢复视力了，没什么大碍，办理出院手续吧，定时过来复诊就好。"

"喂，人都还没治好，就赶我们走，我要曝光你这个无良的医生！"顾城见医生没理会他自顾自地走了，仍旧喋喋不休地咒骂着。

邵小野颇为无可奈何地笑了笑："好了，你是漫画编辑又不是新闻记者。医生都说我们可以出院，我们就出院吧。"

"好！小野，输完液我们就回家，这破医院我也不想待下去了。"

傍晚，鹿唯整理好自己后，买了一篮水果来探望邵小野。谁知他刚好撞到邵小野在收拾东西准备出院，而顾城则下楼帮她办出院手续。

鹿唯难掩欣喜："你这么快就可以回去了吗？"

邵小野听到鹿唯的声音，只能勉强循着声音望去点了点头："嗯，医生说没什么大碍，回去休养就可以。"

鹿唯感觉不太对劲，发现邵小野的双手竟在床上胡乱摸索，抓到物品就往书包里塞，居然连看都不看，他伸手在邵小野的眼睛前试探性地挥动了几下，却发现她完全不为所动。

"你……看不见吗？"发觉这个事实后，鹿唯惊骇得脸色"唰"地白了。

"嗯，目前是这样没错啦！"邵小野有些无辜地摸了摸鼻子。

"都是因为我，非常抱歉！"鹿唯沉痛地垂下头，愧疚如潮水一般汹涌地向他袭来，将他一点一滴地淹没。

"没关系，你也不是故意的。"

"邵小野，你要哭，要骂我，都可以，不要憋着。"

对于邵小野的豁达，鹿唯认为她是怕自己自责愧疚，而努力装作没事的样子，原来鲜活的世界，从此再也看不到，她不可能会如此淡定啊。

"我为什么要哭啊？我很好啊。"邵小野不明白，不过是两天看不到东西，让她感受下从未有过的感受，也是一件新鲜的事。

目前来看，因这次意外，让鹿唯对自己的态度转变，也是一件好事啊。

"如果你需要做换眼睛的手术，一定要告诉我，我可以给你的，真的！我什么都可以给你的。"

"可是，你若没有眼睛怎么画画？那些看不到你漫画的读者都会很失望的。"

"好，我会好好画画，那你一定要一直待在我身边！"他坚定地开口。

邵小野内心窃喜，原本还以为计划失败，想不到这次却歪打正着，让鹿唯重新接受自己，只不过利用鹿唯对她的愧疚感，会不会有点儿不太好？

"继续当你的责编吗？"她自嘲一笑，"可哪有人要盲人编辑呢？"

"我会！"鹿唯急忙表明态度，紧紧地抓住对方的手，真诚道，"放心，这件事，我一定会对你负责到底的。"

从此以后，我就当你的眼睛，替你看尽世界！

"负责？负什么责任？"办完手续回来的顾城，便撞见了这一幕，颇为大惊小怪地怪叫了声。

他一把拉开两个人交握的双手，将邵小野护在身后，如同护雏的老母鸡，更像一位挑剔的丈母娘戒备地望着眼前这位不太满意的后备女婿。

邵小野虽然看不到发生了什么事，但她还是在黑暗中摸索到面前那个宽阔而又熟悉的肩膀，轻轻地拍了拍。

"顾大哥，你别误会，他只是心里愧疚想要补偿我啦。"

"补偿？"顾城狐疑地打量着眼前的鹿唯：暗色的长衬衫搭配黑色的休闲裤，如梅干菜一般皱巴巴地耷拉在他的身上，长且凌乱的刘海仍旧遮住了他的大半脸庞。他似乎才洗完头就急忙跑出门，发梢隐约有水汽蒸腾，如果现在的光线再暗一些，他就要和角落的阴影融为一体了，"你连自己都照顾不好，怎么补偿？如何负责？"

顾城挑眉，一脸嫌弃，连眼睫毛都带着不屑。

"我……"

鹿唯张了张嘴，下意识地看了下自己，泄气地低下头，无力反驳。

顾城的反应出乎邵小野的意料，以她对顾城的了解，他不应如此尖酸刻薄，尤其是他之前还一直将对方视为自己的女神，就差早晚三炷香把对方供奉起来，如今这般截然不同的态度，很是奇怪。

不过说到照顾，邵小野却是心生一计。

"嗯，仔细想想，我是被你的球棒打到才失明的，虽然你是无心之过，但也确实要负些责任。"邵小野装模作样地沉吟片刻，继而假装想到了什么一般，打了个响指，笑道，"那从今天开始，你就当我的眼睛吧！"

顾城在客房里帮鹿唯铺床单、套枕头套的时候，终于忍不住对站在门口监督的邵小野抱怨："小野，你真的要鹿唯搬到这儿来？"

"这样你就可以近距离催稿了，难道不好吗？"邵小野笑着反问。

对她来说如今是最好的结果，鹿唯不再排斥自己，顾城可以趁此机会与其交流新稿的意见，而这也将是鹿唯跨出自己的世界，学习与他人共处的第一步。

一举三得，自己受伤也是值得的。

"不好，一点儿也不好！"顾城有些闹脾气地嘟嚷道，"我没想到事情会变成这个样子，如果是早先那个计划的话……"

原本邵小野和顾城设计了一些英勇救人的情节，比如鹿唯在路上遇到一两个"小流氓"，邵小野果敢地挡在鹿唯的面前，然后拉着他趁机逃跑，或者鹿唯不小心被推入河中，她英勇地救他上岸。

她甚至可以想象这样或者那样的电影画面：夕阳下两道身影在街上奔跑着，她在前，鹿唯被她拉着手腕被迫地迈动步伐，然后他一定会忍不住看眼前的背影，余晖将自己的发丝染上一片光辉，就在这一刻，鹿唯渐渐地被自己帅气的背影而震撼、感动。他最终选择接受自己，与邵小野一起讨论稿子，积极修改，按时交稿，最后乖乖吐露真相，病情痊愈，也算是一种理想的结局。

"如果按之前的那个计划，只能让鹿唯改变对我的态度，绝对不会像现在这样对我有求必应。"

"……"

她看不到顾城的表情，摸不准顾城的沉默是否代表着同意她的看法，只得转移话题。

"说起来，你今天怎么了？老是和鹿唯作对，难道因为知道他是男生，瞬间梦碎，然后因爱生恨，有了嫌隙？"邵小野玩笑道。

顾城霍地站了起来，郁积在胸口的怒火终于爆发："邵小野，相处的这几年，我早把你当成亲妹妹看待，现在自己的妹妹受了伤，身为哥哥，我会心疼，会恼恨始作俑者是自然的，更气你……"

他重重叹口气，低吼的声音渐弱，转成惆怅："更气我自己没能好好保护你。"

顾城既心疼又气恼，邵小野故作坚强，出了这么大的事，她却为了不让邵社长出差分心，硬是不让他通知对方。

说好听点儿，她独立自主，坚强乐观从不让人操心，但其实呢？她习惯性地将自己摆放在卑微的位置，因为她认定不会有人真正在乎她，包括她的父母。

这样看来，邵小野和鹿唯其实很相似，鹿唯因为认定不会有人真正关心自己，所以选择放弃所有人，将心隔绝；而邵小野因为得不到父母的关心，所以选择放弃自己，假装不在乎，仿佛不需要任何人操心。

邵小野震慑于顾城突如其来的怒气，却又不想让他发现自己对黑暗的胆怯，只得继续扬着那张不变的笑脸："哎哟，我都说真的没事啦。"

顾城还想说什么，门铃却在这个时候响了，他不放心地看了眼邵小野，这才跑去开门。

打开门，他见到了站在门口的鹿唯，鹿唯抱着简单的背包，此刻正略带戒备地盯着顾城。

顾城冷哼了一声，大手一甩，就要关上门。

鹿唯这个时候却少了以往的矜持，快速地用背抵住门："邵小野让我来的。"

"是啊，可是我不准！"顾城态度恶劣地拒绝。

邵小野听到动静，忍不住摸索着来到客厅："是鹿唯来了吗？"

"不是，是送外卖的！"顾城很不要脸地撒了谎，"那个鹿唯估计现在连门都不敢出，打算放弃了吧。"

鹿唯颇为意外地瞪着顾城，想不到他竟然睁眼说瞎话。他也不解释，反而鼓足了一口气，用力一推，门终于被推开。在门的反作用力的作用下，顾城撞上了背后的墙面。

"我到了！"鹿唯来到邵小野面前，语气坚定。

"来了啊，顾大哥给你准备好了客房，你可以先去整理下，如果缺什么可以跟他说。"

鹿唯站定在客房门口，没有进去的打算，转而问邵小野："你的房间呢？"

"在那！"她顺手指着尽头的一个房间。

隔了一个房间，他皱眉，转而开口："我要住你旁边的房间。"

"不准，那是我的房间！"顾城听到这儿，差点儿没炸毛。

"哦！"鹿唯听后只是点了点头，却径直朝顾城的卧房走去，顾城急忙冲上前，率先堵住了门口："我说这是我的房间听不懂吗？"

"可是我要就近照顾邵小野！"鹿唯坚持。

鹿唯的回答让顾城有些无语，对方由于缺乏与人交流的经验，一旦认了死理，便没有任何转圜的余地。

"客房也很近啊！"

"那你去睡客房吧。"

"我有自己的房间干吗要睡客房？"

在一边听他们争吵的邵小野，头有些隐隐作痛，那句"麓微老师简直就是漫画界的一股清流"仍旧在耳边回响，却不想正式见面的两个人却处处不对盘。

"那你们两个人一块睡不就好了。"邵小野终于爆出了一句话，两个人同时闭上了嘴。

"不……不是不可以，但是，他要打地铺。"

顾城本能地想要拒绝，但转念一想，鹿唯这样固执，绝对不肯罢休，自己和他一同睡，也能顺便监视鹿唯，谁知道他半夜会不会突然病发。

邵小野刚想反驳，怎么说鹿唯也是客人，却不想鹿唯想也不想地答应了，嘴角却莫名地勾勒出一弯诡异的弧度，让顾城莫名地打了个寒战。

"如果没问题的话，那你们稍微整理一下。一会儿出来帮忙准备晚餐吧。"邵小野

转身，摸索着回房，顾城抢先一步将她送回了房间。

顾城回到房间的时候，鹿唯正将自己背包里的东西往外放，他吹着口哨，状似若无其事地坐在床上，暗暗观察鹿唯。

如今顾城越看越觉得眼前的鹿唯不顺眼，想到自己的好妹妹竟是因他而失明，从头发丝到脚指甲盖俱是写满了对他的嫌弃。

笔记本电脑、数位板、大纲草稿、素描簿、炭笔、2B铅笔，随着鹿唯拿出的东西越来越多，背包也越来越扁，而顾城的眼睛却越睁越大，随着最后一块橡皮被拿出，顾城终于没能忍住。

"换洗的衣服都不带，就只带了这些东西？"

鹿唯疑惑地看了眼顾城，他之前在网上搜索了相关资料，上面提示要带一些必备品，对他来说，这些就是他的必备品啊。

"你钱包总带着吧？"顾城头痛抚额，看来一会儿他得带鹿唯去附近超市里买一些真正的日常用品。

鹿唯无辜地摇了摇头，顾城再次爆发，在房间内来回踱步，兀自抓狂：我为什么要受这种罪啊？费力不说还要赔钱啊！

鹿唯见顾城如此喜怒无常，庆幸自己跟了过来保护邵小野，他本想开口，恰巧此时，邵小野在门口喊他，于是他将本来要从口袋中抽出的银行卡重新塞了回去，屁颠屁颠地跑出去找邵小野，独留顾城在房间内哀号。

Chapter 7

为一个人
勇敢的样子

♥ 1 ♥

十分钟后……

鹿唯和顾城两个人瞪着在汤盆中悠然自得的黑鱼，顾城将案板上的菜刀拿起，又放下，放下后再次拎起，继而帅气地将菜刀递给了鹿唯。

"给！"

"我不会！"鹿唯坦白，更不愿接手。

"我也不会！"顾城也不含糊。

"……"两个人再次陷入了长久的沉默之中。

"喂，你有什么拿手好菜？"终于，顾城忍不住率先打破沉默。

鹿唯认真地考虑了会儿，嘴边的梨涡浅浅溢出，得意之情溢于言表："泡面！"

"泡面算什么菜！"顾城撇嘴嫌弃。

"我可以不看任何计时工具，准确估摸出三分钟。"笑窝逐渐加深，灯光撞上他咧开的嘴角，亮出四颗整齐的皓齿。

这是要吃多少的泡面才能练就的绝活啊。

"呵呵！"顾城的嘴角情不自禁地抽搐了下，发出两道笑声，"我们还是讨论怎么杀鱼吧。"

鹿唯考虑片刻，突然急转身朝卧房而去，顾城忍不住好奇，遂跟着他进了房间，却见鹿唯埋首在书桌上快速地挥动着铅笔。

"你在干什么呢？"

顾城来到鹿唯面前，发现他竟开始勾勒着草图，隐约可以看出鱼的轮廓。

"我打算先设计个杀鱼的作战图。"

鹿唯抬头迅速瞄了顾城一眼，手中的铅笔却没有停下来。

顾城微微一愣，似乎没有想到这个，这个主意实在是……太不切合实际了，不过或许可行。他立马坐在鹿唯身边，观看他的草稿，不时插嘴一两句。

三十分钟后，两个人望着满满五张漫画初稿长长吁了口气。

顾城望着稿子满意地点了点头："整个故事架构还是完整的，最后黑鱼妖化的形象其实可以再萌一点儿。"

"嗯，开头男主角杀鱼前的内心活动会不会太少了点儿？"鹿唯自言自语。

"不会，开头蛮逗趣吸引人的，因为想要杀鱼却下不了手，误扇黑鱼一记耳光，使鱼妖化成傲娇萝莉，接下来，只要描好线条，我传去公司让助手加紧上色，大概就能在

这个月底上刊了。"

鹿唯点了点头，在需要平涂的地方做了标注。

顾城则走到扫描机前快速地按了公司的号码，直到要按最后一个号码时，他这才猛然惊醒。

"我们不是想要做条清蒸鱼给小野吃吗？"

鹿唯一愣，似乎也才刚意识到这个问题，手中的笔"咚"地跌落在书桌上。

三秒钟后，两个人同时蜷缩在角落处，一副生无可恋的模样。

世界上有一种毒药，叫作"论少女漫画家与漫画编辑的日常"。这次，顾城和鹿唯重新回到厨房，并且有了新的觉悟。

"其实，小野大病初愈不宜太过进补，还是清淡一点儿好。"顾城拿着个铲子，颇为正义凛然地解释道。

鹿唯这次十分配合地用力点了点头。

"那好，你负责洗菜，我负责上锅烹饪。"

鹿唯想了想，同意了顾城的建议，将一整袋菜心丢进水池内，在水池中揉捏了两下，重新捞起。至于另一边的顾城正在热油，他先是倒下一汤勺的油，考虑了片刻觉得会不会太少，于是拎起整个油罐，到了大半罐下去。

见油开始渐渐泛出丝丝热气，顾城急忙呼唤鹿唯："快把菜给我！"

鹿唯想也没想就把仍在滴水的一筐菜心递给了他，顾城怕油烧得太过头，将整筐的菜心连水带筐地丢进锅内。

"啪嗒啪嗒！"

"哗啦啦！"

"嗷呜，好痛！"

所有的事几乎在同一时刻发生，烧得滚烫的热油一遇到水发出剧烈的爆破声，三尺高的油花直接溅到了顾城的脸上。让顾城好一顿哭爹喊娘地痛号。

反观鹿唯，一看炒菜炒出如今严峻的阵仗，早就逃窜至厨房外，悄悄观察敌情。

十五分钟后，两个人望着差不多要毁了大半的厨房，以及唯一出锅的成品——炭烧菜心。

"试一下？"顾城端着一张宛如长了天花的麻子脸，怂恿着。

鹿唯小心翼翼地捏起眼前跟炭块差不多的菜心，仅捏起一小片叶片，便在指腹摩擦间变成了黑色碎末。

"会死人的。"

鹿唯脸色宛如中了剧毒般"唰"地白了一片，瞬间退后三步。

"哈哈，算了，还是点外卖吧。"被浓重油烟味吸引而来的邵小野，恰巧听到这么一句对话，猜到了事情的大概。

否则，她担心不是自己因为饿晕再进医院，就是厨房遭殃而拨打火警电话，不过说实话，她也没指望这两个人真能做出一桌多丰盛的晚餐。

餐桌上，顾城夹了一块鱼肉放在邵小野的碗里，并且细心叮嘱："来尝尝这个清蒸鱼，已经帮你把刺儿挑出来了。"

原本埋头吃饭的鹿唯，听到这先是一愣，继而不甘示弱地夹了块糖醋肉。

顾城发现那块肉一下子盖住了自己嫩白的鱼肉，急了，夹了一大筷青菜又盖过色泽艳丽的糖醋肉。

鹿唯皱眉，同时默默地放了只鸡腿。

至于邵小野还没开吃，下巴就抹了一嘴的油腻。

"喂喂，请不要欺负失明少女！"

她哭笑不得地敲了敲碗沿，虽然看不到他们两个人较劲的模样，但是空气中那满含肃杀的气氛，她还是感知得到。

听到这，两个人这才消停了会儿。

晚饭后，趁着鹿唯去厨房洗碗的间隙，邵小野小声对顾城说："一会儿，我去洗澡的时候，你找个理由带鹿唯去附近的超市买点儿必需品吧，我猜他带过来的无非是数位板、素描簿什么的。"

鹿唯的自尊心太强，如果刻意帮他买，他未必会接受，考虑到这一层，邵小野向顾城如此建议。

然而听到这里，顾城张扬的笑脸一下子垮了下来，而让他更不爽的是邵小野居然猜对了。邵小野做鹿唯的编辑不过一个多月，却连他日常的这些小毛病都知晓得一清二楚。

"你一个人洗澡，如果出什么事怎么办？不行！我不放心把你一个人放在家。"顾城使着小性子，断然拒绝。

"平常也是我一个人洗澡啊！"

"那不一样啊！"

"难道我要真不小心在浴室摔倒，你还冲进来不成？"

"我……"顾城顿时语塞。

"好了，大不了，你一会儿出门顺便请邻居李阿姨来帮忙好了。"

"嗯。"

"哦，鹿唯新修改的大纲你看了吗？"邵小野猛然想起了一件事。

"还没。"顾城有些心不在焉地应了声。

"我听他大致地说了一遍，觉得还不错，你有空看下。"

"我知道了。"

顾城神色复杂地望了眼邵小野，半是惆怅半是忧心地悄悄叹了口气。

鹿唯和顾城两个人提着大袋小袋，一前一后，走在回家的路上。顾城心中有事，没再找碴，两个人就这么走着倒也相安无事。

眼看就要到家了，纠结了一路的顾城忍不住叫住了鹿唯。

"等等，我问你一件事。"

鹿唯停了下来，面色古怪地看了他一眼："可我未必会回答。"

顾城攥紧手中的袋子，眉宇间隐有克制的火气，以前都不觉得这个麓微如此难伺候，他忍下怒火，艰难地从牙缝里挤出一句话："我也不拐弯抹角，你是不是喜欢我家小野？"鹿唯拧眉，只觉那个带着专属意味的字眼极为刺耳。

"她不是你家的。"他固执地纠正。

"这个不是重点好吗？"顾城的眉心处皱成一道褶痕，显示与人辩驳的不悦。

鹿唯眉尾一挑，脱口而出："你喜欢她？"

"当然，她可是我很重要的妹妹，喂，等等，好像你还没回答我的问题。"

顾城急不可耐地争取自己哥哥的专属权利。

鹿唯的表情略有些微妙，脸颊甚至浮起两朵可疑的红晕，他别过脑袋不敢正视顾城探究的双眼："没有，她弄成这样我也有责任。"

"我不信！"

顾城差点儿没抓狂，他这样似是而非的理由一点儿也不专业，甚至十分之牵强，简直比直接表白还具杀伤力。也就是说他猜得没错，鹿唯真的喜欢他家小野。

其实，刚才顾城骗了邵小野，他早已看过鹿唯修改后的大纲。和邵小野的感觉一样，这次鹿唯修改的大纲基本没有太大的问题，甚至描绘情感的部分也无可挑剔，但问题是他看人设，以及主角的内心活动，越来越觉得故事里的女主角完全以邵小野为原型。

原本因主角感情线的空缺导致其他人物脉络的不完整，也因这强烈的代入感而顺畅不少。

为了证实自己的想法，他便趁着这个时候向鹿唯摊牌。

"告诉你，我不准。"

顾城的脑海里瞬间出现了邵小野披着白色婚纱同他挥泪告别的场景，一向自诩风流不羁的顾城此刻却如同三岁的孩童，耍起了无赖。

他那可爱无敌的妹妹，怎么可以被这个只知道画画的笨蛋给拐走？

鹿唯没再理会气得直跳脚的顾城，反而举步越过对方，径直拐进楼道内。

"天天都是你的学术研讨，你的心里究竟还有没有这个家了？"

"我怎么就没有了？当初结婚前，你不也承诺过会无条件支持我的事业，现在怎么就反悔了？"

"不是反悔，只是我们明明答应小野，今天要带她去水族馆的。"

激烈的争吵声惊醒了睡梦中的邵小野，她揉了揉惺忪的眼，带着三分胆怯七分懵懂悄悄地下了楼，却意外瞧见父母两个人竟在客厅激烈地争吵起来。

"你今天先带她去，我下回再补偿她就好了。"

"你知道她多期待这次的出游吗……"邵社长还想说什么，不想手机铃声打断了他的话，他拿起手机，看到来电显示的号码，下意识地拧了下眉头。

"喂，嗯，怎么会出这种事？我马上赶回来。"听到电话那头的回应，邵社长的眉头皱得更紧了。

他挂断了电话，重新对上眼前冷然的妻子，他缓下口吻，尝试着平复两个人之间的矛盾："印刷厂出了点儿问题，我必须马上赶去，你在家看着小野，这次的出国考察就先放弃吧。"

"不行，这次机会难得，我非去不可！为什么不是你迁就我，照顾小野？"曾教授不肯让步。

邵社长也变得有些狂躁，终于忍不住怒吼出声："够了，一直以来不都是我在照顾着小野，你何时尽过做母亲的责任？"

"呵呵，你终于还是说出口了，接下来呢？是不是要离婚呢？"曾教授双手交叠环胸，木然冷笑道。

邵社长微微一愣，表情也在同一时刻松懈下来，语气里透着疲惫："好！离就离吧。"

原本为了谁留下来照顾邵小野的争吵，最终升级为离婚大战，而听到这一切的邵小野则惊恐不已地不断后退，当听到父母因为自己而决定离婚时，她只觉得周遭一片天旋地转，她拼命捂着耳朵，回避残酷的现实，然而那些残酷的字眼仍旧携带着尖锐的刀锋，直直地闯进她的耳内，直击心脏，鲜血淋漓。

感觉一刻也待不下去，她转身逃出了这个可怕的家。

"邵小野，邵小野，醒醒！"

朦胧中，感觉有人在摇晃着自己，邵小野猛地惊醒，却发现自己如同陷入水潭一般，除了零星的浮游光粒，眼前只剩下一片黑暗，她慌张地朝前摸索着，噩梦引燃了内心的脆弱。

"啊——"失明的无助，梦境内的痛苦记忆犹新，她终于崩溃，放声尖叫。

"邵小野，冷静点儿，冷静点儿。"

依稀听到身边有人在安慰自己，她看不见，只是用双手在空中胡乱地挥舞着。她仿如悬挂在崖边，企图抓取些许依附，不至于跌下去，万劫不复。朦胧中，她似乎抓到了一条纤细的手臂，她不由分说地便窝进对方的怀里瑟瑟发抖。

鹿唯只觉怀中的人儿慢慢地松懈下来，他慢慢收紧手臂，将邵小野纳入自己的胸膛之中，一只手则笨拙地轻拍着她的后背，安抚着。

"没事了，没事了！"轻柔的语调摩挲入耳，温存款款令人心安。

颤抖渐渐消失，邵小野慢慢放松了身子，在这样细细的低语声中，再次陷入了沉睡，这次噩梦不再侵袭，只记得梦中有个看不清面容的男子，在她身边浅唱低吟了一夜，哄她入眠。

顾城挂着两只浓重的黑眼圈，打了第五个哈欠，他搀扶着邵小野行走在繁华的街道上，然而他的双眼除了注视眼前的街道，还不忘时刻留意着身边鹿唯的一举一动。如今他终于明白为什么鹿唯那么爽快地答应和他一块儿睡，整个晚上，他都被画笔的"唰唰"声吵得不得安睡。

好不容易睡着了，顾城却做了个极其离谱的梦，梦中不是一只硕大的仓鼠对着自己不停地"咔咔"嚼松果，就是兔子不停地"咯吱咯吱"啃胡萝卜。整个夜里，顾城被两只恼人的动物折腾得身心俱疲。

"顾大哥，如果你太累的话，可以先回去，我们就到附近的商城逛逛，不会迷路的。"

鹿唯点了点头道："顾编辑不是告诉我，三个人行，必有一人是多余的吗？"

呃！额头上的一道青筋显露出了被人辩驳的不悦。即便知晓墨镜下的邵小野或许什么也看不到，顾城却还是本能地挂着温柔的笑，亲昵地拍了拍她的脑袋："没事，我不累的。"

邵小野不好说什么，只能按照原计划进行："既然这样的话，鹿唯，还记得我们的约法三章吗？"

"嗯，你买东西，我刷卡。"鹿唯认真地点了点头，"我取了一万现金。"

顾城猛地一惊："什么约法三章？"

"嗯，我说我要讹他精神损失费，让他好受点儿。"邵小野说得分外正经，一点儿也不像是在开玩笑。

鹿唯表情认真地点了点头，顾城无语：如果世界上碰瓷的和被碰的都像他们这样一个愿打一个愿挨的话，那么大概世界就能和平了吧。

"那么我们就先去附近的理发厅吧。我想先洗个头发。"邵小野做出了个出发的姿势。

"你洗头发不方便，我可以……"顾城才要说什么，却被邵小野暗暗捅了下，只好讪讪地闭上了嘴。

他不懂邵小野究竟唱的是哪出戏，但现在伤者最大，只好顺着她的意思朝附近一家装潢还算简约时尚的美发沙龙走去。

刚到门口，邵小野便表示自己有些口渴，打发鹿唯帮自己买饮料。

邵小野如此对待鹿唯，顾城内心一阵舒爽，他才要开口夸赞邵小野几句，不想邵小野却先一步拉住他的手臂，靠着本能朝着鹿唯离开的方向"望去"。

"顾大哥，你看现在的鹿唯有什么感觉？"

"嗯，像个幽灵！"顾城顿了顿，"如果不是在大白天的话。"

邵小野也颇为认同地点点头。

"所以，一会儿我洗头发的间隙，你帮忙选选看哪个发型比较适合鹿唯。"

顾城微微一愣，生怕自己听错了，忍不住掏了掏耳朵："你说什么？"

"我想好了，鹿唯一开始肯定不大情愿，到时候，我就卖惨，他这个人责任感强，一定会因为有愧于我而妥协的。"邵小野信心满满地道出自己的计划。

顾城原本舒爽的笑容开始一点点凝固。

"为什么要这么做？"顾城忍了忍，终于没能忍住心中的不满，他当初一直以为鹿唯喜欢邵小野，不过是那小子的一厢情愿罢了。

邵小野也被顾城的话弄得有些糊涂了："你都说了，他如今的生活模式根本就不是一个正常人该有的样子。我想以此为契机将他拉回正轨。"

"可……"顾城还想说什么，不想这个时候鹿唯已经回来了。

邵小野道了声谢，率先摸索着前进，鹿唯见状，急忙冲上前，搀扶着她，顾城这才不甘地步入店内。

♥ 3 ♥

"你们要干什么？离我远一点儿，别碰我！"鹿唯紧张地护住头发，如果不是空间限制，他估计早就蜷缩在某个桌底或角落处不出来了。

还好这个时段理发的人并不多，这才未引起任何骚动或瞩目。

发型师看着鹿唯如此警惕的模样，有些无辜地求助身边的顾城。趁着邵小野在洗头的空当，顾城找来了店里的发型师，并向他询问能否设计出适合鹿唯的发型。

"你当初不是信誓旦旦地想做邵小野的眼睛吗？现在不过是剪个头发都不愿意？"顾城没好气地说。

虽然内心仍旧怄气邵小野对鹿唯的过分关心，但顾城更不希望自己疼爱的妹妹因为这个家伙而去卖惨。鹿唯透过发丝快速地抬头看了顾城一眼，仍旧蜷缩在里面不出来。顾城深深地吸口气，不明白如此别扭的鹿唯，邵小野是如何受得了的。他蹲了下来，努力平复心情，缓下语调："鹿唯，你昨天告诉我，关于邵小野的失明你也有责任，那你告诉我，究竟要怎么负责？"

"我……"鹿唯才刚冒出一句，却蓦地哑然，他想让邵小野开心，想让她像从前那样，肆无忌惮地大笑，仅此而已。

见到鹿唯如此犹豫不决、吞吞吐吐的模样，顾城更是气不打一处来，好不容易压下的怒火再次往上涨。他猛地将鹿唯的座椅转了个方向，将鹿唯的面容正对眼前的梳妆镜。

"你看看你现在的模样，你连自己都照顾不好，负责不了，如何让人信服能够实现诺言？"

顾城的话仿如一剂猛药，令混混沌沌生活了十多年的鹿唯彻底清醒。镜子中的人，一头黑发遮住大半容颜，领口边缘则因长年摩擦而泛起毛边，衣服的下摆一半被塞在裤腰里，一半掉了出来，看起来多少有点儿不修边幅。其实上次和邵小野一块儿外出，他就发现了周遭无数人对自己打量的目光，那时若不是因为邵小野，其实他一定会落荒而逃。

"你真是连一点儿常识也没有！"那个将邵小野送进医院的男生的话再次如一根芒刺般深深插入鹿唯的胸口，明明只是第一次见面，男生的容颜以及一举一动却总是令他介怀。

就在此刻，邵小野洗完头回来，感觉周围气氛诡异，她忍不住询问了句："怎么了？"

顾城不想邵小野担心，淡淡地回应了句："没事。"

鹿唯将视线投向一脸茫然的邵小野，紧握的双手慢慢地松开，身体也渐渐放松地靠

在椅背上，继而发出一声淡如轻烟的语调："那么，拜托你了。"

发型师同样松了口气，彼时他不过以为这是个比较内向的客人，并未太过在意，他重新挂上热情的笑容："放心，请交给我。"

鹿唯缓缓地闭上了眼，剪刀的"嚓嚓"声在耳边响起，碎发在眼前"唰唰"滑落，如同在做最后的告别……

和过去的自己。

"好了。"最后一道工序结束，发型师对着自己的杰作满意地点了点头。

鹿唯这才睁开了眼，那久不曾展露在世人眼前的容颜终于又一次重见天日，浅麻灰色的中短发，利落干爽的发型让他多了几分帅气，不再给人一种雌雄难辨的错觉。

顾城不得不承认，邵小野说得没错，鹿唯的五官生得极好，比漫画中的精心描绘多了几分特有的味道和生动，比PS技巧少了些许刻意，薄唇丰润，鼻翼秀挺，尤其是那浅色的瞳仁，不染一丝尘埃。

而周围屏住呼吸的围观群众则恰恰证实了他的观点，有些女顾客竟悄悄地拿起手机对着鹿唯一阵狂拍，为自己的朋友圈提供新一轮谈资。

此刻，顾城意外地庆幸邵小野此刻看不到如今的画面，丢脸地说就连他这样一个大男人在看到鹿唯容颜的那一刻，都忍不住心跳加速了两秒。

或许是心中早有了某个坚定的目标，鹿唯无视周遭的一切，他站了起来，挺胸抬头，走向收银台付了钱，在和顾城擦肩而过的瞬间，他撂下了一句话。

"如果这是她想要的，那么我便满足她。"

顾城怔愣在当场，好半天没能反应过来，直到鹿唯牵着邵小野走出了美发沙龙，渐行渐远，这才后知后觉地追了上去。

接下来的行程异常顺利，邵小野嚷嚷着要买衣服，却对两个人挑选的衣服各种挑剔，最后挑选的路径跑偏到了男装区，最后反是鹿唯提着大包小包，里面全是他的新衣。

而焕然一新的鹿唯正吸引着无数目光，甚至有几名大胆的女生直接走过来攀谈，问鹿唯是不是明星。

"你看吧，大家都对我的'眼睛'赞不绝口呢！我就算一辈子看不到也没有遗憾啦！"即便眼睛找不到任何焦距，邵小野此刻的目光仍旧莹莹闪耀着，她自豪地指了指自己的双眼。

"可是我挺遗憾的！"鹿唯望着她，若有所思。

"咦？"她问。

没人知道，他需要鼓起多大的勇气，才能走出自己的世界，坦然地行走在街上，接受众人的目光。

"没什么。"鹿唯应声，被对方的快乐感染，他那宠溺的目光里，均是细细碎碎的温柔笑意，邵小野无缘看到，反倒是身边围观的女生发出阵阵抽气声。

是啊，这个世界上有很多遗憾，比如……你没能看到我为你勇敢的时候。

三个人回到家，顾城直接瘫软在沙发上不想起来，而鹿唯则拿着刚从超市里买来的蔬果往厨房走去，一副要下厨的架势。顾城吓得猛地弹跳而起，挡在鹿唯前面。

"你要干吗？"那警惕的小眼神，仿佛鹿唯手中拿的不是花椰菜而是手榴弹。

"做晚餐。"鹿唯回答得理所当然。

"一会儿点外卖就好了。"

鹿唯摇了摇头，十分坚定地说："我答应邵小野，要做晚餐给她吃。"

他避开顾城径直朝厨房而去，顾城正要追上去，却不想鹿唯竟直接将厨房的门锁上了。顾城不安地敲着门板："鹿唯，我告诉你，你要是敢把我们家的厨房炸了，我……我要你好看。"

"顾编辑放心，我的稿费还是赔得起一个厨房的。"鹿唯的声音透过凌乱的锅碗瓢盆的"碰撞"声若有似无地传来。

当一碗热气腾腾的海鲜面端到邵小野面前的时候，顾城忍不住想要拿起筷子以身试毒，却不想被邵小野笑着阻止了，虽然她如今看不见面条的卖相，但是闻着香气都让人食欲大开。

顾城见这边讨不着好，急忙跑去厨房，却不想厨房竟然也干净整洁没有一丝污垢，顾城不信邪，拿出福尔摩斯精神，朝垃圾桶探去，果然在里面发现无数失败品和破碎的碗碟。

顾城仿佛抓到了对方的小尾巴，正想要去给邵小野打小报告，却意外地在客厅撞见了两个人一起吃饭的温馨画面。脚步仿佛被无形的藤蔓紧紧束缚住，再也无法迈出一步，顾城就这般怔怔地站在不远处看着两个人。

画面中的邵小野动作小心而又缓慢地夹起一部分面条，她嘟嘴轻轻地吹了吹，因为看不见的缘由，吹气的方向和筷子的位置有着一段距离，而在她身边的鹿唯则代替邵小野的工作，对着那冒着热气的几根面条轻轻吹气。虽然入口的面条所剩无几，但毕竟邵小野能够不靠别人，自行吃下，即便口感不怎么样。

受到鼓舞，第二次她再接再厉，从碗里夹起面条，只不过，这次面条全部从筷子间溜走，什么也没有留下，但邵小野全然不知，继续刚才的动作，就要往嘴里塞。

鹿唯就着邵小野拿筷子的方向，快速夹起一部分面条，吹气，在邵小野手中的筷子要放入口中之时，先她一步，将自己筷子中的面条喂入邵小野的嘴里。

此刻的鹿唯离邵小野极近，但是要维持这样近的距离，却不碰触到邵小野是十分困难的，但是鹿唯就是以这样别扭的姿势，将碗里的食物一点儿一点儿地喂入邵小野的口中，让她未曾察觉。

或许是头顶的灯光过于温馨，也或许是鹿唯专注的目光实在耀眼，顾城心中对鹿唯的芥蒂慢慢冰释。

他转身，默默地将厨房中的垃圾袋拎出了门。

晚上，鹿唯洗完澡回到房间，却不见顾城，只见桌上放着之前的分镜大纲，上面有顾城的红笔批注。其中有一个分镜则是女主父亲对男主说的一段话，被用红笔修改成了：

"你向我承诺能够保护我女儿，不只是让她免受伤害，我更希望你能够好好呵护她，将她认为重要的东西，同样视若珍宝。"

此刻，窝在客房的顾城则憋屈地狠狠咬下一大口炸鸡，他发誓自己并非就此屈服认可了鹿唯，只是不想今晚再失眠，他和那变态小子不一样，那小子一天一夜不睡竟连个黑眼圈都没有。想想都觉得抑郁啊！

顾城哀号了声，"咕咚咕咚"地吞下两口沁凉的啤酒降火。

今夜，看来又将是个不眠夜。

♥ 4 ♥

"呜呜呜……"

软弱无助的哭声在空荡荡的公园里回响，夕阳唱晚，玩耍了一整日的孩童早就随着父母的呼唤相伴回家，于是滑梯内的哭声尤显凄凉哀伤。

"喂，你不回家吗？"不知哭了多久，一个孩子中气十足的童音打断了女孩的哭声。

女孩抬头，男孩的面容朦胧不清，她只依稀觉得那双子夜般的黑瞳在那个时候尤其清亮，闪耀着比同龄孩子更为聪慧的光。

女孩停止哽咽，无辜地望向男孩，水灵灵的眼睛此刻正含着浅浅泪光，肉肉的鼻头一片通红，像极了童话中的小麋鹿。

男孩似乎发现了什么珍宝般，招呼身后的好友。

不久，男孩的肩膀处冒出一名怯生生的栗色头发的男孩，女孩依旧看不清他的真实

面貌，只朦胧记得是个唇红齿白的如瓷娃娃般好看的小男孩。

"再不回家，妈妈会骂的。"栗色头发的男孩面容白皙，五官精致，犹如一个瓷娃娃般，他略显羞涩，只是匆匆地看了眼女孩，便开始劝男孩，他顿了顿，搬出重量级人物来吓唬道，"许阿姨也会生气的。"

男孩的眼中似乎闪过一丝疑虑，重新将目光集中在女孩的身上："你呢？"

女孩想起家里父母的争吵，忍不住再次红了眼眶，哑然道："爸爸妈妈不要我了。"

越想越委屈，豆大的泪珠再次颗颗下落。

年龄较大的男孩有些慌了，似乎第一次遇到如此会哭的女孩，他用污迹斑斑的小手往女孩的脸上抹，动作之粗鲁让女孩频频皱眉。最后栗子头男孩看不下去，从口袋里拿出妈妈为他准备的小手帕递给女孩，学着大人的模样轻轻地拍打着女孩的后背。

"不怕，你爸爸妈妈不要你，我们养你啊！"大男孩似乎想到什么，语出惊人。

"啊——"栗子头男孩轻轻发出一道惊呼，不甚苟同地摇了摇头，"不可以的，妈妈和许阿姨都不会同意的。"

"不要让她们知道不就好了。"大男孩天真地回答。

彼时，在孩子的眼中收留女孩就如同隔壁家张爷爷收留流浪狗一般，也像那些女孩儿玩的过家家游戏一般。越想越觉得这个方法可行，男孩心中一阵振奋，霍地站起，夕阳的光辉投在自己的身上，他觉得此刻自己的形象如同电视剧里的大英雄般。

"你放心，我们会养你的，所以你以后要叫我爸爸。"

他指着身边的瓷娃娃男孩："你以后就叫他妈妈知道吗？"

女孩懵懂，但听到有人愿意收留自己，只觉得自己并不那么讨人厌，自然讨好而又乖巧地叫唤。

"粑粑！麻麻！"女孩尚小，口齿仍旧稚嫩。

栗子头男孩被大孩子指认为女孩的妈妈，心中一阵不舒服，自己明明是男孩，就因为长相问题，经常被误认为女孩。不过，向来内向的他，一直以大男孩的意愿为准，因此内心虽然不大愿意，却还是乖乖地默认了大男孩的做法，他偷偷地观察眼前的小女孩。

嗯……

自己的女儿长得真可爱，像个芭比娃娃，心中一片柔软。

啊！邵小野猛然惊醒，拼命地喘着粗气，如今天刚蒙蒙亮，光线不是很充足，然而随着她的细微动作，似乎同样惊醒了趴在她身边的人。

精致的五官瞬间闯入邵小野的视野内，她微微一愣，大脑一时没能反应过来：眼前

这个帅哥是谁？怎么会出现在我的房间里？

邵小野的脑海里冒出无数问号。

下一秒，男生的视线和邵小野撞了个正着，他同样是微微诧异了片刻，继而渐渐趋于平静，将手背自然地贴在邵小野的额头上，那冰凉却熟悉的触觉同样刺激着邵小野的瞳仁一阵紧缩：鹿唯！

她怎么也想不到此刻守在自己身边的居然是鹿唯，那么昨天做梦的时候，那个拥着自己的怀抱，究竟是真实还是梦境？

许是光线并不太充足，鹿唯似乎并没有发现邵小野的异样，而是如同昨日一般，以指腹轻轻地合上她睁开的双眼。邵小野此刻的思绪混乱极了，她只能顺势闭上了眼，假装睡了过去。

鹿唯细心地拉了拉她滑落的被子，他疲惫地打了个哈欠，这才悄悄地走出房间。

直到听到房门被掩上的声响，邵小野这才重新睁开了眼，她探身打开床头灯，橘黄的灯光淡淡地洒在她的双手上。

她再次快速环视房间内的摆设，泪水不自觉地夺眶而出，不敢相信自己竟然真的重新见到光明了，那个医生没有骗她。

邵小野生怕吵醒隔壁的鹿唯和顾城，她捂住被子，喜极而泣。这两天看不到时的慌乱，她忍得有多辛苦。同样，她不敢让自己的眼泪肆意太久，生怕眼睛刚恢复没多久，又因为如此大喜大悲的情绪而受影响。

曾经的失去，令她比过往更加珍视自己的眼睛，还好如今一切都没变。

幸好，幸好……

"你要搬回学校公寓？我不同意，坚决不同意！"顾城猛地一拍桌子，黑着脸冷然拒绝。

彼时，邵小野戴着宽大的墨镜，丝毫不为顾城的生气所动："没事，鹿唯会照顾好我的，对吧？"

正在小心为邵小野吹凉米粥的鹿唯先是一愣，继而认真地点点头，后来察觉到邵小野可能看不到，于是加重语气"嗯"了两声。

说实话，鹿唯也想回公寓，毕竟现在这般陌生的环境让他多少有些不自在，不过因为邵小野的关系，他才一直忍着没有说出口，现在邵小野表示想要回公寓，他只差举双手赞成了。

"他怎么可能照顾得了你？"顾城一阵怪叫，不明白邵小野的脑中究竟在想什

么，虽然他昨天是有那么一丢丢认可鹿唯，但并不代表他就能完全放心地把邵小野交给对方。

"反正，我已经决定了！"

邵小野如此强硬的态度让顾城心灰意冷，他忍不住冷笑："好好，真的是女大不中留了，那么随便你吧。"

顾城一个箭步冲进自己的房间，气愤地直接甩上自己卧室的房门。

邵小野微微一愣，虽是意外顾城的情绪激动，同样感动于对方对自己的关心。邵小野本想向顾城解释，却不想鹿唯在她站起来的那一刻竟快速来到了她的身边，小心地搀扶住她的手臂。

邵小野这才记起自己如今在演一名盲人，她摆了摆手，道："没关系的，这是我家，我一个人能走的，我和顾大哥单独谈谈。"

鹿唯担心地望了眼邵小野，这才轻轻地松开了手，走向厨房。

邵小野趁着他走向厨房之际，急忙小跑到顾城的房间，敲了两下门："顾大哥，是我！你先别急着生气，我有事同你说。"

门后，却没有一丝动静。邵小野有些捉摸不准，还好顾城还是幽幽地开了门，他虽仍旧没有好脸色，但双手却不乏温柔地搀扶着邵小野进了房间。他刚想提醒邵小野脚下的椅子，不想下一刻，邵小野却急忙关上了房门，然后避开了桌椅，落落大方地坐在了书桌前的椅子上。顾城微微一愣，有些搞不清状况。

邵小野无奈地摘下了墨镜："我现在看得见啦。"

"你！"顾城惊讶地指着邵小野有些说不出话来。

邵小野急忙做噤声状："你小声点儿，别被鹿唯听到了。"

"你什么时候恢复视力的？"顾城仍旧在震惊中。

"今天早上。"

"所以你刚才才提出要回公寓？"

邵小野点了点头："嗯，我可一直都没忘记我们的计划哦。我觉得如果鹿唯继续待在这里，可能因为你在场的关系，无法对我完全信任，不会对我透露出真相，而且……"

她颇为苦恼地笑了笑："而且，我家邵社长也差不多快回来了，我是不太希望他知道我曾经受伤的事。"

顾城忍不住翻了个白眼，其实这个才是重点吧。

"还有一件事……"邵小野和顾城约定好后，本想出门收拾东西，却猛然想起早上

的梦，"顾大哥，我记得我家邵老爹说过，六岁的时候，我曾经失踪了一段时间，最后是被你救了对吗？"

顾城微微讶异，不明白邵小野为什么突然问这么个问题。

"是啊，怎么了？"

"没，就想问问那个时候你是怎么发现我的？"

"嗯……也没什么，就是在草丛里发现你昏迷，好像是从坡上滚下来的样子，浑身是伤，怎么你不记得吗？"

邵小野无奈地摊手："拜托，那是十一年前的事，那个时候我又小，哪里会记得那么清楚。那……那个时候有发生什么特别的事吗？比如，我昏迷的时候周围有没有其他的孩子？"

"其他的孩子？"顾城疑惑，想了想，无奈地摇了摇头。

"怎么会突然问这个？"其实对于十一年前的事件，他的印象也是十分模糊的。

邵小野扯了扯嘴角，表示没事："最近做了些奇怪的梦。没事啦，我先出去好了，不然鹿唯可能真就要怀疑了。"

时间恍若白驹过隙，弹指间的工夫，邵小野搬回公寓竟也有十来天了。在这十多天里，邵小野吃饭要人照顾，走路需要搀扶，上厕所时都感觉会随时冒出一只手帮忙递手纸。

而变化最大的自然是悉心照顾邵小野的鹿唯，他开始努力学习下厨，原本可以摧毁半个厨房，现在竟能够做出一两道可口的点心和小菜。如今，他待在邵小野的房间的时间多过在自己的房间。听到敲门声，鹿唯打开了房门，见到早已笑得见齿不见眼的江姜和一向安静的林雪音。

"麓……鹿学长您好啊，我们给小野补习来了。"江姜对着鹿唯拼命挥着双手，笑逐颜开。

鹿唯不太应付得来热情如火的江姜，但还是礼貌地说："小野在房间里等你们。"

说完，鹿唯如同火烧屁股般，逃也似的回到自己的房间。

"少爷，我家偶像好像不太喜欢我。"江姜来到邵小野房间的第一句就是抱怨自己再次受到了对方的冷脸相待。

邵小野无奈地叹了口气。前几天，因为失明，她请了假几天，江姜和林雪音两个人担心她，便直接杀来家里探访，而顾城同样担心在公寓里的邵小野，便将邵小野如今的状况告知她们两个，希望她们借着学生的便利能够到公寓看看邵小野的具体情况。邵小野不得不向她们两个人坦白一切，并且希望她们能够保密。

Chapter 8

国民男神驾到

❤ 1 ❤

"小野，你究竟什么时候要跟鹿唯摊牌呢？"

林雪音将今日的课堂笔记递给了邵小野，瞥了眼搁置在桌上的墨镜，忍不住开口问。

"唉，我也不知要怎么开口啊！"

一想到这个问题，她便觉得十分头大，一直想要找个合适的机会告诉鹿唯自己复明的真相，但每次触到对方关怀备至的眼神，语言功能就自动关闭了。

其实，这段扮失明的日子，她分外痛苦，事事得小心翼翼，生怕鹿唯发现蛛丝马迹，使她之前所有努力都白费。

她想找个合适的机会问出他和母亲的秘密，却又生怕那个真相会毁去眼前短暂的美好。

她痛恨如今这般窝囊不干脆的自己，却又不知为何每次事到临头，总是开不了口。

"这样子不是办法，你也不能一直请假不去上课吧。"林雪音叹气。

邵小野头痛地点了点头，最近医院也在催她复诊，一旦复诊后，确认身体没有太大的问题，医生便不再开病假条，她就必须去学校报到，再无法掩饰谎言。

"哎哟，气死我了。"在一边上网的江姜却猛然爆发一记娇喝，手中敲击键盘的声响瞬间加大。

林雪音和邵小野两个人面面相觑，相继来到江姜的身边，询问怎么回事。

"你们有看到最近少女漫画杂志的微博吗？下面出现了许多莫名其妙的流言。"江姜咋咋呼呼地指着上面的留言板，手指仍旧不停止战斗地与对方辩驳。

为了顺应数字阅读潮流，此次麓微发表的新作除了固定连载在少女漫画杂志上之外，每话前十页内容会以试读的方式，发布在杂志的主页微博上，以吸引更多的人来阅读，增加购买欲。

值得高兴的是，麓微的新作开载不久，评论和点赞数都远远超过其他连载的漫画，原本大家对麓微的漫画持期待的态度，最近却渐渐地冒出了一些莫名的评论。

"好好奇，这个麓微到底长什么模样！"

"同意！爆照，爆照。"

"不用看啦，我跟麓微同一所学校，我认识她，这个女生就读于琉×大学，人是长得挺漂亮的啦，但人品不怎么样，听说每天都有不同的豪车接送上下课，说是学校有名的交际花啊！"对方甚至煞有介事地附上了评论配图。

"麓微，原名何薇露，就读于琉×大学，大众传媒系，在我们这一带都出名了，烂得出名啊，常常脚踩多条船。"

"大家好，我不过是个名不见经传的小画手。今天我要爆料漫画界的真正丑闻，请大家还我一个公道。实际上，我是麓微请的枪手，之前的那些漫画大部分都是我主笔的。早期，我和麓微一同被杂志社招募进来，只不过我不屑为了上位而牺牲自己的人格尊严，才被麓微抢占了众多资源，后来实在穷得揭不开锅了，这才沦落为她的替身。每天我在一个方寸大的出租房里，没日没夜地吃泡面，画图，赚得零星稿费。即便不受认可，只要自己的漫画能够让大家喜欢就好了，是个影子有什么关系呢？但是没想到麓微这个女人实在太黑心了，她怕我一人独大，竟请了不少画手和漫画编剧，现在想把我踢走，而且上部作品完结篇的稿费也不付给我！"

发布这条评论的网友甚至还煞有介事地附上了她和麓微两个人的聊天记录和稿费转账记录。因枪手事件的发酵，无数小读者信以为真，麓微在流失大量粉丝的同时，竟也首次收到恶评。

"真想不到麓微是这种人，果断粉转黑！"

"支持你，抄袭可耻，为了出名不惜使用各种手段，果断滚出漫画界。"

"我是路过的，都表示不能忍啊！"

江姜气得要疯了，但见到邵小野和林雪音两个人凝重的眼神，忍不住问："你们两个不会信以为真吧？"

林雪音失笑："这样有根有据的高端黑，证明对手有备而来啊，鹿唯可曾得罪过什么人？"

她将视线转向了邵小野，而对方则摇了摇头："你也知道麓微属于大门不出二门不迈的主儿。"

江姜义愤填膺："就是树大招风，肯定是同行的漫画家嫉妒鹿唯，趁机抹黑他啊。"

"嗯……不太清楚。"邵小野思考了好一会儿，表示毫无头绪。

"难道因为这个莫名其妙的枪手事件，麓微就这样被抹黑了吗？"江姜着急。

林雪音问了个比较实际的问题："鹿唯会看到这些消息吗？"

"是啊，是啊，如果鹿唯看到该多伤心啊。"江姜急忙应和。

"放心，鹿唯除了邮箱，没有其他的聊天工具，就连之前粉丝手写给他的信件都是由我代他回复的。"邵小野有些哭笑不得。

江姜问："那现在怎么办？"

"总之，跟这些粉丝硬碰硬是没有什么好处的，可能还会越抹越黑。"林雪音客观分析问题。

邵小野同意林雪音的看法："所以，我们要从其他的办法入手。"

"要不让鹿唯来个直播，现在很多视频网站不都流行直播吗，让鹿唯现场直播画画的过程，这些谣言就不可以不攻自破了吗？"江姜提议。

邵小野摇了摇头，率先否定了江姜的建议："以鹿唯的性格一定不会愿意的。"

"那要怎样？不可以玩直播，又不能直接对付这些黑粉水军，难道就任由他们造谣吗？"

"自然不能任由他们造谣。"邵小野坚定自己的看法，"或许，我有个办法。"

她转身从柜子里翻出了一台数码相机。

林雪音和江姜两个人看着自信满满的邵小野，不懂她葫芦里卖的什么药。

"我想开通个微博，记录麓微老师的日常作画过程。"

"嗯？"两个人同时投去疑惑的目光。

"我会以麓微的漫画编辑的身份来开通微博，以日记的形式描述和麓微相处以来的日常小事，对他的容貌我也会做一定的处理。这样就能保护鹿唯的隐私。"

林雪音点了点头，赞同邵小野的看法："只需证实麓微是男生，那么之前的谣言便会不攻自破了。"

"可是麓微老师愿意让你拍摄吗？"江姜仍持怀疑态度，不是她不相信邵小野的能力，只不过这个麓微总是拒人于千里之外的样子，难保会吃闭门羹，不然不会连载这么多年连张正面照都没有。

邵小野颇有些不好意思地搔了搔头："嘿嘿，在我'看不见'的这段日子，他……几乎都是有求必应的，所以我觉得这个问题应该不大啦。"

"难怪，换作我也不想这么早告诉对方真相啦。"江姜想也不想地脱口而出，注意到林雪音责备的眼神，这才后知后觉地急忙捂住了嘴，恼恨自己的一时口快。

邵小野沉默，在失明的这段时间，鹿唯一改过去的恶劣态度，对自己温柔相待，而这样的体贴照顾，她确实很少从其他人身上感受到，所以这才让她产生了依赖，有了私心？

"不早了，我们明天再来看你吧。"

辅导完今日课堂上的习题，林雪音她们便起身准备同邵小野告别。

江姜有些不太情愿："啊，这就走啊，我还想多看麓微老师几眼啊，这样的颜值只是蜗居在家是不是有点儿可惜啊？"

邵小野哭笑不得，她记得不久前江姜还提议离自己的这位危险的室友远点儿的。

林雪音无奈，只得强行拖着江姜离开，临走前再次提醒她，尽快向鹿唯坦白实情为好。

邵小野将数码相机设置在摄影模式，调整好焦距和清晰度，趁着鹿唯洗澡的空当，来到他的卧室，考虑摆放在哪个机位比较妥当。

"怎么了？"谁知，鹿唯的声音却在背后猛地响起。

邵小野如同一只受惊的兔子，霍地转过身来，和鹿唯打了个照面。

然而这一转身，一股热气却"轰"一声在她的体内点燃。如今的鹿唯只穿着一件休闲的短裤，上身竟不着寸缕，很是随意地披着条浴巾便走了出来。

光洁白皙的肩膀依稀有水珠凝聚，热气氤氲，就连头发也滴着水，水珠从发梢落下，顺着手臂的线条，一路滑下。

邵小野惊得做不出任何动作，只能无辜地眨巴两下眼睫，面色绯红，怦然加速的心跳让人有些惊慌失措，她下意识地咽了口口水，嗓子眼干涩得快要冒烟。

鹿唯先是困惑地对上邵小野透亮的大眼，继而带着皂香的气息一再逼近，冰凉的手缓缓地抚在她的脸上，她的俏脸微微一红。

精致的容颜探入她的视野之内，考验着她忍耐的极限。

担忧的神情表露无遗："哪里不舒服吗？脸这样红？"

大脑空白好一阵后，邵小野这才终于回忆起自己依然"看不见"，需要特殊照顾。

原本神采奕奕的眼瞳，在下一刻变成聚焦不到任何一个物件的空洞。她假装茫然地伸手摸索了一阵，鹿唯则快速地抓住她的双手，给予有力的支撑。

"怎么了？"下一刻，他似乎也注意到邵小野手中的数码相机，他微微拧眉，泄露少许情绪，"你拿相机要做什么？"

见鹿唯似乎面露些许不悦，她急忙解释："那个……最近有点儿无聊，所以想要拍下一些东西，不想自己在这段时间里错过美好的风景，可是我又看不见，所以想请你帮忙。"

"只是这样啊。"

鹿唯微哂，嘴角笑窝浅浅隐现，云淡风轻地接过邵小野手中的数码相机，将其放在了书架上。

"我可以向你发誓，自从你生病后，我一直保持着良好的作息规律。"

"啊，呃，我不是这个意思……"邵小野有些尴尬，没想到鹿唯误会，以为自己是为了监督他正常休息才出此下策的。

"嗯嗯，我知道。"鹿唯的眼瞳泛着浅浅的光泽，如同月夜下的溪涧，盛满稀有的温柔。

"啊，那个……如果没事，我……我就先回去了。"

不知为何，今天的鹿唯让邵小野多少有些不敢直视，更让她不知所措，她忍不住想要逃开这怪异的氛围。

"我送你回房间。"

"不……不用了。"

邵小野慌张地摆手，下一秒却被鹿唯的大手猛地按住了发顶，白皙的指尖缓缓地摩擦着她的发丝。因这样细微的动作，她倒吸了口气，气息再次变得不稳。

他挑眉一笑，眉宇间那淡淡的疏离也随之如烟般消失，分明是无心的笑意，却化作春风，尽是暖色。

"今天林雪音她们似乎忘记帮你洗头了。"他收手，指腹上浮着一层浅浅的油光。

"啊？"邵小野一时反应不及，好半天都消化不了他话中的意思。

鹿唯低头犹豫了片刻，面上竟慢慢泛起一抹可疑的粉色，垂下眼帘，低声道："今天，我帮你洗头吧。"

邵小野的瞳孔一阵放大，若不是此刻鹿唯略显羞涩地低头，就会看到她的眼内写满震惊。

"这……这不太……好意思吧。"邵小野支支吾吾地不知如何拒绝。

"我知道，我没什么经验，但我会尽量小心的。而且，我说过，你看不见的这段时间，我就是你的眼睛。"

"啊……嗯……那么……麻烦你了。"邵小野讪讪地道了句谢谢。

自从鹿唯跟随着邵小野进入她的房间，来到小浴室后，她就觉得自己开始变得不正常了。

她不敢睁眼，生怕如此近距离的接触，泄露了小情绪，引起猜疑。

然而因为看不见，对周遭的感知变得格外敏感，比如鹿唯按着自己肩膀轻轻地靠在浴缸边缘，比如冲刷着她头皮的水的温度，再比如萦绕在鼻尖的洗发水的香味，以及鹿唯轻轻按摩头皮的动作，揉搓发梢的摩擦声，这一点一滴仿佛梦境般。邵小野理智下线，智商缺失，逻辑不明，大脑暂时处于一片紊乱。

突然原本揉搓的动作蓦地停止，邵小野不知发生了什么事，悄悄将眼睛睁开一条细

缝窥探，不想却和鹿唯的视线撞了个正着，眸光似有清辉流转，热水氤氲的水汽，令他的双眸也蒙上了一层润润的水烟，看得不甚真切。

而此刻鹿唯和邵小野只隔着薄薄的一层空气，两个人皆四目相对，却没有任何动作，沉默的须臾间安静得叫人窒息，只剩下潺潺的水流声在浴室内徘徊。

心口的韵律漏跳了几个节拍，邵小野一时忘记了呼吸，鹿唯也愣在了当场。

花洒意外落地的声音惊醒了梦中的两个人，鹿唯手忙脚乱地去关水龙头，面色通红地移开了视线。

邵小野觉得自己除了眼盲外，心也偶尔可以盲一下。她无视鹿唯脸上晕染的绯色，故作从容地咳嗽了下，这才面带温和地回视鹿唯。

"怎么了？有水沾在我的脸上了吗？"

"嗯。"鹿唯胡乱地应了一声，心跳如雷，却因邵小野的解释下意识地松了口气，他慌乱地冲去对方头上的泡泡，已不似最初那般得心应手。

两个人各自心怀鬼胎，匆忙地洗完头，不敢有任何多余的交集，他匆匆道了晚安，逃也似的回到自己的房间。

当听到不远处"咔嚓"的锁门声时，邵小野这才小心翼翼地上前查看自己房间的门，在确认锁住无疑后，她三步并作两步地转身，一个利落的弹跳动作，直接扑上了床，她将脸狠狠地埋在柔软的枕头内，爆发出一记不似自己的尖叫。

"啊——"

她猛地抬起脑袋，仍有滴答的水渍浸湿了枕头：冷静点儿，邵小野！你不是常和男同学勾肩搭背称兄道弟吗？所以鹿唯并没有什么特别的地方，为什么会自乱阵脚呢？

可是，他刚才那样深情地看着自己啊！

一想到刚才那幅画面，她便觉得全身的血液如易燃液体般，熊熊燃烧起来，一向运作正常的大脑更是被这段粉红色的小意外堵住，令她无法思考。

"啊——"她再次将自己埋进枕头。

直到嗓音嘶哑，她这才重新抬起了脑袋，做了几次深呼吸，渐渐平息不安分的心跳。

淡定啊，一定是被鹿唯那张皮相给迷惑住了，才会如此失常，这是现今很正常的迷妹心态，过段时间，就会好的，仔细想想鹿唯曾经也戏谑地亲过自己的脸颊，这没什么大不了的。

好不容易做好心理建设，邵小野却在准备梳理自己湿漉漉的乱发时，再次功亏一篑！

她的吹风机上次借给鹿唯后，就忘记拿回来了。

"嘭嘭嘭！"

十分钟后，邵小野轻轻地敲响了鹿唯的房门，不久却传来各种物件倾倒落地的嘈杂声响。

她微微一愣，房门却猛地打开，阴影瞬间笼罩而下。

"怎……怎么了？"鹿唯努力保持语调的平稳，耳根却是映日荷花般别样的红艳。

"那个……"邵小野别过脑袋，也不太敢直视对方的正脸，"我的吹风机好像放在你这儿了。"

声音细若蚊蚋。

"等等！"鹿唯恍然，慌慌张张地转身，谁知手肘直接碰到了门板，顺势撞上了站在门口的邵小野。

痛呼声从她的口中悲惨发出。

"抱……抱歉。"

鹿唯一惊，再次惊慌失措地上前，将对方小心搀扶进房间，安顿她坐在床铺上，这才翻箱倒柜地找吹风机。

邵小野捂着被撞疼的鼻子，看着鹿唯冒冒失失的模样，不仅感觉不到丝毫愤慨，反而有一丝喜感。

"找到了！"鹿唯欣喜地举着手中的吹风机。

她正想上前接过对方手中的吹风机，却猛然记起自己仍在"眼睛不便"的状态，只得站起身。

"谢谢哦。"她将双手摊开，等着对方将吹风机递给自己。

然，鹿唯却迟迟没有下一步动作。

"嗯？"邵小野微微歪着脑袋，面露困惑。

"咕嘟……"

喉结略微紧张地上下滚动了下，鹿唯闷声道："我……我帮你吹吧。"

"啊！"邵小野如同被雷劈中般顿时瞪圆了双眼。

还来！

"真的不用了。"

邵小野慌忙摆手，已顾不得其他，自发走向对方，想直接接过吹风机，谁知，一时没留神，竟被横倒在地的椅脚给绊倒，整个人险些栽倒。幸而，鹿唯上前两步，及时挟住了她倾倒的身子。

"怎么这么不小心？有没有哪里摔疼了？"

鹿唯被之前的意外吓白了脸色，正要查看邵小野是否受伤。

"我没事，真的没事！"她面色通红，慌张地挣脱鹿唯的双手。

"现在，你乖乖坐好，哪也别去。"

鹿唯重新将邵小野摁回床铺，带着不容拒绝的口吻，弯腰给吹风机通上电，打开按钮，手指细心地拨弄着对方的湿发，暖流从每一根发丝处一点一滴地渗入。

邵小野嫩若凝脂的脸上即刻浮上了一抹艳色，周遭安静得只剩下吹风机传来的"呜呜"声响，以及身后的心跳声，连带呼吸都有所保留地缓下速率，两个人默契地闭嘴不再多言。

任由时间在指缝之间一点点儿流逝着。

鹿唯居然愿意帮女生吹头发！

而且这个主角还是自己。

受宠若惊的邵小野，手脚都不知该如何安放，只得闭眼假寐。

鹿唯以为她累得睡着了，因此将电吹风调到中挡位置，拨弄头发的动作更加轻缓，生怕吵醒对方。

原本只是合上眼睛假寐的邵小野，因这舒服至极的动作，竟身子一歪，直接靠在鹿唯身上沉沉地睡去。

清浅的瞳色龟裂出一道细纹，似有什么东西满溢而出，他望着邵小野沉静的睡容，唇角勾了抹淡淡的笑痕，一缕叹息缓缓逸出，莹润的指尖小心地轻抚对方的发。

"永远这样也好。"嗓音低微，近乎融入无声的尘埃之中。

邵小野蓦地惊醒，入目的便是鹿唯的睡容，她忍不住倒吸一口凉气，却又生怕吵醒对方，急忙捂住了自己的嘴，差点儿忘记了呼吸。

她怎么也想不到自己居然睡在鹿唯的床上，而他为了不吵醒自己，则蜷缩在角落处，与她隔开了一定的距离。

貌似她是第一次如此肆无忌惮地端详对方的睡颜，在清晨微光的笼罩下，他的肌肤呈现一种近乎透明的细腻感，即便经常通宵熬夜，他的脸上也没有留下任何疲惫的痕迹。

此刻，他微微皱着眉宇，鼻翼上滋生出一层薄薄的汗渍，邵小野伸出手指本能地想去擦拭他鼻尖的汗，却在下一刻屈指转而弹向自己的眉心。

　　她疼得龇牙咧嘴，却不忘死死咬住牙关生怕吵醒对方，眉心的红晕让她清醒不少，她死死地盯着对方，身体却悄悄挪下了床。

　　现在这个房间，乃至整个公寓，她是一刻也无法待下去了。

　　好不容易下了床，她提脚正要离去，却又想到了什么重新折返回床前，将盖在鹿唯腰上的薄毯，仔细地拉到他的肩膀处。

　　悄悄松了口气，她蹑手蹑脚地出了房间。

　　出了鹿唯的房间后，邵小野草草地收拾了几件换洗的衣服，逃也似的直奔自己的家。

　　她不懂自己究竟怎么了，只清楚，她现在需要点儿时间好好冷静下。

　　于是她让顾城给鹿唯发了条信息，表示自己有事要回家几天。

　　周末，邵小野起了个大早，本打算去医院复诊。谁知却在开门的一瞬，和门口的鹿唯打了个照面，两个人均是一愣。

　　"早！"简单的一句早安，硬生生地割裂出了几分间隙。

　　"这么早有事吗？"如果她不是今天起早了的话，不知鹿唯还要在门口站多久。

　　"今天是去医院复诊的日子，对吗？"他别过脑袋，眼神飘忽，"我好像听顾编辑提起过。"

　　"这样啊！"邵小野讪讪地点了点头，语气有一丝不自然，"顾大哥会陪我去的。"

　　"哦。"鹿唯难得没有任何反对地颔首，站在门框边，不知在想些什么。

　　"怎么了？"邵小野忍不住开口问。

　　"顾编辑在为我第二话的内容苦思广告语，昨晚似乎睡在了出版社。"

　　"呃。"邵小野无语凝噎，有种被赤裸裸地戳穿心思的窘迫。

　　鹿唯没说什么，反而拉起她的手，淡然道："我陪你去好了。"

　　这次她识相地闭上了嘴，任由鹿唯拉着自己，不知是她的错觉抑或其他，总觉得今天的鹿唯哪里不太一样。

　　当邵小野从诊室出来的时候，鹿唯正坐在附近的石凳上，看着几名孩童玩吹泡泡，透明的泡泡在阳光下泛着斑斓的光泽，直至透明，消失。

　　淡得近似琉璃色的眸光里盛满温柔和静谧，笼罩在这样一片梦幻之中的鹿唯，显得格外不真实。

一个小女孩似乎发现了鹿唯的存在,小跑到他的面前,将手中色彩缤纷的糖果递到他的面前,笑得如同夏日的海风般清爽。

鹿唯先是一愣,女孩的主动亲近让他有些意外,他先是有些为难地看着小女孩,继而又望向她的掌心,犹豫了许久,这才颤颤地伸手接过一颗糖果,又是一阵沉默后,才道:"谢谢!"

声音很低,仿佛随时都可能被清风吹散的道谢,却愣是将他的耳根染得通红。

"妈妈说,'一颗糖果换一个微笑'。"小女孩摇头晃脑地说着,脸颊上的两朵粉嫩如同可口的红苹果。

淡色的眸色亮了起来,鹿唯被女孩的话给逗笑,勾勒出浅浅的温柔,就这样猝不及防地袭入每个人的心房。

得到应有"报酬"的小女孩没有过多停留,反而蹦蹦跳跳地跑到其他病人身边,并将手中的糖果分发出去。

直到这一刻,邵小野才恍然醒悟,母亲曾说过,也许她是鹿唯的钥匙,可以为他打开心门。但就目前看来,他的心门根本就不存在任何钥匙孔,她只不过提供了一个契机,令他开启这道接触外界的门。

"或许你应该尝试着去学校上课,接触更多的人,这样对你的漫画,对你的未来都会有帮助的。"邵小野忍不住笑着开口。

听到声响的鹿唯即刻转头,撞上对方的粲然笑颜,其绚烂程度堪比满室繁花绽放。她总是如此,即便有天大的麻烦,自己只要对上那双灵动的大眼,内心总有一处柔软被触动。

只不过,如今……

如画的眉目却是微微一暗。

"明知道自己眼睛不太方便,你应该叫我的。"鹿唯抬头,淡淡地叮嘱着,分明是责备担心她,却似乎多了一分疏离横亘在其中。

"啊……对不起。"

邵小野脸色一变,多亏鹿唯的"提醒"这才猛然记起,自己竟在没有任何人指引下找到鹿唯。她支支吾吾,不知如何解释,只得道歉。

她不知是否该庆幸,鹿唯竟没发现她的异样。

鹿唯没有回应,转身望向草地上开心奔跑的孩子们,眼神也随之变得迷离,静默片刻后,他发出一声喟叹:"如果能够同他们那般无忧无虑,没有多余的小心思该多好。哦,忘了,你现在看不到了。"

邵小野微微拧眉，她才要开口，鹿唯却再次打断了她的话。

"复诊的时候，医生怎么说？"

原本挂在脸上的笑容逐渐僵凝，医生已经为邵小野重新做了详细的检查，报告结果显示，她的身体和眼睛早已恢复健康，因此下周一她就得去学校报到。

"其实……"

"唰！"

"砰！"

一阵树叶与枝干的摩擦声蓦地响起，只觉地表微微颤动，一名男生就这样从天而降，落在他们的面前，头上还残留着几片翠绿的树叶。

附近不少人皆因这番怪异的响动，纷纷朝这边侧目。

"抱歉，没吓到你们吧？"

男生爬起身，狼狈地笑了笑，不顾身上沾染的泥渍，将揣在怀中小心保护的风筝递给附近一名戴着眼镜的小男孩。

小男孩和身边的伙伴欢喜地道了谢，便呼啦一下跑开，继续玩耍。

"看样子，你已经没什么大碍了。"

男生重新来到两个人面前。他笑容可掬，声音低醇温煦，如同沐浴晨光中般，自然，毫无邪念。

邵小野微微一愣，在记忆库中仔细搜索着关于眼前男生的相关印象，他那深邃的黑瞳看着有些眼熟，低音炮的磁性嗓音也让人觉得似曾相识。

"你是上次救我的那个男生！"邵小野面露欣喜，下一刻她似乎想到什么，立马补上了后半句，"呃，我记得你的声音。"

"你的眼睛……"

上午的阳光并不炽烈，他却注意到邵小野居然戴着一副墨镜。

"啊，发生了点儿意外，暂时看不到，但很快就会好的。"邵小野有些心虚地避开对方探究的视线。

"哦——"男生拉了个长音，意味不明。

鹿唯的呼吸也跟着随之一窒。

"上次的事还没有跟你说谢谢呢。"邵小野笑着说道。

男生也笑了，灿烂的笑脸瞬间点亮俊逸卓绝的面容，有别于之前高冷的模样，如同一个天生爱笑的阳光大男孩。

"没什么大不了的，忘了介绍，我叫纪景行。"他率先伸出手，以示友好。

鹿唯没有回应，始终保持一种不冷不热的态度。

邵小野生怕场面尴尬，急忙握住对方的手："我叫邵小野，他是鹿唯。"

刹那间，眸内似有光闪过，纪景行不动声色地扫过两个人握手的位置，嘴角若有似无地勾起，似乎发现了什么，却不愿戳穿。

鹿唯同样注意到了两个人握手的动作，秀气的双眉微蹙，有些吃味。

"走了！"

鹿唯有些愠怒，他有失风度地抓住了邵小野的手腕，将两个人交握的手分开，拉着邵小野强行离开。

邵小野只得被迫跟上鹿唯的脚步，匆匆同纪景行道别。

"抱歉，我们有事先走了，回见。"

纪景行仍旧弯着那对吊梢的杏仁眼，看似不甚在意地挥手道别："没关系，会再见的。"

鹿唯行走的脚步逐渐加快，急切地想要甩掉那个笑容刺眼的男生，邵小野跟着他小跑一段后，最终吃力地甩开了对方，吃痛地揉着自己微微发红的手腕。

"鹿唯，你到底怎么了？"

鹿唯似笑非笑地看了她一眼："怎么了？你没有话想要对我说吗？我现在不过是找个清净的地方好仔细听你的解释，这样也有错？"

"什么解释？"邵小野不明，鹿唯如今阴晴不定的表情让她有些迟疑，只得缓下口吻，"是不是哪里不舒服了？"

"没有。"

哪里不舒服？鹿唯冷笑，他现在就觉得胸口憋得慌，尤其是看到邵小野这样无辜的表情。

他一直坚信，邵小野是与众不同的，即便全世界都欺骗他，邵小野也绝对会对他说真话。

邵小野虽觉得鹿唯今天的表现颇为反常，但他不愿多谈，她也不好说什么，只得继续刚才的话题。

"关于刚才我给的提议，你觉得如何？我知道，你申请了自学，只需补足学分，就能够顺利毕业。可人是需要朋友的，他们可以与你一起分享快乐，承担痛苦。总有一天，你会觉得孤单的。"

"……"

"别担心我的问题。邵社长和顾大哥他们都会照顾我的，而且我又不是一辈子都看不到啊，或许明天我猛然一睁眼，世界就光明了。"

"……"

"或者，你就当作这是我向你要求的最后一件事，从此你不必再觉得亏欠我什么了。"

"你想说的就是这个？"许久，鹿唯终于开口，阴阳怪调。

"呃……嗯？"邵小野还想开口说些什么，却见鹿唯的脸色不太对，只得住了口。

鹿唯面色铁青地扫了她一眼，从口袋里拿出一张记忆卡："你上次走的时候，忘带回去了。"

"啊，哦！"邵小野先是应声，却在下一刻似乎想到了什么，脸色"唰"地白了。

鹿唯冷哼："谢谢你那天早晨走的时候，顺便帮我盖好被子。"

"那个……"邵小野才要开口，却不知该从哪里解释。

"我只想知道，你是从什么时候起可以看见的。"

"……"邵小野咬紧下唇，答案在脑海中盘旋，出口却是分外艰难。

鹿唯似乎想到什么，瞳仁紧缩，脸色青白交错了一番后油然升起一抹异样的红晕："所以，那个时候在浴室里……"

邵小野本来想摆手谎称自己不知，尴尬的表情却早已露了馅。

"邵小野，你好样的！"他提高嗓子，痛声嘶吼，怒气更是在颈间的青筋中跳跃。

他将手中的记忆卡投掷在地，头也不回地离开了，转瞬消失在拐角处。邵小野也顾不得地上的记忆卡，只得快步追上对方。

邵小野和鹿唯两个人消失后不久，一只修长且指节分明的手蓦地出现，捡起了地上的记忆卡。

Chapter 9

道歉有用的话，
还要折纸干吗

❤ 1 ❤

"唉……"邵小野单手托着下巴，有气无力地搅拌着手中的奶茶，重重地叹下了第一百零八口气。

"哎哟，我的小少爷，什么时候变得如此多愁善感了？"江姜拿书背轻轻敲击邵小野的额头。

邵小野吃痛，只得抬头看着眼前的好友，姣好的秀眉微微一拧："鹿唯，从昨天开始正式去美术部报到了。"

江姜微微一愣，继而莞尔道："这不是好事吗？恭喜你终于撬动了那座万年冰山。难怪我听说琉光大学的校草易主了呢，原来是我们的麓唯终于出山了啊。"

邵小野苦笑："可问题是，我给他发了八十一条道歉短信并精心准备了餐点外加消夜甜点，都被他一一拒绝，我去学校等他，他直接当我是透明的啊。"

"哎哟，咱少爷遇到麓唯也会碰一鼻子灰啊。"江姜安慰地拍了拍邵小野的肩膀，"其实说真的，小野，你这样老是碰壁也不是办法吧，要不算了吧。"

"算了吗？"

邵小野有些迷茫，如今鹿唯的新漫画如愿在老爹的杂志上连载并取得了不错的反响，鹿唯重新回到学校上课，如此看来，他现在的表现已经达到了自己当初的预想。

只可惜自己却被他永远地剔除在名单之外，而她就此再也不用伺候这么一个麻烦人物，分明可以轻松不少，可为什么江姜的那句"算了"，令她胸口一阵憋屈，总觉得有什么东西徘徊在胸口，久久不散。

"放弃吗？"听到好友的劝说，她有些游移不定。

"叮！"短信提示音在这个时候适时地响起，邵小野随意一瞥，却不想视线死死定在了短信上。

江姜见邵小野的反应十分反常，忍不住询问："怎么了？"

"林雪音发短信说，她在校图书馆里见到鹿唯被一群女生围住。"邵小野边说边匆忙地收拾东西。

"然后呢？"

"我当然要拯救鹿唯于水火之中啊！"

"要不，你再顺便买九十九朵玫瑰花送给他得了。"江姜白了一眼，忍不住吐槽，"刚才不还有气无力地说要放弃吗？"

邵小野爽朗一笑，对于好友的揶揄照单全收："好像是个不错的主意呢。他是少女

漫画家，或许会吃这一套，不过九十九朵对我这穷酸学生来说，有点儿负担不起，要不买九朵意思下就好了。"

"邵小野！"江姜有些头痛地抚额道，这孩子真心无药可救了。

"你说得对啊！唉声叹气实在不适合我，对我来说，但凡有一丝机会，我都会全力出击。"

"一定要做到这种程度吗？"

"因为他是鹿唯啊，如果你在这种时候想要一丁点儿脸面的话，那么这辈子都别想再和他有交集。"

见到好友重新恢复元气，江姜也放下心来，忍不住笑闹着："是啊，是啊。别告诉我，你已经不可救药地爱上麓微了。"

"是啊！跟你一样，因为他的皮相，瞬间成他的粉丝了。"邵小野回答得分外干脆。

江姜"扑哧"笑开，五指握成拳，伸了出来："这才是我认识的少爷。"

邵小野笑，同样伸出手同她击拳："谢啦！"

下一刻，她看了眼时间，急忙站了起来："不跟你说了，快来不及了，先撤了。"

她与江姜匆匆道别，竟真的朝附近的花店跑去。

如今正值自习高峰期，图书馆里的学生比较多，邵小野捧着一束硕大的玫瑰花尤其引人注目。

"咦，这不是少爷吗？"

"少爷？你认识她？"

"是啊，听说她爸是出版社社长，她妈是医学教授，虽然是女生，却十分仗义，所以大家都唤她少爷。"

"你说，她现在捧着这么大一束花是要做什么？"

"大概又要抚慰某位深陷于失恋痛苦的少女吧。"

"不过她好像朝那边的女生堆走去了。"

"哎，没想到这位新晋的校草让'少爷'都沦陷了，哎，我本来对这么个性的学妹还挺有好感的。"

"你？还是算了吧。"

邵小野站定在人群的外围，踮脚张望，却连鹿唯的头发丝都看不到，只能听到女生们叽叽喳喳的询问声，内容从日常习题到身世背景大调查。

"嗯哼！"邵小野大声咳嗽了一声，气沉丹田，"这是谁的花啊？麻烦签收！"

不大的声响却如平地惊雷一般在女生堆里炸开，大伙一致屏息，不由自主地朝邵小野的方向望去。

"签收？谁的？"站在最外围的一名体型颇为壮硕的女生忍不住狐疑地问道。

"是啊！"邵小野这才将脑袋从花束中探出，桃花的眉眼勾勒风流，她粲然一笑，"听说是那个明明有着巅峰的颜值却偏要靠才华行走江湖，尊敬师长、谦卑有礼、学贯中西、文采斐然的人物。"

女生们个个面面相觑，不太好意思挤对眼前如此伶牙俐齿的小女生，她的每一句话都在夸赞她们的偶像，句句都说到了她们的心坎上，令她们实在讨厌不起来，况且有人给她们的偶像送花也是一件好事。

"哈哈！"朗朗笑声从人群中传出，泄露了主人明亮的好心情，"你这样夸奖，我都不好意思承认自己是那个签收人了。"

"学长这样未免太妄自菲薄啦，你受到这么多学姐的爱戴还不能说明什么吗？"脖子仰得有些酸痛，邵小野只得缩回脖子，稍稍活动下颈骨。

"这样啊，那我就不客气了，谢谢学妹，刚转校过来就收到如此大礼。"声如羌笛悠悠开口，颀长的双腿越过重重的人群，那人接过邵小野的花，瞬间减轻了她的负担。

转校？

她微微一愣，这才后知后觉地抬起头，仰望眼前挡住大片光线的男生，他看起来似乎比鹿唯还高一些，狭长的凤眼微微一挑，带着几分戏谑，几分愉悦。

但重点是，他……根本就不是鹿唯。

♥ ♥

邵小野的双手仍旧保持着捧花的动作，虽然手中早已空空如也，她环视周遭女生好奇的窥探，苦恼该如何收场，她能说她不小心认错人了吗？

她能说，这束是赔礼的花，而赔礼的对象并不是他吗？

如今木已成舟，邵小野只得勉强地扯了扯僵硬的嘴角，讪讪地开了口："不……不用客气。"

"小野？"林雪音略带诧异的嗓音从背后响起，拯救了她此刻的尴尬。

她几乎满是欣喜地转身，只差要扑到好友身上痛快哀号一场，顺便心疼一下自己这个月的零用钱，却在瞥见林雪音身边脸色铁青的鹿唯时，彻彻底底地僵住了，宛如一道闪电将大脑劈成了两半。

这是什么情况？

老天爷可真爱开玩笑啊！邵小野在脑海中一顿捶胸顿足地埋怨。

"呃，那个……鹿……我……"邵小野才要开口。

鹿唯不待她解释，竟转身头也不回地走出图书馆。

"该死的！"邵小野狠狠一跺脚，好一阵懊恼，但如今的情况却不容她有多余的思考，她急忙去追鹿唯。

与林雪音擦肩而过之时，林雪音忍不住拦住了邵小野，低声询问："你怎么回事啊？刚才我还拼命同鹿唯游说，说你买了好大一束花，想跟他赔礼道歉。"

她甚至夸大其词，表示邵小野这一辈子都没做过这种事。虽然鹿唯嘴上没什么表示，但她可以看出鹿学长的表情已经有些松动了。

可，如今……

林雪音的视线越过邵小野，转而投在不远处收花的男生身上，听说他从国外刚回来，在伯莱恩大学读了不到两个月就转到了这里。

林雪音狐疑，放着精英的贵族学校不念，反而转到琉光这所平民学院来是为了什么？

"这个说来话长，我先同鹿唯解释下。"邵小野欲哭无泪，谁知道会莫名杀出另一名男生啊，她匆忙回头看了眼自己表错意的男生，只觉似乎在哪里见过他，却来不及多想，同林雪音打了声招呼，便急忙朝黑夜中逐渐消失的身影追去。

见好友离开，林雪音也不再多待，随即离开这纷争之地。

无端收到一束花的纪景行，原本璀璨的笑意开始逐渐收紧，最后凝固，猛地攥紧手中的花束，尖刺刺入掌心，他却毫无任何痛感。点漆的双目似有一丝决绝掠过，俊美绝伦的五官上尽是风暴降临前的阴霾，让人望而生畏。他丢弃手中的玫瑰，修长挺拔的背影朝黑夜中走去，最后与黑夜融为一体。

当邵小野追到鹿唯的时候，他正蹲坐在沙滩上看海浪，时不时地朝海边扔几块小石子泄愤。和伯莱恩大学自建的人工湖不同，琉光学院临海而建，教学楼不远处便是这一处海滩，海滩附近架着几枚昏黄的电灯泡和不知从哪回收的破败彩灯，没有任何浪漫可言，但对于这样漆黑的夜晚也算起到了不错的照明和壮胆的效果。

即便有着天然优势的海滩，琉光学院依旧秉持着它一贯的校风，一切以简洁省钱为主。虽然并没有太多铺张点缀，这里也不失为一个散心的好去处。

鹿唯感觉到身边有人靠近，下意识地蹙眉往旁边挪了挪。

邵小野小心翼翼地探首："还生气呢？"

鹿唯矢口否认："没有。"

这一周以来她不懈地讨好和不厌其烦地殷勤道歉，鹿唯其实多少有些心软了，只是一直拉不下脸同她和好。直到林雪音告诉他，邵小野要来图书馆，当着全校师生的面给他送花致歉，当林雪音说她这般隆重得如同跟一个人表白般，他竟傻傻地相信自己在邵小野心里多少有些分量，是与众不同的。

谁知……原来对她来说与众不同的，竟是其他人，是那个救她的英雄吗？

邵小野小心翼翼地扯了扯鹿唯的衣袖，带着讨好的口吻："其实，我今天真的是来图书馆找你的。"

"你来图书馆找谁都不关我的事。"鹿唯再次转了个方向。

见鹿唯不再回应，邵小野托着下巴一阵苦恼，下一刻她似乎想到了什么，从背后的书包里掏出一叠便笺纸，背对着鹿唯一阵倒腾。

下一刻，一朵粉色的纸百合出现在鹿唯的视线内，他先是微微一愣，继而转身看向眼前依旧笑容温煦的邵小野。

"我们鹿唯哪里需要那么俗气的玫瑰啊，清丽脱俗的百合最适合你了不是？"她又开始卖乖。

鹿唯张张嘴，很想说，他很需要玫瑰啊，需要她送给他的玫瑰，哪怕只有一朵，甚至只有一片花瓣也好。

他瞪着她，赌气不说话，心不知为何却一点一滴地涌入暖流。无法否认在这段拼命逃避她的日子里，她的影像却总是出现在他的脑海中，让他无从躲避。

"如果一朵不够，我还有的！"另一只掌心摊开，上面躺着四五朵纸百合。努力绷着的表情终于在纸百合面前破功，他拈起其中一朵百合仔细端详。

"很丑！"他认真评价，嘴角却不自禁地噙上一抹笑意。

见到鹿唯终于笑了，邵小野紧绷的心终于松懈了，早知道几朵纸花能够解决，她干吗花费那么大笔钱去买鲜花啊。

"玫瑰花两三天就凋谢了，还是这个好，环保又持久。"

"嗯。"鹿唯把玩着手中精巧的纸百合，淡淡地应了声，眼睫半掩，不知在想些什么。

"呃，那个……"邵小野估摸着鹿唯如今的心情正好，决定同他正式道歉，"对不起，那个时候我不是有心瞒着你的，只不过你对我的态度发生了一百八十度大转变，我怕如果马上告诉你，你又会拒我于千里之外，所以……嘿嘿，人多少都会有些私心的，希望你别介意啊。"

许久，他没看她，兀自爬起身，拍了拍身上沾染的沙石，率先迈开步伐，走了两三

步后，他回头，发现邵小野正愣愣地望着自己，没有反应。

"以后，你……自己洗头。"他丢下一句让人莫名的话，再次迈开大步，没有回头，更没在意邵小野是否跟上自己。

把手中的纸花放在鼻端，鹿唯深深吸了一口，带着干草的气味徘徊在胸腔之间，意外的香甜。

两个月后。

邵小野在人流中努力奔跑着，全身紧绷，双手更是情不自禁地握成了拳，凌乱的发丝被风牵引，挡住眼前的视线，她无暇拨开，只能机械地迈着步伐，阻挡脑中纷乱的思绪。她冲进办公大楼，等不及望眼欲穿的电梯，转而冲向了楼梯甬道，来到出版社门口，一眼便望见了满面愁容的顾城。

"啪"！

她的双手支撑着桌沿，身子前倾，目光聚集到对方的身上，颇有几分兴师问罪的架势。

"到底怎么回事？什么叫作被收购了？"邵小野的声音不大，但是拍打桌面的声响却颇具分量，吸引不少人的目光。

顾城的心肝都差点儿被这个小祖宗给吓掉了一半，他几乎弹跳而起，以极快的速度捂住了邵小野的嘴，干笑着对其他的编辑报以歉意。

"你放心，你代购的那些东西一样没少，不会被大水冲走的。"顾城顾左右而言他。

其他同事这才将视线转移开，重新忙碌着自己手头的工作，他暗示邵小野一切问题等进邵社长的办公室再谈，以免节外生枝。

将办公室的门关上，顾城甚至心虚地拉下了窗帘，邵小野承认刚才实在冲动了些，但今天顾城的一则短信却彻底将她的冷静破坏殆尽。

老爹苦心经营的出版社竟面临着倒闭的危机，最后沦落到被其他公司收购的下场，她实在无法接受。

顾城眼见邵小野目光呆滞，多少有些担心，他拍了拍邵小野的肩膀，道："小野，你还好吗？我知道这件事对你来说打击颇大，当初听到这个消息的时候，我也无法接受。"

"我不明白，出版社一直以来都经营得好好的，为什么突然就经营不下去了？鹿唯

的新漫画不是大受欢迎吗？"

"小野，鹿唯的新漫画是不错，只是他的漫画带来的利润根本无法填补因其他产品滞销而造成的损失。过去还好，可以由老牌漫画家奠定的粉丝基础来带动新手画家作品的销量，只是，现在许多漫画都可以在网络上连载，读者有了更多的选择。电子出版物低成本，高效率，又便捷，纸质书市场自然日趋低落。"

顾城叹气，一本漫画书或许只需在意读者喜欢或不喜欢，而一家出版社不可能仅仅因为一两本漫画畅销就能历久不衰。一本书能否畅销取决于内容，而集结上千万册漫画的杂志社能否屹立不倒则取决于利润。

唉，纸媒不易啊。

"如果是这样，我们也可以改革啊，我们可以把出版社手上的漫画放到网上去连载啊。"邵小野想当然地说。

"话虽是如此，但整改成线上作品，资源开发和投入不说，单就数字作品的授权就是很大的一笔开销，不是我们不想整改，而是根本就没有多余资金做这方面的运作。"

"这就是为什么爸爸最近常常天南地北地飞？"

顾城点头，邵小野陷入沉默。

"如果被收购了，大家会怎么样？"

"估计会重新改革，换血，就连已经签约的作者，也会进行一定的整改，我更担心一些冷门的题材会受到限制，无法成功面市。"

邵小野蹙眉："那如果拒绝被收购呢？"

"如果在短时间内无法成功融资，出版社就会宣布倒闭，那么旗下所有作品乃至漫画家的版权就会全部被拍卖。"

"那……鹿唯他们知道这件事吗？"

顾城摇了摇头："目前一切都还只是未知数，我怕一旦通知他们，反而让老师们担心，无法专心赶稿。"

她猛地闭上眼睛，双手死死握紧，掌心处隐约传来一阵阵尖锐的疼痛，第一次觉得在现实面前，自己渺小得近乎无能为力。

"话说，你们学校是不是快开运动会了？放心，我会准时到的，到时，我会带上摄像机，把你的风姿拍下来给你老爹看。"顾城适时地转移话题，活跃僵凝的气氛。

"嗯。"邵小野乖巧应声，反应淡淡。

"哎，你也别太难过，邵社长只是说可能会被收购，目前一切都还是未知数，或许有奇迹出现呢。"顾城安慰道。

"如果没别的事，我先回学校了。"邵小野起身想要离开。

意外的平静让顾城分外担忧，他唇瓣微启，似要说些什么，最终化成了一声叹息，目送着她离去的背影。

同顾城道别后，邵小野并没有回到学校上课，而是返回公寓。她将那些漫画书堆成一道道围墙，将自己圈在里面，抚摸着书脊上印着的每个文字，感受着书角泛起毛边的触感和一个个鲜活的人物形象。

封面上双马尾女孩灿烂的笑脸似乎牵动着邵小野压抑的情绪，碎钻般的泪水滚下脸庞，滴答地落在封面上，眼前的图案变得模糊不清。

当初不过是为了配合鹿唯的新漫画，所以她把公司出版的漫画都搬了过来作参考，日积月累竟能堆成一道小围墙，如果有一天再也看不到这些漫画的话……

她原本还只是捂住唇瓣无声地啜泣着，只不过泪水这东西一旦找到突破口就会失控，最终她开始肆无忌惮地放声哭泣。

无助的哭声如同抽丝剥茧的薄刃，割得人心肺隐隐作痛。

鹿唯抱着本人体素描书，仰头静静地望着走廊上的天花板出了会儿神，他并没有叨扰她的打算，更不知该如何安慰。

只能假装自己不曾因为忘带课本而折返，不曾经过她的房间听到声响，不曾发现她的哭泣，就这样，任由时光流淌，陪着她一起经历这段悲伤。

待哭声渐息，哽咽跟着止住，最后汇聚成绵长的呼吸，鹿唯悄悄探首查看，邵小野哭累了，最后竟倚靠在书墙边陷入甜甜的睡眠中。

鹿唯蹑手蹑脚地走近，小心地将书墙挪开，这才抱起沉睡中的邵小野，将其缓缓地放在床上。当身体接触柔软的床铺时，她本能地翻了个身，选择更为舒适的姿势。

而鹿唯就这样静静地看着她的睡颜，眼底波光荡漾，似暖风拂过，柔化了一池春水。他用指腹轻轻擦拭着冰凉的泪痕，心疼随着溢出口的叹息益渐增聚。

待了一会儿后，鹿唯起身离开，拨通那串尚算陌生的号码。

"喂！"

"是我。"他开口。

"谁？咳……麓……咳……"

顾城接到这通陌生的来电时正在喝水，当他辨别出打电话来的正是鹿唯时，惊得不小心呛了水。

听到对面的咳嗽，鹿唯不明就里，但眉心还是微微起了波澜。

"最近出版社是不是发生了什么事？"

"什么事？没什么事啊！"顾城语气夸张，却明显底气不足。

"近期有几家出版社频繁联系我，邀请我转社，说是打探到消息，我现在所属出版社将要倒闭。"

顾城有些不安地咽下口水，不知如何开口。

"而且……"鹿唯顿了顿，"我见到小野……她哭了。"

"……唉，如果我告诉你，这是真的，你会……怎么做？"

又是一阵长久的沉默，顾城终于开了口，却先以无奈的叹气为开场白。

"是你该告诉我怎么做！"他直入正题。

"你……不打算离开吗？"顾城微微诧异。

"嗯。"

顾城明白鹿唯说话向来言简意赅，但如今这个"嗯"绝对是世界上最美妙的字眼。

"谢谢，真是太谢谢你了，谢谢……"

怎么办？他现在居然因为这个臭小子而感动得想流泪。

"到底要怎么做？"

鹿唯根本就不在意顾城在电话那头如何心花怒放，他只在乎如何守护住邵小野在乎的东西。

"嗯，你的新作在杂志上的反响还不错，我希望你能在短时间内完成一个单行本，提前推行上市。如果销量稳定，在短时间内树立起作品的口碑，或许可以成功吸引投资商进驻。我明白，就目前的状况有点儿强人所难，你刚连载没多久，也算是一个比较冒险的尝试，但我觉得你的新作确实有着很大的潜力，如果因为公司的原因而就此腰斩也很可惜，所以，我……"

"截止日期。"他打断了顾城的喋喋不休。

"呃，尽量在一个半月内完成吧。"

"一个月！"鹿唯回复，不待顾城有所反应便挂了电话。

只要邵小野在乎的，那么他一定会比她更在乎。

♥ ♥ 4

"小野，你确定要参加'金榜赴火'的比赛？"林雪音手持着邵小野的报名表，神情略显忧虑。

琉光学院最为出名的就是以奇石竹秀而闻名的山峰，山间怪石嶙峋，似遗世独立的白鹤，又似傲骨飘飘的仙人，山顶上的一块天然巨石，似一顶倒立的官帽。更为神奇

的是其凹陷处的石头的主要成分是易燃的磷，只要引入一个火种，便能瞬间燃起熊熊火焰，经久不息。

因此该山峰又名金榜峰，每年运动会的开幕仪式都有一位同学带着火种爬到山顶，在石缝中点燃火把，传承一种不畏艰险的运动精神。而琉光学院一直流传着这样一个传说，谁能最先爬到山顶，成功点燃火焰，这一整年便能心想事成，金榜题名。

只是山峰海拔一千多米，最后的争夺者基本都是大三大四的学长们，大一新生陪跑者居多，往往他们刚跑到半山腰的时候，火炬就已经被点燃了。

林雪音生怕自己听错，忍不住再次询问邵小野，毕竟在这项赛事上，她能赢的希望十分渺茫。

邵小野点了点头，坚定自己的信念，正因为所有人都觉得不可能她才更要去做。

她要向父亲证明：她能够创造奇迹！

之后，邵小野便制订了较为详细的计划，每天一放学她就到图书馆温习功课，之后再去操场跑步两个小时锻炼体力。

至于鹿唯，则听从顾城的建议，努力为单行本的发行而奋斗。为了给他创造安心的环境，邵小野便不再找他，仍旧固定将饭菜放在他门口，再去上课。两个人竟默默地达成了这样一种默契，一起为了某个共同的目标做着力所能及的努力。

鹿唯没有多余的心思想其他事，虽然现在还是拼命赶稿的状态，但他似乎养成了一种习惯，在邵小野敲门的时候，打开房门吃饭，在晚上对方再次敲门的时候，乖乖地去睡觉，养足精神，第二天继续奋战。因为邵小野的存在，他似乎逐渐抛弃了过去的那个自己。

阴沉的天幕不似平日的傍晚那般明媚，而无边的浓墨似乎将要泼洒而下。不过一会儿的工夫，蒙蒙细雨不时飘落下来洒在脸上，落进衣领处，邵小野忍不住打了个激灵。操场上熙熙攘攘的学生一见这情形，纷纷作鸟兽散，仅留下一抹娇小的身影依旧不停歇地奔跑着。

雨势渐大，逐渐湿透的衣裳将寒冷沁入骨髓，变成难忍的寒战，邵小野下意识地咬紧颤抖的牙关，一把抹去眼前滴答淌水的刘海，继续在操场上奔跑，即便脚步已经变得缓慢而又沉重，她却没有停下来的意思。

只剩下最后一圈半了，加油！

她在心中默念，给自己打气。狂乱的雨滴砸在身上，有些疼。

突然，砸下的雨水骤然消失，身边隐约有阴影笼罩，邵小野微微一愣，先是抬头看了眼脑袋上方的雨伞，这才扭头望向身边的人，但奔跑的脚步依旧不停，只是缓下速度。

"你是……"她问。

大概长时间的跑步让大脑缺氧，运转速度都慢了三分，她只觉得眼前的男生似乎分外熟悉，却怎么也想不起在哪儿见过。

"我们在足球场见过一次，在医院见过一次，在图书馆又遇到过一次。"他开口，坦然对上邵小野疑惑的双目，夹带着细雨的冷风吹过男生浓密的黑发，令他发丝凌乱。

眼神终于闪过恍然大悟，邵小野猛地提高了一个音调："那次的救命恩人……纪景行！"

她终于停下了脚步。

"很高兴你记得。"纪景行自嘲。

"哈哈，琉光大学的校草谁人不知谁人不晓啊。"

"琉光大学的少爷也很有名。"低哑磁性的嗓音泄出一丝笑意，增添一份独特的魅力。

"承让，承让！"邵小野故意学着古人般拢手作揖。

"彼此彼此！"纪景行竟也以相同的方式回礼。

两个人相视一笑，如同多年不见的好友般融洽。

"话说，我应该请你吃顿饭谢谢你上次的帮忙，只不过纪大校草的饭局估计排到明年春天了。下回……"

"我刚好现在有空，就现在吃吧。"

她微微一愣，似乎没料到纪景行居然爽快应约，一时反应不及。

"嗯，那你可以等我一会儿吗，我跑完这一圈就好。"

"一定要跑完吗？"他问，顺便望了眼伞外依旧不停歇的雨水。

邵小野点头坚持，正式比赛时的条件应该比如今苛刻万倍，她怕如果不在这个时候执拗些，到时候更容易投降。

"好吧！"纪景行把伞往边上帅气地一丢，"我陪你跑吧。"

"不……不用了吧。"邵小野被他这么一弄，反而有些不好意思。

"有人陪着跑不是更有动力些？"

他不甚在意地露出浅笑，轻烟淡雨般。他突然握住邵小野的手，率先朝前奔跑，邵小野不得不被他牵着跑。

邵小野略显失神地望着对方的背影，周遭的背景逐渐变得虚无，令她产生一种错觉，眼前如斯的场景似乎在哪里见过，就连眼前的人也有种莫名的似曾相识。

就这样在恍惚中，两个人跑完了最后一圈，但身上的衣服也湿透了。

"阿嚏！"邵小野忍不住打了个喷嚏。

"好了，任务完成，看来今天是吃不到大餐了，你早点儿回去，小心感冒了。"纪景行无奈地笑笑，将刚才丢弃的雨伞重新递到她的手中，冲她摆了摆手，转身准备离开。

"等等！"邵小野急忙叫住了他，她先是扫了眼周遭指指点点的围观群众，再抬头望向纪景行那同样在滴水的湿发。

考虑片刻后，她开口："你介意由大餐换成家常小菜吗？"

纪景行挑眉，唇角勾勒的笑意仍旧含蓄，回答倒是分外爽快："当然不。"

邵小野开门的时候，正巧撞见鹿唯要出门。

他一见到邵小野，疲惫的面部表情刚要回暖，却在不经意间瞥见她身后有着颀长身材的男生，只得继续绷着寒冬腊月般的脸，戒备地眯起双眼。

鹿唯永远忘不了，那个时候他看自己的眼神，如同看一个失败者。

鹿唯二话不说伸手将邵小野拉了进来，另一只手则利落地想要甩上大门，打算直接将纪景行拒之门外。

谁知对方的反应更为敏捷，他一把按住了门板，有效地阻止了他的计划。

门在两个男生的较劲中摇摆不定。

直到邵小野重新阻隔在两个人中间时，他们才同时松开了分外无辜的门板。

"他为什么会在这里？"鹿唯的口气不善。

"你不记得吗？上次我们被围攻的时候，是他救了我们呀。"

"你好，我听小野说过，鹿唯对吧，久仰大名。"纪景行率先友好地伸出了手。

而鹿唯的眼神锐芒更甚，为他亲密的称呼心生不爽。

鹿唯不想搭理他，反而将目光全部集中到邵小野身上。而纪景行似乎也不尴尬，伸出的手转而为邵小野拨开凌乱的刘海儿，邵小野顿时有些尴尬。

"他怎么会在这里？"见到两个人亲密的互动，鹿唯胸口怒火燃烧，重申了一遍，语气分外恶劣。

"外面下雨了，我们都淋湿了，所以我让他先来公寓避避雨。"

邵小野说完便推着纪景行走进公共的大厅，并且打算回房间找条干毛巾给他。

而干站在一边的鹿唯，目光则扫过她手中的那把雨伞，即便她说的是事实，也很难让人信服。

明明就有带伞，为什么两个人却都淋湿了？

拿了干毛巾出来的邵小野则转头询问鹿唯："鹿唯，你有没有干爽的衣裳可以借他

换下？"

鹿唯眉头一拧，已然有些不悦。

纪景行拿起毛巾后竟细心擦拭起邵小野的一头湿发，邵小野微微愣愣，而鹿唯则无法忍受对方如此亲密的举动，他长腿一跨，一把抢过对方手中的毛巾，甚至刻意地挡在两个人之间，隔开纪景行的视线。

"你干吗？"

"这个时候，不是女生更应该被照顾吗？你衣服头发湿得厉害，别忙活了，赶紧换身衣裳吧。"

纪景行似乎也不介意鹿唯的不友善，反而细心叮嘱邵小野，而他这一举动，更显得鹿唯小家子气了。

他瞟了一眼鹿唯，意有所指地勾起一边唇角："而且你的朋友似乎不太欢迎我，我这就走吧！"

他同邵小野打完招呼，才要转身，邵小野这才发现了对方的不寻常之处，急忙上前，扶住脚步明显迟钝的纪景行，此刻他的脸色也变得格外惨白，似乎在忍受着巨大的疼痛。

"你的腿是刚才跑步的时候不小心伤到的吗？"邵小野见坐下的纪景行不停地揉捏着膝盖，忍不住担心地问道。

纪景行摇了摇头："不关跑步的事，这是以前的旧患了，一到下雨天就会酸疼，没事的。"

他刚要起身，邵小野就重新将他摁回到沙发上："这不是开玩笑的，亏你刚才还在雨中陪我跑了那么久都不吭声，我去拿热毛巾帮你热敷下。"

邵小野刚要转身，鹿唯终于忍不住抓住了她的手腕询问："你……他……陪跑？"

鹿唯突然觉得有些恐慌，不过才几周不见而已，他怎么觉得眼前的邵小野离他越来越远了？

Chapter 10

此生遇见你，
无与伦比

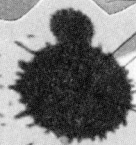

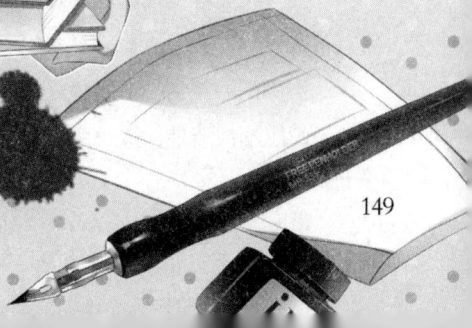

♥ 1 ♥

　　纪景行换上鹿唯的衣裳重新回到大厅，却深刻地察觉到鹿唯和邵小野两个人之间即将被点燃的火药味。

　　"一个运动会需要这么拼命吗？我从来不知道你对输赢如此在意。"鹿唯一见到纪景行出现，就没好气，原本担忧的话语脱口而出却带着浓浓的嫉妒。

　　"如果我记得没错，你是美术系的对吧？"纪景行靠近，居高临下地凝睨着鹿唯，一股压迫的气息迎面而来，让鹿唯感觉到少许不自在，不想气势输人，鹿唯也急忙站了起来，同他对峙。

　　纪景行的身材很好，对鹿唯来说略显宽松的衣裳，在他的身上却将肌肉曲线展露无遗，鹿唯并不矮，但纪景行一米九五的身高硬是将鹿唯的裤子穿成了九分裤。

　　"那又如何？"

　　"我是金融系的，要不我们在运动会上一较高下吧。"

　　鹿唯胸口一窒，邵小野也有些反应不及，不明纪景行为何会在此刻向他下战帖。

　　"不要！"鹿唯断然拒绝。

　　"你是怕自己会输？"

　　"是！"他坦然承认，向来不喜欢撒谎。

　　纪景行似乎料想到他的态度，并不意外，反而眉眼也染上一层怀念的笑意，他还是像从前一般……不善谎言，干脆坦然地承认自己的短板，如果被欺负，就只会躲在他的身后不吭声。

　　"你不愿意面对失败，选择逃避，却又指责小野对赢的渴望？你这个人可真矛盾啊！"他的笑中尽是嘲讽。

　　鹿唯咬唇，静默了会儿才开口："那如果运动会换成绘画大赛呢？"

　　纪景行心里打了下鼓，似乎有些意外鹿唯居然会反驳，看来人是真的会变，不能一味地拘泥于过去，他自己现在不也变得面目全非了吗？

　　"为什么要在不擅长的领域做徒劳的挣扎，希望越大失望越大。"鹿唯双手环胸，见纪景行保持缄默，以为自己在邵小野的面前扳回一局，颇为得意。

　　"为什么因为害怕失望，就连努力一把的机会都放弃呢？奇迹是留给愿意再努力看看的人的。"

　　仿佛被触碰到心中痛楚一般，邵小野急忙张开浑身的刺，第一次厉声反驳鹿唯的论点。她比谁都清楚，这次成功的机会渺茫，可就是因为不可能她才想要尝试。她不会放

弃，也希望父亲能看到自己的不放弃，而继续坚持。

仅此而已，为什么每个人都觉得她是以卵击石，不断劝她放弃呢？

纪景行颇为怜惜地拍了拍邵小野的肩膀，柔声安慰："嗯，你很努力。"

这一细微的动作，却让鹿唯如同五雷轰顶般，面色越加苍白了。

"随便你！"鹿唯恼极，直接转身甩门不想见人。

邵小野有些尴尬，她将手中的热毛巾递给纪景行，满含歉意："对不起啊，他……有时候有点儿任性，你别放在心上。"

纪景行了然一笑："我比较放在心上的是饿肚子的问题。"

邵小野这才猛地想起，自己明明是邀请他来公寓吃晚饭的。

"你在客厅看会儿电视吧，我去准备下。"

"要不，我也来帮忙吧！"纪景行撩起袖子，跟着站起。

就在此时，邵小野的电话刚好响起。

"喂，你现在不是该忙着催稿吗？顾大编辑。"邵小野接起电话忍不住调侃。

"赶紧过来，出事了！在出版社附近的茶餐厅里见吧。"顾城的话里是隐藏不住的急切。

"现在？很急吗？"她先是望了眼窗外仍旧不停歇的雨，再次有些抱歉地望了眼眼前的纪景行。

"对，马上！"顾城"啪"地挂了电话。

"啊，那个……"邵小野不知要怎么开口。

"时候不早了，我家人应该来接我了，只能下次再尝尝你的厨艺了。"纪景行分外体贴地给了她一个台阶。

"我发誓，下次绝不放你鸽子。"邵小野郑重其事地保证。

他无所谓地笑笑："这样也好，我又有借口见到你，不是吗？"

邵小野一愣，有些不明他话语中暧昧不明的含义。

"毕竟，我刚转到这所学校，认识的朋友也不太多。"察觉到她脸上的一抹不自在，他补上了后半句，缓解了邵小野的警惕。

邵小野笑着调侃："跟你这样的校草做朋友压力很大的，会成为全校女生的公敌的。"

"其实我的压力也不小啊，"纪景行同样说笑，"国民少爷！"

邵小野和纪景行走到校门口，门口正好停着一辆轿车，车窗摇下，一张俊逸的脸探了出来。

"哥！"

邵小野正和纪景行说笑，听到这道熟悉的嗓音，忍不住转头望去，视线刚好撞见了纪迦川那张脸。

"是你！"纪迦川见到邵小野就分外来火，新仇加上旧恨，他怒气冲冲地才要开车门，却在接触到纪景行的眼神的时候，乖乖地缩回了脑袋。

"他……你……哥？你不会就是纪氏家族的二少爷吧？"邵小野稍显诧异地咽了下口水。

她听说纪家本来有一位大小姐和一位小少爷，结果几年前这位大小姐不幸丧生，之后不久，一直秉持着不婚主义的二叔却突然带回了一个儿子，成了纪家的二少爷，看来这个人便是纪景行。许多人都对这个横空出现的"二少爷"有诸多揣测，甚至传言，纪迦川姐姐的死也和他有关系。

这是什么情况？

邵小野有些傻了，只听过草根少女飞上枝头就读贵族高校，没听过高富帅居然自降身价就读平民学院。

"不可以吗？"

"没什么，就只是好奇……以你目前的条件，应该有更好的学校选择……"邵小野有些适应不良，嘴巴张合了许久才勉强开了口。

"如果告诉你，我是为了找一个人，你相信吗？"

"是男是女？"邵小野内心的八卦在涌动。

"到时，我会告诉你的。需要我送你过去吗？"纪景行指了指身后的车子。

"不用，其实离这里不是太远。"实际上，她不太想看到纪迦川的脸。

纪景行点了点头，也不勉强，和邵小野道别后，便转身钻进了车子。

他刚钻进车子里，坐在副驾驶座上的纪迦川便迫不及待地开口："哥，她不会就是你要找的那个人吧！"

"开车。"低沉的嗓音从他的嘴里缓缓逸出，一反刚才温柔的语调，连面容都罩上了一层冷漠的疏离。

见纪景行并不打算回答自己的问题，纪迦川只得讪讪地闭上了嘴，缩在一角玩游戏。对于这个二哥他向来是敬畏又恐惧，根本猜不透他到底在想些什么。

脱下身上分外不合身的劣质衣服，换上管家带来的剪裁合宜的高定衬衫，他盯着手中被揉成一团的衣服，扯开一记嘲讽的笑意。

车子在一个垃圾桶旁缓缓停下，只见车窗打开，一只骨节分明的手伸了出来，朝垃

圾桶丢出一袋衣物后，车子才在雨幕中缓缓驶离。

躺在精致购物袋里的衣裳分明就是刚才鹿唯借给纪景行的那件，地面上浑浊的雨水将衬衫浸湿，一副狼狈的模样。

2

餐厅内，邵小野一眼便瞧见了顾城。

"说吧，什么大事啊，这么急着要我出来。"带着促狭的笑脸，却在见到顾城不同往日的严肃表情时渐渐凝重起来。

"怎么了？是不是出版社又出了什么事？"邵小野小心询问。

顾城摇了摇头："是关于鹿唯的事。"

"鹿唯。"她一愣，"他怎么了？"

"你不知道吗？麓微的名字最近成为网上的热搜关键词。"

"什么？"邵小野最近忙着准备运动会的事，并没有关注其他热点新闻。

"这个！"顾城将手机里播放的视频推向邵小野，"这是最近一名博主播放的视频。"

视频中的鹿唯伏坐在书桌前，小心地描绘着分镜图，如月色般浅白的灯光在他轮廓分明的侧颜上淡淡覆了一层诱人的美色，握着压感笔的手纤长如玉，指尖轻轻一点，继而停顿，慵然地侧靠在桌案前，手背支撑着下巴，目光迷离而又遥远，似乎陷入了长久的回忆中无法自拔。而他笔下的男主角同样以手支颐，陷入沉思之中，两厢比较，仿佛画中之人和作画的人，将交融成一体般。

"这个……"邵小野倒吸一口冷气，心却沉沉地落了下来，不知该如何解释现今的状况。

镜头一转，画面出现了两道倩影，一个是仔细帮女生打理头发的鹿唯，而另一个则是一脸无措的邵小野。

邵小野怎么也想不到当时的画面就这样被原原本本地拍了进去，她微微一愣，当时不敢抬头看鹿唯，生怕露出丝毫破绽，但此刻看到当时吹头发的画面，内心却还是抑制不住地震撼。

他的眸色很淡，淡得似乎周遭的光束都不如眼前如玉的琉光夺目，而他的神色却格外专注，以至于他的唇瓣和嘴边的梨涡所携带的宠溺都不曾被发觉。

如若不是分外珍惜，不会如此小心翼翼；如若不是过分在乎，不会这般喜形于色。眼前的一帧帧画面，仿佛将过去的时光重新剪辑，最终停滞在那暖色的暧昧中，比如那

同样暖色的唇瓣上。

评论的弹幕依旧充斥着整个视频，只是画面中的人影却渐渐淡出。

"小野……"顾城看到邵小野有些出神，忍不住小声呼唤了几声。

"啊！什么？"她好不容易拉回神智，仍显得有些无措，两抹红晕更是悄无声息地漫上脸颊。

"你和鹿唯他……"

"没错，你猜对了！"邵小野拼命瞪大眼睛，猛一拍桌子，决定先发制人，"他长得确实帅，害我催稿都很难集中精神。"

邵小野那略显浮夸的拙劣演技，让顾城忍不住翻个白眼。

"哎呀，你又不是不知道，那时候我扮演的是盲人啊，鹿唯他只是有义务照顾我。一定是画面加了滤镜，才会让这一切看起来像冒出的粉红泡泡，实际上真的不是你们想象的那样。"

"小野，我并不是要探知画面里的真相。"顾城打断了邵小野的语无伦次，颇为无奈地叹了口气，"从剪辑的手法看，对方是按照倒叙的方法来进行播放的。倒叙的方式让人看到了鹿唯的另一面，更通过他手中的画稿，证实了他就是传说中的少女漫画家麓微。你知道如今这个消息一旦传播出去会有怎样的后果吗？"

"当时只是想通过截取鹿唯的一些日常作画的画面来洗清网上对鹿唯的不实诽谤和猜测。只不过那个时候，鹿唯发现了我的秘密，一气之下把记忆卡给丢了，本来我也没在意，谁知道记忆卡竟被别人捡到，内容还被放在了网上。"邵小野也有些无奈，当时确实有想过做此类的小视频抑或图片上传到网上，只是没想到却被别人歪打正着传了上去。

"嗯，早前那些代画传言早已在这个视频出现的时候自动消失了，问题在于这段视频走红和发酵之迅速超乎我们的想象。"顾城低头沉吟，如果这段视频不是小野上传上去的，那么上传这段视频的人又是谁？这样别有用心的炒作，就像是刻意请了推手，推动事件的发酵和传播，让人不能心安。

"你现在的意思是麓微真的红了？"

"真不是你？"顾城忍不住再次确认。

邵小野摇了摇头，不明白顾城心中的顾虑："有什么问题吗？"

"没有，可能是我想多了。现在公司接到不少读者乃至各大媒体的电话，要求采访鹿唯。"

"就因为这个小短片？"邵小野咋舌，觉得有些不可思议。

顾城点了点头："甚至有广告商想请麓微代言。"

"鹿唯……一定不会愿意的。"邵小野摇了摇头，他是那么忌惮人群的围观，更何况要成为镁光灯下的焦点人物。

"嗯，我不知道这件事的发生对他是好是坏，目前我让同事尽量推迟或者婉拒相关要求，等邵社长回来再做决断吧。"

"嗯。"邵小野点了点头，"鹿唯最近请假在公寓里专心赶稿，应该不会知道这件事，等这件事慢慢淡下来再说吧。"

"其实……"顾城静默片刻后，忍不住开口，"其实网络现在流出这段视频也算是好事，鹿唯的单行本快要上市了，如果能够乘势推出，说不定可以借由这个热度让新书大卖，如果你能劝说他，让他开一场签售会的话，必定会空前火爆。"

"他不会愿意的。"邵小野断然拒绝了顾城的提议。

如果鹿唯知道他新书的热卖只是因为话题的炒作而不是因为本身的内容，会作何感想？

顾城启唇差点儿脱口而出，却在撞上她澄澈的双眼后乖乖闭上了嘴，他叹了口气，将所谓的真相悄悄咽下。

"我知道了。一会儿鹿唯会过来交稿，我们顺便商量下修改的内容，你要等他一块儿回去吗？"

邵小野先是一愣，没想到他之后还约了鹿唯，但一想到刚才两个人差点儿吵起来，只得摇了摇头，目前来说，两个人见面也只会造成更多的不愉快。

如今，他在最后的截稿冲刺阶段，而她则必须专心练习，为后天赛跑做最后准备，趁着这段时间让两个人互相沉淀一下也好。

"不用了，最近我会暂时搬回家里为之后的期末考试做准备。"

邵小野匆匆和顾城道了别，便离开了。

顾城望着邵小野的背影一点点消失在雨幕中，唇瓣却无声地逸出叹息，他该不该告诉邵小野，公司如果再找不到资金进驻的话，不到一个月就得宣布倒闭呢？

嘈杂的餐厅倏地变得安静无比，继而冒出一两句感叹的赞美声，顾城抬头，见到了刚才的话题主角。

"来了。"顾城恢复常态，笑容满面。

"嗯。"鹿唯仍旧如往日般淡淡地回应，微微蹙起的眉心残留着之前和某人不欢而散的痕迹。

鹿唯盯着眼前玻璃瓶装的气泡水，忍不住抬头望向顾城。

"啊,擅自做主给你点的,可以吗?"顾城顺势开了口。

见鹿唯有些犹豫,他再次补充一句:"已经帮你打开了。"

鹿唯点了点头,表示感谢,他拧开瓶盖,为自己倒了杯水,而顾城则盯着透明的气泡在剔透的玻璃杯中升腾的模样再次出了神。

他终于明白邵小野为何要在临走前刻意点一瓶气泡水了。

她一直大言不惭地说自己不过是被鹿唯的皮相给迷住了,如同少女漫画里对男神的追逐,只不过顾城清楚,自己的这个妹妹十分在意鹿唯,连他的喜好都会细心地照顾到。

即便她清楚地知道,鹿唯比任何男生的缺点都多,他缺乏自信,有心理障碍,但就像他拧不开矿泉水瓶盖的时候,邵小野会自然地接过为其打开,在他遇到困扰的时候,她会在第一时间将其挡在身后。不知何时,她早已习惯只做他一个人的英雄。

3 ♥ ♥

鹿唯在给漫画修改上色的时候,被一阵阵礼炮的声响吓到,他这才记起,今天是学校运动会开幕的日子。

不知道邵小野所谓的登山比赛进行到何种程度了。

他摇了摇头,甩开脑中的人影,将注意力集中在画板上。何必在意呢?她现在没准有那个纪景行陪着一块儿跑呢。

自从那个雨天后,鹿唯好几次路过操场时都看到纪景行和邵小野并肩跑步的身影,他们说说笑笑,气氛融洽。整个学校似乎都盛传两个人的关系不一般。

又一声轰隆隆的礼炮声响起,将他的思绪拉回现实,理智和情感似乎在做拉锯战。

要不要去看看?

"她不是你妹妹吗?现在她坚持要在那自讨苦吃的比赛中拿第一,你也不打算阻止吗?"

那日在餐厅内,鹿唯最终忍不住向顾城抱怨起邵小野最近的动向,她淋着雨都要坚持跑完。他一向知道邵小野虽然看似随性却十分固执,喜欢勉强自己。他怕比赛时就算身体状况出了意外,她也会坚持跑到最后。

"可能她在以自己的方式让出版社振作起来。"

顾城恍然大悟,这也是鹿唯这次愿意外出和他商讨漫画的原因,他无奈,不知何时竟担任起邵小野和鹿唯的情感咨询师。

"我没听说这个比赛的第一名会获得巨额奖金。"

"是没有，因为她清楚自己什么也帮不上，只是想通过这次比赛来证明有时候不能因为不可能而放弃。"

"……"鹿唯沉默，心中涌起少许心疼和愧疚，他想不到邵小野竟是以这样的心境来参加比赛，他竟还嘲笑她胜负心太重。

"打个比方。"见鹿唯沉默，顾城决定推他一把，"如果你和另一个男生同时喜欢上了一名女生，但和你竞争的那名男生各个方面都比你优秀百倍，那么你是不是会选择就此放弃呢？"

鹿唯怔了怔，一张棱角分明五官俊逸的脸在脑海中一闪而逝。

"如果放弃，是……懦夫的表现吗？"原本平稳的音调渐渐低落，仿佛低到尘埃里。

"不过是你选择先放弃而已。如同这里男主的独白一般。"顾城在这里刻意停顿了一下，将对话框用红笔圈画出来，仿似无意开口一般，"如果是小野的话，她会选择再试试的。"

鹿唯心有所触，抽出昨日修改的那场分镜图稿，上面那红笔圈画的位置仍旧刺目，鲜艳。

如果有这么一个人，单是遇到她便觉得不枉此生。只要一想起她就不自觉心跳加速，看不到时，连笑容都会隐匿着悲伤，如果连死亡都无法阻止自己去靠近她的话……那还怕什么失败呢？

鹿唯从回忆中醒来，不自觉地握紧手中的画稿，心中某个堵塞的位置似乎被打通，豁然开朗，他转身以最快的速度冲出了房门。

登山比赛即将开始，场外观众席上座无虚席，家长们纷纷为参赛的子女们呐喊助威，场面好不热闹，邵小野却始终不见顾城的身影。

她抬头望着场上的人影，只觉呐喊的声音在今天显得格外嘈杂，攒动的人头都成了重重叠影。

"小野，小野！"林雪音的呼唤时远时近，似乎是从另一个时空传来。

"邵小野！"看到邵小野的神情恍惚，且喊她几遍都不应答，林雪音不无担心地拍了拍她的肩膀。

邵小野这才慢半拍地抬头望向林雪音，眼神中夹杂了几分迷离。

"你还好吗？心绪不宁的样子。"林雪音有些担忧地看着邵小野略显难看的脸色。

她朝林雪音虚弱一笑，没有应答，只是低头重新系了一遍鞋带，生怕在比赛中途出

了什么纰漏，却不知是过于紧张还是其他什么原因，鞋带竟硬生生被她扯断了……

邵小野双手保持着握紧的动作，人愣在当场，林雪音见状，急忙让江姜帮忙尽快借双新的鞋子回来。

"把我的手机给我。"邵小野突然一反常态，一把抓住了林雪音的手臂，急切道。

林雪音以为邵小野想要催促顾城，于是将寄放在她这儿的手机递给邵小野。

邵小野打开手机，竟发现有十多条信息和未接电话。

她手指微颤，略显笨拙地点开了信息框，心却是从未有过的悲凉，似乎不祥的预兆如期而至，让她无处遁形。

信息中有几条是无聊的垃圾信息，其中三条则是父亲发来的，表示今天有一大堆事情要处理，可能来不了运动会帮她呐喊加油，而这些是邵小野一早就预料到的。

剩下的两条则是顾城发来的，信息也很简单，甚至掺杂着几个错别字，显然是在匆忙中发给她的。

第一条也是表示自己有事，可能来不了运动会，顺便帮她鼓劲打气。而第二条，则是一则语音信息。

就在此刻，广播中传来了比赛即将开始的通知，希望参赛的运动员立即就位，而江姜也刚好借来了运动鞋。

因为时间紧迫，鞋码小了些。

"没关系。"邵小野平静地接过运动鞋，为自己穿上，并趁此间隙，打开了语音信息。

其实，她可以选择在比赛后再打开这条信息，或许她可以毫无顾忌地往前冲刺。

"小野，当你听到这条信息的时候，比赛估计已经结束了。想告诉你一个不知是好还是坏的消息：出版社没有倒闭，有一家跨国企业愿意收购，并且注资扩大市场规模，虽然以后出版社会并入该公司旗下，但也算是有棵大树好乘凉不是？你放心，公司不会裁员，只是要做一些职位的调整。邵社长已经赶回来，处理一些收尾工作，所以有些忙，你……要加油……"话到最后，邵小野似乎听到了低哑的抽泣声，不知是顾城的还是身边的其他同事。

而无心听到这则爆炸消息的江姜和林雪音则面面相觑，难掩震惊。

反倒是邵小野分外平静地站了起来，她重重地呼了一口气，不知是因为放下了那压在胸口几天的大石，还是因为这则不算好的消息。

"我去比赛了。"少了平时的笑容，邵小野过分平静的语调让人有些惶恐不安。

"各就各位——"随着一声枪响，起跑线上的运动员如同脱缰的野马般跑了出去。

有些人急速狂奔远远甩开身后的竞争者，有些人循序渐进，也有些人从始至终都以相同的速度前行着。

邵小野则宛如行尸走肉一般麻木地前行着，一切就这样结束了吗？难道真的如大家所说，再怎么努力也无济于事吗？

是啊，她曾无数次幻想，如果爸爸不做出版社社长，是不是就能有更多的时间来陪伴自己？只是当那些曾经憧憬盼望的陪伴，由一本本漫画来替代的时候，她原本的憎恶变成了最后的感恩。他们家里最熟悉的味道便是书本那淡淡的纸香和墨香。

脚下似乎踩到了石头，邵小野的身体瞬间失去平衡，直接向前倾倒，力气似乎也在同一时刻被一并抽干。

当她反应过来的时候，人已然四仰八叉地躺倒在地上，这才发现周围竟被重重树影包围着，早不见其他的参赛选手，显然，她在恍惚中跑离了既定的路线。

脚后跟被粗糙的鞋子磨破了皮，鲜血早已染红了白色的袜子，袜子凝固了又湿，湿了再次凝固，和皮肉粘在一块儿。

她倒吸了一口凉气，直到这一刻才感觉到了疼痛，她艰涩地吞咽口水，抬头望了眼略显刺眼的阳光，即便已经进入晚秋，太阳依旧如同夏日般灿烂。

不能在这里停下来，必须要找回原来的路线。

邵小野拍了拍身上的灰尘，重新站了起来，将球鞋当拖鞋一般踩在脚底，忍着疼痛一瘸一拐地继续前行。

不知过了多久，她的脚步开始有些凌乱，睡眠不足再加上严重的饥渴让她有些体力不支。

树影相互交叠，幻化成无数的重影，眼前的景象开始天旋地转，又似乎在和记忆深处的某个影像渐渐重合。

就像某个尘封已久的匣子蓦地弹开，泄出斑驳的剪影，不曾连贯的场景带着古老的齿轮，锈迹斑斑却残缺地转动着。

那时候，似乎双脚也是如同现在这般麻木不堪，却必须机械地往前跑，脚底板也是隐隐作痛。

是的！因为逃了大半夜，外加没能及时处理伤口，血液大量流失，晕眩一波波袭来，邵小野感觉自己随时都会在下一次跨步之时栽倒。

眼前的视线早已模糊，只能依稀辨认出树影的大致轮廓，邵小野早已精疲力竭，濒临崩溃边缘，她只能咬紧牙关，硬是撑着身体麻木地迈步。

必须得逃出，逃出去才有生路，逃出去才可以救他们……

对，那时候，她究竟要去救谁来着？

身后令人心惊的犬吠声和草木刮拨衣摆的窸窸窣窣声隐隐传来，邵小野心下一凉，被皮带抽中的右肩似乎抽痛得更厉害，在跨过厚实的灌木丛时，因这一瞬的慌神，她忘记了勘察眼前的境况。

脚下倏地踩空，连惊呼都来不及，人早已滚落下去，双手在虚无的半空中本能地挣扎，却只感觉无数根枝条划过掌心，拼了命，却抓不住一根救命的树枝来稳住失衡的身体。

身体一直在翻滚着，脑袋也不停地旋转着，鼻端充斥着泥腥与腐草烂根混合的些许霉味。

"邵小野！"不远处，似乎听到有人在呼喊着。

她这才有些失魂落魄地转身，手却下意识地捂住右肩，即便肩膀处没有任何伤口。

纪景行见到邵小野此刻的模样有些心惊，他三步并作两步地上前，一把将她快速拽离，如果他再晚一步，邵小野很可能随时跌下山坡。

❤ 4 ❤

"小野，邵小野，你听到我说话了吗？"纪景行钳制着她瘦削的肩膀，轻轻摇晃着，似乎想要唤醒她的一丝神智。

她却双眼失焦，口中喃喃自语，神志已然不甚清醒。

纪景行微微懊恼，如果不是因为处理一些事而来迟的话，他或许会陪她一起跑，也不会到她中途出了意外才赶到。

"邵……"他才要开口，却发现邵小野干裂的嘴唇张张合合，似是要说什么。

"快……快点儿……跑……快点儿……要……一定……要救……要救……等……等我……"

断断续续的声音幽幽地飘至纪景行的耳畔，他的背脊倏地一僵，脸上的焦急在顷刻间凝固，毫无血色，胸口更似被人重捶几下般，满溢着胀痛感。

说完这些，邵小野彻底昏厥了过去。

纪景行一把抱起邵小野，这才发觉她浑身滚烫得厉害，看来之前淋雨已经埋下了病根，再加上近几日高强度的运动量，令她最终病倒。

他望着怀中昏迷的邵小野，轻轻地呢喃了句："很高兴，你没忘记我。"

鹿唯赶来的时候，比赛差不多进行到了尾声，远远地，他便见到了邵小野的两名好友慌乱不安的神色。

"怎么了？邵小野人呢？"考虑片刻后，他最终还是选择上前和两个人搭话。

"呀，麓微！"江姜一见到自家偶像，先是惊喜地号上一嗓子。

幸亏林雪音还算理智，赶紧捂住了她的嘴，直奔正题："因为第一名已经出现，所以大部分参赛选手都已经折返，却始终没有看到邵小野，所以我们有些担心。"

"是啊，她今天一整天都恍恍惚惚的，脸色也很难看。"江姜急忙应声。

"啊，会不会跟她之前收到的那条信息有关呢？"江姜似乎想到了什么，忍不住脱口而出。

"信息？"

"嗯，说是小野老爸所属的那家出版社貌似已经被人收购了。"想到这里，江姜突然抓住了鹿唯的手臂，"你的漫画书不会不出版了吧？不要啊，我才看到精彩部分啊。"

"我去找她！"

鹿唯下意识地挣脱江姜的手，就往山口跑去。

"啊，小野！"

鹿唯才跑没两步，就听见江姜欣喜的呼唤，他顺着江姜的目光望去，却见不远处一个高挑的男子怀抱着一名女生大步走来，分明就是纪景行抱着昏迷不醒的邵小野。

鹿唯慢慢止住脚步，隔着十步开外的距离，停下。

林雪音和江姜则先一步跑到纪景行的面前。

"小野她怎么了？"

"应该是发烧导致的，先带她去医务室吧。"纪景行回答。

"那我们来吧。"

林雪音正想要扶起小野，却不想被纪景行委婉地拒绝："没关系，医务室离这里不远。"

当他们经过鹿唯身边的时候，纪景行递给他一个轻蔑的眼神，并用只有鹿唯才能够听到的音量丢下一句："废物！"

这句话如一道闪电般狠狠击中胸口，一股疼痛自心口蔓延，强烈地撼动着鹿唯的灵魂。

当眼前的那个身影慢慢消失在操场尽头时，无尽的黑暗似乎也在同一时刻骤然降临，许久不曾感受过的场景再次重现。

鹿唯闭起双眼，按住揪紧的胸口，极力克制胸部起伏的剧烈痉挛，黑暗似乎并没有因为他的闭眼而消失。

隐约中，他仿佛听到了魔鬼的呼唤："是不是觉得胸口痛得生不如死？相信我，如果失去了心脏，你就不疼了。"

低魅的蛊惑一波接一波地袭来，他想捂住耳朵，但那道声音似乎来源于他的灵魂深处般，怎么也制止不了。

"唰唰！"

纸张摩擦的声响意外闯入他的耳膜，低首，在无边无际的黑暗之中，他居然能够看到手中画稿上的那段文字，清晰无比。

画稿中的人物似乎也在一点点鲜活起来，幻化成记忆中那个人的模样，而那繁华落尽般的笑容，如风中摇曳的花瓣般，静静地抚慰着久病不愈的心扉，刹那间，他仿佛听到了花开的声音。

一如初见她的时候，天气正好，微风习习。

他重新睁眼，声音消失，操场如故，他却仿佛经历了命悬一线的瞬间般，大口喘气，此时此刻，他比任何时刻都清楚地意识到，那个女生在他心中的地位。

Chapter 11

属于你我他的
童年时光

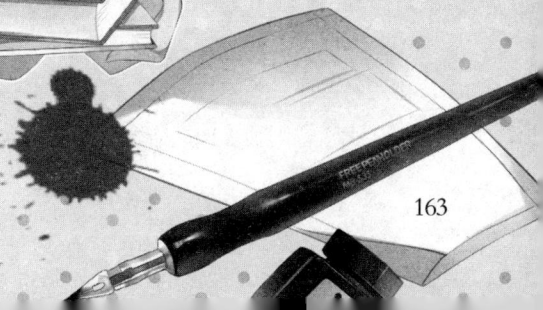

♥ 1 ♥

邵小野似乎又回到了十一年前的仲夏，偶尔嬉笑，偶尔打闹，但她的身边总是跟着两名高她一大截的男孩。

隐约间，一抹冰凉轻轻地敷在了她的额头上，让火燎火烧的滚烫身体得到了一丝冰凉的救赎，舒服得令人忍不住喟叹。

她迷糊地睁开眼，眼前男子的面容似乎蒙上了一层薄而透的绡纱，朦朦胧胧的，看得分外不真切，分明是熟悉的模样却显得有几分不真实，似乎只要一伸手，身影便会随风散去。

"你……是来笑话我的对吗？"她开口，嗓音嘶哑得根本不似自己发出的般，"你猜对了，这个比赛我连最开始的一段路都没完成，我果然自不量力了。"

"嗯，你是个笨蛋。"鹿唯分外认真地应了声，目光转向邵小野缠着绷带的脚踝，下颌蓦地绷紧，俊美的线条似乎写满了心疼，本来浅色的眸色由浅转深，他被眼前的伤口搅乱了平静。

如果不是傻，就不会这般逞强，把自己弄得那么狼狈。

越过与他对视的目光，她有些委屈地咬住下唇，眼眶更是不自觉地微微泛红。

"睡吧！"他轻轻叹息，不再多言，细心地撩开她额头的乱发，重新将沁凉的冰袋搭上。

他的语言似乎也带着魔力，疲惫竟真的如期而至，她动了动有些沉重的眼皮，再次陷入沉沉的睡眠。

当她真正清醒的时候，一眼便望见了医院白花花的天花板，忍不住有些恍惚，好似回到了十一年前。从医院的病床上醒来，邵小野一身伤痛，一脸懵懂，入眼便是父母担忧的眼神，虽然不是什么好回忆，却格外温暖。

母亲紧紧地抱住自己伤心得泣不成声："过去了，一切都过去了。"

那个温暖的拥抱仍旧记忆犹新，肩膀的伤口似乎也在隐隐作痛。

父亲拥住自己和母亲，语气是失而复得的欣慰："没事了，回来就好。"

"小野，你好点儿了吗？"母亲的容貌渐渐发生了细微的变化，最后与眼前的少女影像重叠，邵小野眨了眨眼，视线中的脸部特写开始渐次清晰明朗起来。

"江姜，我……"她才刚开口，便觉喉咙灼灼痛得厉害，不自觉地咳嗽了两声，刺痛感更甚。

林雪音则贴心地递给她一杯温开水，邵小野道了声谢谢，默默地喝下半杯水，这才

觉得疼痛稍缓。

"我……"

"你在比赛时发烧昏倒了，你知道你这一昏可把我们大伙儿吓坏了。"江姜竹筒倒豆子一般"噼里啪啦"地解释了一通。

"那我……"邵小野才要开口。

江姜再次截住了她的话："是纪景行去找你，才发现你昏倒了。你不知道，当时他抱着你回来的时候，那帅气的架势，我都忍不住想放上背景音乐烘托下气氛了。话说，之前疯传你们两个人在操场上约会，我还不信。现在他亲自把你抱到医务室，这里里外外多少双眼睛盯着，你这'女性之友'的称号很可能就此不保啦。"

邵小野没能开口，只是无力地笑了笑，林雪音见状忍不住低声埋怨："小野刚醒，你就不能让她缓一缓吗？"

江姜有些哀怨："没办法，谁让她刚才的样子，好像谁都不认得一样。"

"林雪音，小雪，我……咳咳。"病痛造成的烧灼感令她忍不住难受地咳嗽了几声，"好像做了个很长很长的梦。"

两个人同时噤声，等待着她的后半句。

"还有……我总觉得有件事没有完成。"

"你是没完成啊，你比赛途中昏倒了嘛。"江姜理所当然地回答。

邵小野摇了摇头："不是，你知道吗？我做了个梦，梦里我回到了六岁的时候，我总觉得，当年我在医院醒来的时候，把一件很重要的事情给忘了。"

至于是什么事情，她却一直都想不起来。

"你别告诉我你曾经失忆过！"江姜咋舌，"这个桥段有点儿老套啊！"

"我不知道，小时候的记忆虽然模糊，但依稀还是有些印象的。"

就像六岁那年，因为父母争吵而离家出走的时候，邵小野不小心迷路，从山上摔了下来，昏迷了大半个月。

可能是昏迷的时间有点儿长的缘故，离家出走时的记忆变得十分破碎。

"其实，那么久远的记忆不记得也没什么啊，像我幼儿园时的记忆也都忘得七七八八了。"江姜不以为意。

林雪音笑着吐槽："那可能是因为，你幼儿园的时候还在尿床，所以自动将这段丢人的记忆删除了吧。"

江姜冲着林雪音做了个鬼脸。

林雪音笑着一把揽住江姜的肩膀："不过我们江大小姐有句话说得没错，毕竟是那

么久远的事，记得不记得都改变不了什么。"

是啊，时光纤瘦留不住，透过指缝看流年，不过回眸一瞬间，即便曾有过坚定不移的承诺，也因这似水年华而消失殆尽，面目全非。

邵小野点了点头，虽然面上表示同意，不再纠结过往，但胸口却莫名地压下了一块大石。

"小野，你刚才说的，杂志社被收购了，是真的……"

江姜才刚出口，便被林雪音急忙捂住了嘴："小野刚退烧，让她清净一会儿吧。"

她冲邵小野笑了笑，继而把江姜连扯带拉地拖出了房门口，却撞见了正要进来的纪景行。

"嘿，纪大校草！"

江姜笑得分外灿烂，才要同自己心中的男神打招呼，然而林雪音却只是带着几分意味深长的神情，抬头瞟了对方一眼，拎着不太识相的江姜，乖乖消失在两个人的视线之中。

"抱歉，刚才处理一些事情来晚了，你好点儿了吗？"纪景行给她续了杯温水，手背自然地伸向她的额头，在邵小野还来不及反应时，又快速地收了回去，"还好退烧了，不过你的样子还是有点儿憔悴。"

她有些不自在，却又不好拒绝纪景行的关心，只好匆匆喝了两口水，顺势躺了下来，讪讪地回答了句："谢……谢谢哦！"

房间陷入了一片静默之中，纪景行紧盯着她瞧的视线过于灼人，尤其是那如点漆的瞳仁，沉如最深最暗的夜，不带波澜地吞噬万物。分明是平静无波，邵小野却总觉得蛰伏着某些不为人知的生物般，带着一股隐而不发的侵略性。

她迫于无奈，只得率先打破平静。

"对了，如果你有事的话，要不……先去忙吧！"

"没关系，人不是铁打的，总要有适当的休息时间。"他笑。

"啊，是啊！因为我的关系，都没能让你好好休息，一定很辛苦吧。"

纪景行摇了摇头，以手支颐，笑得颇有些深意："我现在就是在休息啊！看着你就好。"

"对了，这次还没谢谢你呢！我怎么觉得每次在我狼狈无助的时候，你总是及时出现呢？"向来喜欢逗女孩子的邵小野被纪景行的话说得有些措手不及，只得尴尬地转移话题。

"嗯，可能我是你命中注定的英雄也说不定啊！"纪景行笑侃。

"呃……"邵小野有些怔忪。

"怎么了？我开玩笑的，你当真了？"纪景行保持着漫不经心的笑意，眼神却不自觉地暗了下来。

邵小野摇了摇头，表示不介意。

小时候，每个女孩都盼望着身边会出现一个无所不能的英雄来守护自己。后来慢慢长大了，才明白，原来英雄很忙，不一定有空理会自己，所以，自己要学会保护好自己，不能指望着其他人。

"小野，你似乎不太喜欢成为被保护的那一方。一旦感到弱势仿佛就有些不知所措，为什么要表现出自己很强悍而又无所不能的模样呢？明明你只是个小女生，偶尔让别人保护你不好吗？"

邵小野瞪大眼瞳有些无辜，似乎被纪景行的一番话语触动了心弦。

是啊。有时候，她也会很累，也想撒娇，但朋友乃至家人似乎都已经习惯了她的坚强和无所不能，似乎这样的邵小野更被大家喜欢，也因为大家习惯了，她似乎也忘记了该如何示弱、撒娇了。

纪景行叹气，颇为心疼地揉了揉她的头："其实你哭一次也没关系的。"

"我……没有想哭啊！"她想抬头，泪珠却随着她的动作潜然滑落，泪珠带着余温砸在她的手背上。

她想继续伪装，然而纪景行却不容她有丝毫犹豫，顺势将她拥入怀中，连日来的重压和身体的虚弱最终让邵小野隐忍了许久的泪水决堤，而望着怀中哭泣的邵小野，纪景行一向淡漠的眼眸划过一丝不易察觉的柔软。

而这一幕恰恰被即将推门而入的鹿唯给撞了个正着。

感觉房间里的气氛似乎容不下他这么一个多余的人，他想离开，脚步却好似硬生生地扎根发芽了般，怎么也迈不开步。

顾长的背悄无声息地靠在墙上，默默支撑着顿时被抽干力气的身躯，脑袋微微往后扬起，下颌的线条紧绷，定格在了空中。慢慢地，朦胧的雾气在眼中氤氲，悲伤仿如破堤的洪流，誓要将整个人淹没。

"期末之前的小长假有什么计划吗？"邵小野哭声渐止，纪景行开口问，仿佛是不经意间提起。

她有些茫然地摇了摇头，肩膀依旧有一下没一下地抽搐着。

"如果愿意的话，可以陪我去个地方吗？"纪景行主动提出邀约，和鹿唯不同，他向来擅长主动出击，不会白白错失了机会。

对于纪景行的感觉，邵小野是矛盾的。有时候他像是许久不见的好友般，总是在适当的时机出现，然后给她温柔的抚慰或支持；但有时候他又像是侵略性极强的掠夺者，让人有些望而生畏。

"你知道富坚义博有句名言吗？"纪景行突然话题一转。

"什么？"

"啊，今天再不外出取材的话，明天就要拖稿啦！"

邵小野"扑哧"一笑："应该是，今天再不跑路明天就要被催稿的编辑追杀吧！"

"所以出去走走未尝不是一件好事呢。"

邵小野依旧保持着不变的笑容，似乎对他的提议有些心动。

"我还听说报恩的方式是以颜值为基准的。"

邵小野略带惊讶，面带疑惑地望着他，似乎第一次听到这么个说法。

"不是吗？听说长得帅的，就是'愿意以身相许'，长得丑便换成了'来生做牛做马'，那么请问……像我这样帅出天际的，应当如何呢？"

他侧首，温存的语调款款而来，摩挲入耳。嘴角仍是带笑，却用目光意外沉静地注视着她。

"嗯，那来生，你要记得提醒我母亲一定要在马年里把我生下来，哦，还要在春天花开的四五月份。"她很是一本正经地说道。

"为什么要四五月？"

"因为是金牛座啊！"

嘴角沾染上愉悦的颜色，桃色朵朵的眼眸同样澄澈平静，唯独看不到少女该有的惊慌失措。

纪景行笑了，与平日里那疏离森冷的模样，简直判若两个人。如夜幕般的眼瞳，似有水墨一掠，越发显得那瞳仁黑到极致。

房门悄无声息地被掩上，空旷而又寂静的走廊里响起黯然的脚步声。

余光似乎瞥见门口有道人影经过，她忍不住转头，视线捕捉到一抹淡淡的虚影，并不是心中期待着的那个人，这一刻，邵小野突然感觉胸口空荡荡的，似乎期待着的什么落了空。

挂完点滴，邵小野回到家的时候，已经是晚上九点左右，钥匙在锁孔内孤寂地转动两下后，迎接她的仍旧是冰冷的空气，以及无法抹去的黑暗。

她一如往常地打开玄关处的电灯按钮，节能灯"咻咻"地发出两下声响，作为许久不曾被照拂的抱怨。

明亮的光线映出了房间内的空旷和冰冷，她撕下贴在墙面上的便利贴，上面是邵社长略微潦草的字迹，显然是在匆忙之中草草留下的。

邵社长表示母亲那边似乎出了点儿状况，他处理完大部分的交接手续，将剩下的收尾工作交给了顾城，便马不停蹄地飞往了美国。留言的末尾他还不忘为她明天的期末考试鼓劲。

邵小野捏着冰冷粗糙的纸，默默地按下父亲的手机号码，她也想知道妈妈那边究竟发生了什么事，然而答复她的却只有一阵忙音。

她开口，对着那段忙音喃喃自语。

"期末考试，不是明天，是一周后。运动会没能为杂志社许愿，我很抱歉！还有……一路平安！"

在休养的两天时间里，邵小野并没有让自己闲下来，而是将房间里里外外打扫得干干净净不着一丝灰尘，而就在整理一些旧照片的时候，竟然发现了一张泛黄的全家福。

照片里爷爷抱着仍是奶娃娃的邵小野，站在一栋旧建筑物前面，而建筑物正中的牌匾上可隐约辨别出"书屋"二字。

十分钟后，她默默地拨通了纪景行的电话。

"喂，抱歉，这次我可能要爽约了，因为在此之前我有更重要的地方想要去看看。"邵小野不由得捏紧了手中的黑白照片。

考试前的小长假开始时，邵小野背上行囊，搭上长途大巴，选择独自前往那遥远记忆中的小镇。

残垣断壁，一旦有风吹过，便卷起沙石，迷离了双眼，给人一种荒芜破败的印象。邵小野望着眼前俨然成为废墟的老屋，竟有种恍如隔世的错觉。

交错的横梁下似乎有抹光芒一闪而过，邵小野蹲下身子，小心地拨开厚厚的尘土，竟在下面找到了一颗包装还算完整的糖，糖果早已风干变形，只是糖纸依稀保持着当年的缤纷本色。

她记得，小时候她最喜欢躲在爷爷的书店里，那里有着生机盎然的爬山虎，紧密并排的书架，一踩上去便"吱呀"叫唤的竹梯，以及永远挥散不去的书霉味。

爷爷的案台上总是备着一碗糖果，五彩的糖纸包裹着水果的甜蜜，吸引着不少孩童前往，或打闹，或嬉笑，本该静谧的书屋，总是因为他们而生机勃勃，也让长年寄住在爷爷书屋里的自己不再孤单。

那个时候,她有玩伴吗?

她眯起双眼,努力在记忆库里搜索,那个时候她发育得较平常的孩子晚些,三岁才会走路,常常踉踉不稳,在即将摔倒的时候,每每都有一双细瘦却分外白净的手臂稳稳地接住她。

爷爷总是笑眯眯地夸奖他懂事又乖巧,然后奖励他一颗糖果,他从来不吃,只是乖乖地道一声谢谢,然后珍而重之地将它藏在口袋内,妥帖地保管好。

她已经不记得那男孩的面容,只知道他身上有着很好闻的皂香味。

"这奶娃娃都快成你的拖油瓶了,暖暖妈妈!"男孩身边的好哥们总是这般揶揄他,和男孩相比,他皮肤黝黑,一对斜飞入鬓的浓黑剑眉格外精神。

只是,不知道那个叫作暖暖的男生现在在哪,过得还好吗。

之后,没多久,爷爷便病逝了,书屋也就跟着荒废,他们全家搬离了这个小镇,只在爷爷忌日和清明的时候偶尔回来祭拜。

晚饭过后,邵小野来到附近的公园散步消食,小镇上的人依旧不多,而这个公园因为南边新建的水上乐园逐渐荒芜了。日暮时分,只有几个老人散步,失去了往日孩童的奔跑笑闹之声。

邵小野坐在磨得分外光滑的秋千上,手握着略带锈迹的链条,远眺朱橙的夕阳将林木与天际的赤色云彩连绵成一体,长天暮色之下,飞鸟在霞色和密林之中携伴归巢,窸窣声片片。

余晖的暖意和视野外的景致似乎定格成了恒久的画面,让人心中一片宁静。

"别动,打劫!"冷硬的恐吓骤然打破一切美好,紧接着某种尖锐物体抵住了她的背部。

邵小野微微一愣,却在听到这熟悉的嗓音后转过头,纪景行居高临下地望着她,流畅的线条融在一片暮色之下,有着别样的丰神俊朗。

"你怎么会在这儿?"她微微讶异。

"请放心,我会向警察证明,我不是那种跟踪变态狂大叔。"他举手发誓,煞有介事。

"嗯,你这模样当怪大叔,实在是没有什么说服力。"邵小野轻笑,"你怎么在这儿?"

"我来回忆童年。"纪景行答道。

"所以，你想带我去的地方就是这里吗？"震惊的波澜在心中轻轻漾开，她不知是否该感叹命运的巧合。

她不敢相信纪氏家族的二少爷居然曾经生活在这个民风淳朴的小镇上。

"嗯。"纪景行点头默认。

"那真的很巧，我也是来缅怀过去的，而且……想不到我们小时候曾经生活在同一个小镇上。"

"我是被纪家领养的，领养前就和我妈住在这儿。"他开口，云淡风轻。

邵小野这次有些尴尬了，如此惊人的秘密就这么告诉她，好吗？

"你看那个滑梯，我小时候不吃饭闹别扭的时候，就跑到滑梯下，藏起来，让妈妈找不到。"

她瞥见不远处的儿童滑梯，急忙转移话题，朝它走近。

"不知道，现在还能不能挤进去了。"邵小野自嘲一笑，才刚要钻进去重新体验一下，却不想竟早有人躲在里面。

"谁？"她惊骇。

环抱膝盖的人微微抬头，略带几分懵懂地望着外面的邵小野。日暮渐沉下，即便光线不太充足，但邵小野还是能勉强看清来人。

"鹿唯？"她再一次震惊了。

而不小心在滑梯下睡着的鹿唯因为她这声呼唤，终于清醒，瞪着迷茫的大眼，同样难掩震惊。

"你怎么会在这里？"邵小野和鹿唯异口同声。

鹿唯从滑梯内钻出来的时候，见到邵小野和她身边的纪景行，微微一愣，来不及隐藏表情。

"昨天顾城说有一家网络科技公司看中了我的漫画，想改编成二维动画，但希望我在序章加入一些主角童年时期的故事，所以我来这里取材。"鹿唯解释。

"所以……你以前也在这里生活过？"

鹿唯点头。

邵小野忍不住倒吸一口气。

明明没有事先约好，三个人却在冥冥之中不期而遇，是有心人刻意为之，还是老天早就为他们的剧本埋下了伏笔？三个人面面相觑，谁也没有开口，本应美好的夕阳景致彻底被破坏，场面一度陷入尴尬之中。

"你们觉不觉得，这个小镇仿佛与世隔绝了一般，明明外面发生了天翻地覆的变

化，这里却草木依旧。"不知过了多久，纪景行最先打破平静，视线定格在远方某一点上。

"嗯，要不，我们玩个游戏吧？"邵小野考虑了片刻，忍不住提议道。

两道灿灿的目光投注在她的身上，她顿感压力倍增。

"不管明天，也不用在意之前，我们都一同回到十年前，让自己当一回小孩，彻彻底底地忘掉所有的烦恼。"

"这个提议不错，我赞成！"纪景行第一个举手同意。

"幼稚！"一听到纪景行同意，鹿唯本能地想投反对票。

"我今年八岁欸，不懂你说什么！"邵小野开始耍赖。

"那我今年九岁，也不懂你说什么！"纪景行马上跟风，笑着应答。

还想装高冷的鹿唯，没能忍住嘴角上扬的弧度，最终弃械投降，选择陪他们疯一场。

"回到十年前，首先要做什么呢？"邵小野下意识地撸起袖口，一副跃跃欲试的模样。

"嗯……我觉得应该先改掉名字，以乳名相称。"纪景行瞬间入戏，积极提议。

"这是个好提议，小的时候父母都叫自己的小名呢。"邵小野附议，"我爷爷以前常叫我命命！"

"什么意思？"纪景行问。

"是方言，寓意为如自己生命般重要的宝贝！"

纪景行点点头，表示了解，鹿唯挑起一边的嘴角，似笑非笑。

"鹿唯呢？"

"我没有小名！"鹿唯颇为心虚地避过二人探究的视线。

"那么你就叫鹿鹿吧。"邵小野非常草率地决定。

"喂……"

鹿唯才要反驳，却被邵小野直接忽略，她将视线转向纪景行："你呢？"

他瞥了眼将要落山的夕阳，笑得分外明媚："今天的太阳很暖，我就叫暖暖吧。"

邵小野蓦地抬头，心漏跳了一拍，而鹿唯也倏地转头，定定地望向他，似乎想从中探查到一丝破绽。只有纪景行始终神色如常。

"可是，这么晚我们该做些什么呢？"过了会儿，邵小野再次询问纪景行，只是语气却微微变了，似乎少了之前的客套，因为这个昵称，竟油然生出些微亲切。

暮霭沉沉，光线也开始渐渐暗了下来，不远处的灯火开始被点亮，就连不远处的路

灯也开始发出淡淡的光芒，照亮行人。

"我有个主意！"纪景行笑得神秘莫测，黑亮的眼瞳里似乎承载着夜幕下的海水，此起彼伏的海涛，层层拍打着每个人的心。

❤ ❤

清冷的月色将周遭的一切隐于其下，小径边的田亩河畔都笼着一幕淡淡薄雾，时至深秋，草木已有衰败之色，还好，偶有聒噪虫儿鸣唱，增添几抹意趣。

视线拉远便是峰峦叠嶂、云絮缭绕的群山，看似静谧美好的假象之下仿佛蛰伏着未知的危险生物。

比如，对于某些硕果累累的植被来说。

啪啪啪——

田亩深处断断续续的敲击声在这偏僻的地段上显得格外清晰，平添几许惊悚。

隐约可见一高挑的侧影正弓背挖土，工具似是不顺手，动作也不甚熟练，在他弯腰再次使劲的一瞬——

"咚！"似撞击硬物的声响，他面上一喜，小心抹去上面零星的泥土，现出了泥土下物什的轮廓来：一个饱含着泥土气息的地瓜！

至于他身边的邵小野则有些做贼心虚地四处观望，明明她只是把风的那位，却比出力挖地瓜的人还要紧张。

"纪景行，这样真的好吗？"邵小野怀揣着几颗地瓜，底气不足地小声嘀咕着。

一向衣食无忧的纪景行居然会跑来这乡野地方偷地瓜。如果她把这则消息贴在校内网上，绝对会被举报散布不实谣言。

"你忘了吗？我叫暖暖，不是纪景行！"纪景行似乎对自己的战利品颇为自得，"难道你不知道烤地瓜的秘方，就是要偷来的才分外香甜吗？"

这是什么强盗逻辑？邵小野忍不住送给纪景行一个大大的白眼。

"快走吧，鹿鹿那边应该差不多生好火了。"纪景行的心情似乎不错，连走路的步伐都带着风。

邵小野趁纪景行不注意，急忙从口袋里掏出一张五十元的钞票，拿了块小石头将其压在被翻开的泥土上，这才亦步亦趋地跟上了纪景行的步伐。

以邵小野这几个月对鹿唯的认识，她以为像鹿唯这样自理能力极差，不会做饭连衣服都会穿反季的人来说，他根本不可能具有任何野外生存的技能。

但这次，邵小野又一次惊得下巴差点儿掉下来。

鹿唯不仅把篝火生起来了，就连时不时添柴扇风的姿势都颇为有模有样。

"告诉我，你一定不是我认识的鹿唯吧。"邵小野表情惊恐，语气夸张。

鹿唯没有回答她，伸手，弹指，很自然地在她眉心处留下专属于他的印记，明明力度不重，邵小野却戏份极足地吃痛哀号，惹得两名男生忍俊不禁，愉悦的气氛随着火焰点点升温。

当黑得跟炭块似的地瓜推到邵小野的面前时，她先是略带困惑地巡视了两个人的神色，考虑自己被捉弄的成分。

这才小心翼翼地伸手去掰开地瓜。

"烫！"

纪景行来不及提醒，邵小野的哀号声却早已响彻整片田野，惊醒附近的虫鸟，飞出一道道凌乱的轨迹。不远处的水塘传来"扑通扑通"的落水声响，大概连青蛙也在投诉她打扰清梦。

邵小野吹着烫伤的手指头，有些委屈又有些可怜地瞅着两个人。

鹿唯无奈，从附近摘下两片干净的芭蕉叶，裹住热烫的地瓜，小心翼翼地掰成两半才递给邵小野。

他……还是如此细心。

纪景行看着鹿唯的动作，如是想着。

至于邵小野则是第一次吃到烤地瓜，当黄澄澄的地瓜肉展现在眼前时，香甜的热气扑鼻而来，即便已经吃过了晚饭，此刻也觉得饥肠辘辘。

她这次学乖了，小心翼翼地吹了吹升腾的热气，轻轻地咬下一口，瓜肉依旧滚烫，在她嘴里翻转了好几下，才勉强咀嚼，咽了下去。

香甜软糯的口感顿时溢满口中，连带胸腹似乎都渐渐暖了起来，如此简陋的烹调手段，食物竟然意外的可口美味。

见到邵小野大快朵颐地吃着地瓜，纪景行和鹿唯两个人的心中同时涌上了一种前所未有的满足感。

这天夜里，他们几乎尝试了所有儿时玩过的游戏，木头人、捉迷藏、跳房子，甚至是堪比冷笑话的鬼故事。

细月渐渐东挂，稀落的星星隐在淡淡的云絮之下，夜空变得不再那般暗沉诡谲而是呈现出一种清远的通透。

月光映照下的篝火仅剩下零星的火焰，偶尔"噼啪"作响，却无碍三个互相依偎的身影酣然入眠。

Chapter 12
命运的转轮

♥ 1 ♥

邵小野醒来的时候，身上披着纪景行的外套，而他则站在无垠的田野边缘，欣赏初升的朝阳。

"醒了？新的一天，新的开始！"他似乎预料到邵小野的清醒，转头微笑，意味深长地道了早安。

"嗯，谢谢你的外套。"邵小野将外套递给他，"昨天，我玩儿得很开心。"

"我也是！"他答，由衷地。

似乎是约定好的一般，回程的路上，谁都没有开口，仿佛昨日的笑闹一次性被抹去般，然后在学校的十字路口，他们默默地道了别，各自走向不同的方向。

而这走了无数遍回家的路，她却第一次觉得有些讨厌，隐约觉得这条路，似乎在预示着关于他们未来大相径庭的人生轨迹。

走到家门口时，才要拿出钥匙，门却第一次先行被打开，邵社长见到一脸懵懂的邵小野，露出慈爱的笑容。

"欢迎回家。"这一声呼唤，还是让邵小野不争气地红了眼眶，无数次渴望有天会有人比她更早回来，在家里等候着她，然后附上那句她渴望已久的问候语。

邵社长满含愧疚地叹气，将邵小野拥入怀中，布满风霜的疲惫神情，瞬间软化，似乎连日来的精疲力竭瞬间消失无踪。

他轻抚着女儿的后背，做她最为坚强的后盾："这段时间辛苦你了。"

邵小野拼命摇头，努力辩解，出口的话语却低哑得近乎哽咽："我什么也没做啊，是你东奔西跑才辛苦……"

"以后不会了。"邵社长轻轻一笑，虽是不舍但更多的是释然，如果一切早已注定。

"邵太……妈妈，她怎么样了？"她仍记得临行前邵社长的留言，虽然嘴上不承认，但毕竟有血缘，难免挂心。

"说是参加研讨会的医院，几名精神病人突然暴乱，袭击了在场的工作人员，你妈妈受了点轻伤，已经不碍事了。"

邵小野点了点头，这才放下心来。

"你也是！尽力就好了。"顾城告诉他关于运动会的事，他颇为心疼地拍了拍邵小野的肩膀，安慰着。

"爸爸，我昨天去看了小时候住的小镇和爷爷的书屋遗址。"邵小野坐在父亲书房的椅子上，看似不甚在意地开了口。

整理书籍的动作蓦地一滞，邵社长抬头，极力保持语气平稳："哦？"

"其实，这段时间我老是梦到自己六岁的时候，但那些记忆片段却又断断续续的，所以一直想是不是可以去小时候住的地方，能够想起一些旧时的记忆，把故事的碎片拼凑完整。"

"那……有什么收获吗？"邵社长下意识地屏住呼吸。

她轻轻点了点头，邵社长的脸色"唰"地变得极为难看。

"虽然没有找到和记忆有关的线索，不过还是留下了不错的回忆。"

听女儿这么一说，邵社长的脸色这才渐渐趋于缓和。

"小野，孩童时期的记忆，如同沿途散落的糖果，偶尔回味会觉得沁甜芬芳，但不能一味地在意过往，而忘记前行的路，能够重新捡起固然是好的，如若不记得了，也不必勉强。"

邵小野还想说什么，但看到邵社长认真的神情，只得乖乖地点了点头。

"小野，要不期末后放假，我们一起去美国找你妈妈吧。"

生怕邵小野细究，邵社长及时换了个话题。

他已经考虑清楚了，虽然杂志社被收购，但这也不失为一件好事，如今他有更多的精力来弥补向来缺失家庭温暖的女儿。

"嗯。"邵小野点了点头，虽然如今她和自己的母亲的关系仍旧生分，但不想让父亲担忧。

就在此刻，门铃适时地响起。

"啊，一定是我请的客人到了，小野去开下门吧。"邵社长叮嘱着。

邵小野疑惑，不懂这个时候还会有什么客人来拜访。

当她开门的时候，竟见到纪景行和另外一名西装革履的男士，邵小野微微有些诧异，忍不住询问："纪景行，这么晚了有什么事吗？"

"我是邵社长邀请来的。"纪景行淡笑，雅致得宜。

她再次愣住了。

反倒是她身后的邵社长忍不住呼唤她："是纪先生他们来了吗？快请他们进来吧。"

纪先生……

邵小野的脑袋似一团糨糊般，只得让开。

直到几个人入座，纪景行身边的律师拿出合同，她这才意识到，原来收购父亲杂志社的竟是纪景行的父亲。

而当听到这一霹雳消息的时候，邵小野整个人都惊呆了，根本无从反应，几个人正互相寒暄时，顾城领着鹿唯也出现在了客厅内。

当鹿唯见到纪景行时，也是微微一愣，而顾城则感受到了邵小野、鹿唯以及纪景行三个人间颇为微妙的氛围，忍不住多嘴问了句："你们仨认识？"

邵小野狠狠地闭了闭眼睛默认，她背过父亲的视线，朝顾城悄悄做了个木棍敲头的动作，再次指向了纪景行，继而彻底瘫软在沙发上，心里五味杂陈。

而顾城瞬间明白了邵小野动作的含义，忍不住朝纪景行多看了几眼，这才发觉他的面容确实有几分熟悉。

他忍不住感叹，人与人之间的缘分真是个奇妙的东西。

"既然人员到齐了，那么我们就进入正题吧。"纪景行率先清了清嗓音，有别于平日的温柔笑意，端着分外严肃的态度开了口。

"首先，我谨代表我父亲以及纪氏集团宣布，即日起，杂志社将正式并入我们纪氏集团，而根据我们集团的定位，会对贵杂志社做出相应的整改。"纪景行朝身边的律师先生颔首示意。

律师先生便有条不紊地从公文包内抽出一份合约。

"根据贵杂志社的一些数据和利润报告，一些偏冷门的系列会暂停出版上市……"

律师还没说完，顾城就有些沉不住气地站了起来，厉声反驳："为什么要暂停，虽然题材冷门却有一定的价值啊，也是有人欣赏的。"

"顾城，冷静点儿，听纪先生说完。"邵社长虽然脸色也不太好，却还是温声劝慰着。

"请放心，这些漫画家的作品不会被搁置，只是近期杂志社将投入新的资金，另外开辟一条线上的渠道，而这些作品都是先放在网络上发布作为试阅，积攒一定人气后再选择是否印刷成册，减少公司一定的成本。而且，除了基本的稿费外，网络连载的收益也会按三七的分成给漫画家的。"纪景行有条不紊地解释道。

"今年，我希望杂志社能够以线上作品为主打，公司旗下仍旧盈利的杂志继续印刷上市，但印量必须要有一定的缩减，而其他无法达到收支平衡的漫画杂志将全部改为电子刊物。当然这些对漫画家也是较大的冲击，比如习惯于手绘稿的画家，必须开始学习

如何使用数位板，将所有的黑白漫画，全部改为彩色条漫，方便线上的读者阅读。"

"当然，连麓微老师的作品也不例外，除了那些现有连载在杂志上的作品，希望你能尽快将之前的作品全部改成彩色条漫放在网上。"

纪景行这席话说完，鹿唯低首沉默了，顾城更是下意识地握紧双手，仔细查看他神情的细微变化。生怕他一个不爽，直接甩手走人。

纪景行的要求分明就是无端加重了鹿唯的工作量，邵小野想开口，却被邵社长按住了双手，他轻轻地摇了摇头。

是啊，如今我们是弱势的一方，根本就没有提出任何异议的权力。

"好！"仿佛过了漫长的一个世纪般，鹿唯最终同意。

顾城则在这个时候悄悄松了口气，想不到一向不愿做任何妥协的鹿唯，竟然为了出版社同意如此苛刻的条件。

"到时候我会让律师拟定一份新的数字版权合约。"

气氛微微有些压抑，纪景行对自己首次施压的效果似乎还算满意，这才投出了新的橄榄枝："抱歉，在商言商，若不是有绝对的利益共享，我们也不会收购贵杂志社。"

"请放心，既然正式加入纪氏的旗下，公司的其他业务也会全力配合，之后的资源必定是你之前无法想象的，比如游戏、影视、动漫的渠道开发，我们会为旗下的漫画家的作品谋求利益最大化。"律师补充道。

"那么从今往后还请多多指教。"纪景行颇为绅士地率先伸出了手。

鹿唯拧眉看着他，似乎不明白他葫芦里到底卖的什么药。

"你不会告诉我，以后杂志社将由你来打理吧？"顾城忍不住怪叫，嗓音都变了。

"我还只是学生而已，没有足够的经验。杂志社将继续任命邵社长为总编，而我……从今天起则会担任鹿唯的责编，以兼职的身份。"

"责编？"邵小野和顾城两个人忍不住异口同声道。

"那我呢？"顾城有些不解地指着自己的鼻子。

那他这个前责任编辑又该何去何从？

纪景行不说话，而是朝律师打了个响指。

"从今天起，你将升为执行主编。"律师将手中的调职信递给顾城。

顾城接过任命信，心中不知该欢喜还是忧愁，欢喜是他终于能够升职加薪了，忧愁的是他好似就此背叛了鹿唯一般。

"我拒绝！"鹿唯终于站了起来，断然拒绝，"你根本就不懂什么是漫画，如何能够当一名称职的漫画编辑？"

"请放心，对于您，我们是特殊对待的，我这个兼职编辑不过是积累相关经验，为日后管理杂志社做准备，而你会有更专业的图书经纪人来辅助。"

"图书经纪人？"除了邵社长以外，其他三个人全部异口同声地复述了他的话。

"没错，根据我们公关团队的综合考量，你将成为杂志社的王牌明星漫画家，将会把你打造成超优质的二次元男神。"

"什么意思？"鹿唯问，心中渐渐涌起不祥的预感。

"你没看最近网上的热搜新闻吗？"

纪景行点开手机，将最近热搜榜单上的一则视频递给鹿唯看，鹿唯看到视频画面的一瞬，脸色微变，快速地转向邵小野，而邵小野则略微窘迫地将目光转向天花板，不敢与其对视。

邵小野的这一心虚举动让鹿唯明白，她早已知晓了这件事，只有他这个当事人一直被蒙在鼓里。

他的脸色慢慢地沉了下去，心口更是蒙上了一层化不开的悲凉。

"截至这周，关于鹿唯视频和作品的话题的转发量已经突破了一亿，并且在持续升温。"纪景行收起手机，继续解释，"因此我们想借助这次的热度为你的新书造势，举办第一场签售会。"

"我说过了，不签售也不出席任何公众场合。"鹿唯断然拒绝。

"可是你……"律师才刚要说什么，却被纪景行制止，他颇为自信地笑了起来，似乎不急着表态，"这件事也不急，我给老师您几天的时间考虑其中的利害关系。"

"哦，对了，麓微老师的新作单行本筹备得如何？"纪景行似乎想到了什么，扭头询问顾城。

"还差最后一话上色。"

"那关于之前序章的取材进行得如何？"他看似漫不经心地开口，却在两个人的心湖投下了一颗石头，激起了千层浪花。

"你是故意的？"鹿唯蹙眉，霍地站了起来。

"我不懂你在说什么。"纪景行的表情分外无辜。

鹿唯气极，只是此刻纪景行死不承认也没办法，他不明白对方究竟有何目的，但纪景行似乎知晓着他的过去。

他仔细观察着纪景行的五官，不放过一丝细节，仍然不记得曾经有这么一号人物出现过。

"不早了，我们就不打扰了。"纪景行向邵社长道了声晚安，继而转向邵小野的方向。

"作为漫画新人，如果有什么不懂的，我可以随时来请教你吗？"他问。

顾城瞪眼，鹿唯气窒，邵社长这才正视起眼前的男生，凝神打量。

"呃……啊，当然可以啊！"邵小野略微尴尬地干笑两声，作为结尾。

纪景行满意地点了点头，状似亲密地揽住鹿唯的肩膀："这么晚了，我送你回公寓吧，而且作为你的新编辑，你我应该都有许多问题需要深入讨论下……"他的话中有话。

鹿唯没注意到背后邵小野略带关切的眼神，一言不发地跟着纪景行上了他的轿车。

"你到底是谁？"甫坐上车子，鹿唯便急不可耐地开了口。

"冷静点儿，吃糖吗？"不想纪景行却顾左右而言他地递给他一颗薄荷糖。

鹿唯低头看了一眼，想也不想地直接拍掉。

纪景行盯着掉落在地上的糖果，颇为惋惜道："好可惜啊，你以前不是很喜欢薄荷味的吗？"

鹿唯的眼瞳猛地一寒，如玉般剔透的容颜如湿透的白纸，没有一丝血色。

"你究竟是谁？"

"全校师生都知道我是纪景行啊。"

"你知道，我不是在说这个问题。"他有些恼怒。

"如果你将曾经关于我的记忆删除，那么我没有义务和责任来为你解答。"霸道的唇瓣融入一抹轻笑，充满邪魅。

"你是……"脑中似乎有一个名字一闪而过，但他很快摇头否定，"不可能，不可能。"

"送你回来，不是为了和你玩猜谜游戏，而是知会你一声，如今纸媒难行，全国每天都有出版社在倒闭，为什么我们企业却选择收购邵小野家那微不足道的杂志社？"

鹿唯咬唇不语。

"那是因为你的价值。放大了来说，除了可以在内容上占优势外，你本身便具有绝对的争议性。我们想要将你打造成一个品牌，而非只是一个埋首于数位板的小漫画家。当然，如果这些你都不屑的话，你可以考虑下公司很有可能因为你的一个决定放弃收购邵小野家的出版社。"

"你这个疯子！"鹿唯恼极，只是他骂人的字眼向来匮乏。

"好好考虑。"纪景行说完这句，刚好将他送到了校门口。

♥ ♥

"鹿唯新签的合约上写明，他不仅授予公司相关的著作权限，还必须在作品发售期

间，积极配合相关的推广活动，否则便是违约。"

顾城望着桌上关于鹿唯的合同副本，太阳穴开始隐隐作痛。

"在签新合约的时候，没有看清楚吗？"邵小野问。

"合约前几页似乎和我们之前的没什么两样，所以看都没看就签了，谁知道他又多加了这一项。"顾城懊恼地抓着早就变成鸡窝的头发。

"违约的话会如何？"

"新书会无限期暂停，还必须赔付大量的违约金，而且已经签约的漫画系列是不能在其他出版社发行的。"

三个人再次陷入死一般的沉默之中。

"其实，这件事对鹿唯来说未必是件坏事。"邵社长幽幽开了口，另外两个人同时将目光投注在宛如救世主般存在的社长大人身上。

"如果公司利用现有的渠道来包装鹿唯，那么他的作品的受众面将会更广，从漫画到游戏、动漫甚至涉足影视剧，深挖作品的知识产权价值，从而覆盖整个泛娱乐产业链。而鹿唯也能够借此机会，接触到更多的人，有助于他人际交往的提升，其实从个人到作品基本是利大于弊的。"

听到邵社长如此深刻的分析，顾城颇为赞同地点了点头，并且以任重而道远的神色示意性地拍了拍邵小野的肩膀："那么说服鹿唯开签售会的任务就交给你了。"

"我？"邵小野欲哭无泪，总觉得跌入一个深坑中再也爬不上来了。

第二天一早，邵小野回到学校公寓的时候，却不想竟和鹿唯在楼道口打了个照面。

"呃……早！"她微微一愣，似乎有些意外鹿唯在这个时候是清醒的。

鹿唯有些头昏脑涨地点了点头，他精神不济，一副病恹恹的模样，苍白的脸色比昨日更加颓废了几分，显然一夜未睡。

"你有事要和我谈？"鹿唯开口，喑哑的声调没有任何朝气。

"啊，嗯嗯！"她仍旧慢半拍地点了点头，似又想起什么补充道，"你有事要出去吗？"

"……没事。"鹿唯沉默了许久才讪讪开了口。

"咕嘟咕嘟！"

整个客厅内，只剩下邵小野拼命喝水的声响，但问题是她已经整整喝下了1000毫升的水，却仍旧不知该如何开口。

"关于昨天说的签售会的事情……"不想鹿唯反而比她更干脆，直入主题。

"噗，咳咳！"邵小野显然没有料到话题一上来就如此直接，一时不慎呛到了水，

难受地咳嗽起来。

鹿唯本能地伸出手想要拍她的后背，手却在下一刻停滞在半空中，默默地收了回去。

"抱……抱歉啊！那个什么，关于你的那个视频，真不是我弄的，我发誓，那次记忆卡意外掉在医院里，不知道被谁捡到了……"

"我不是问这个问题。"

邵小野有些语无伦次，不想却被鹿唯蹙眉打断了。

"哦！"邵小野默默地闭上了嘴。

"我想知道，你希望我参加吗？"他努力克制自己，好让语气显得不那么在意，好似漫不经心，却无法阻挡眼里的期待。

"我觉得不是坏事，增加你作品的曝光度，挺好的。"邵小野考虑片刻，选择了最中规中矩的回答。

"哦！"他默默地应了一声，眼神慢慢黯淡下来。

鹿唯努力说服自己，邵小野这么说也是无可奈何的，毕竟一旦杂志社倒闭，有许多人都要失业，她必须要为他们考量。

只是，即便道理他都懂，但他仍希望，她能为他着想一次，只要一次就好。

"我知道了。"

"你同意了？"邵小野震惊，死死盯着眼前的鹿唯，一副不可置信的模样。

她以为，他会和从前一样，任性地将她关在门外，会不顾一切地拒绝到底，躲在方寸大的衣柜里，不见任何人，以示自己的抗议。

她也曾考虑过相关的应急方案，却从没想过，他竟然如此轻易地同意了。

"你……"

她忍不住想要询问他是不是又生病了，或者他是不是和二次元的男主角对调了身份。也可能，她今天遇到了一个假的鹿唯。

最后她还是什么都问不出口，只是留下了一句简单的承诺。

"放心，你的第一次签售会，我一定会陪着你的。"

"嗯！"

眼睛重新注入神采，他轻轻颔首，深藏在嘴角的梨涡，渐渐散开，美得让人心驰神往。

接下来的时间，邵小野要备战期末考试，渐渐变得忙碌起来，而鹿唯则着手参与改编游戏和动画的开发和策划，而公司为了方便鹿唯的行程，替他另外安排了新的住

所，于是没多久，鹿唯便搬离了学校的公寓，而邵小野也搬回了自己家住。两个人的见面由原本的一周两次，变成十天半个月见一次，最后甚至连面都见不到，只能通过电话问声好。

圣诞节前夕，街上和学校里到处挂着小雪人和彩灯，播放着圣诞歌曲，明明是国外的节日，却过得好似自己的新年一般热闹。

邵小野从图书馆走了出来，夜风带着冬日的微寒吹过，她不自禁地打了个寒战。这里的冬天并没有大雪纷飞，但昼夜时分草木仍会结上一层薄薄的冰霜。邵小野盯着门口一株碧绿的棕竹出了会儿神。

"小野！"磁性的嗓音如同冬雪初融，轻轻地飘入邵小野的耳中，从神游中回过神来，她朝夜色中那颀长的身影挥手示意。

他走近，带着恬淡适宜的淡笑，柔声询问："等很久了吗？"

"没有，还好！"邵小野对着面前的纪景行同样报以微笑。

在鹿唯和邵小野没怎么联系的这段时间里，纪景行则频繁地出现在她的世界里，陪她在图书馆里补课，或偶尔打电话询问她关于漫画编辑的一些注意事项或心得，渐渐地，两个人从泛泛之交变成无话不谈的好友。

纪景行见到邵小野在冷风中瑟瑟发抖的模样，自发地解开自己的围巾，围在了邵小野的脖子上。

她先是一愣，这才慢半拍地反应过来，连忙推托："不……不用了！我不是很冷的。"

邵小野没说实话，其实，她大概属于冷血动物，一到冬天，即使她将自己包裹成球状，却仍是感觉浑身冰冷，甚至连大脑反应的速度都会比别人迟钝半拍似的。

"这是我刚从一本少女漫画里学来的，在想这个样子是不是真的能够让女生脸红心跳。"纪景行本着孜孜不倦的学习态度，好奇问道。

邵小野若有所思地想了一会儿，故作深沉地点了点头："嗯，主要看长相！"

纪景行失笑："那请问我这颜值能评定多少分？"

"你看了这么久的少女漫画只领悟到了这一招？"邵小野避开敏感话题。

"还有啊！"

他应答得分外爽快，并在同时握住了邵小野冰凉的小手，揣进了自己的大衣口袋内。当那宽大的温暖突然而至的时候，她的手下意识地瑟缩了下，然而纪景行同时也加了一些力道，竟让邵小野有些挣脱不开。

"走吧，鹿唯的首场签售会迟到了就不好了。"他牵着邵小野的手，率先迈开了步伐。

鹿唯的首场签售会的场地设在了本市最大的图书城内，图书城紧挨欧世广场，因此无论是人流量还是地理位置都是其他书城难以企及的。从场地的布置到图书的摆设，都能看出新东家对鹿唯的这场签售会格外用心。

因为前期的造势，以及鹿唯自身在作品上打造的口碑，真的吸引了不少粉丝前来，有些粉丝甚至已经自发做了一系列应援，比如灯牌、横幅，甚至鹿角头饰，这种阵仗和场面简直堪比一线明星的见面会。

幸亏有纪景行这张特殊通行证，不然邵小野估计连图书城的门都挤不进去。

来到临时搭建的后台，邵小野并没有看到鹿唯的身影，只看到零星的几名工作人员在忙碌。

"鹿唯呢？"邵小野冲着最近的小助理询问。

小助理无奈地叹了口气，刚想说，鹿唯躲在更衣室里迟迟不肯出现，却不想下一刻，鹿唯一反常态，颇为欣喜地打开了更衣室的大门。

简约的白色毛衣，加上欧美风格的小西服外套，再配上复古的格子毛呢长裤，原本宽大厚实的眼镜，也替换成了略带几分青春气息的复古镶边圆形镜框。再加上他本就俊美得有几分不真实的容貌，竟真的宛如冲破二维世界款款而来的王子。

相对于邵小野的惊艳，鹿唯的脸色却不太好，在他见到两个人交握的双手时，眼中猛地一阵刺痛，原本垂在两侧的手猛地收紧，白皙得近乎透明的手背青筋突起，淡色的眼瞳内翻涌着撕裂光明的悲怆，他却突兀地笑了，意味不明。

邵小野抽离纪景行的手，才刚要同他打招呼，却不想鹿唯只是淡漠地与她擦身而过，吩咐着身边的小助理。

"可以开始了。"

手被搁置在空中仿佛一下子掷入了寒冷的冰川之中，骤失所有的温暖。她愣怔地望着鹿唯逐渐远去的背影，眼神变得空洞而又茫然。

"小野，邵小野，你还好吗？"纪景行的呼唤将邵小野拉回了些许神智，她朝他扯开一个连自己都觉得难看的笑容，同样步出了化妆间。

当鹿唯踏上舞台的那一刻，真正面对涌动而又密集的人群，他这才感觉到了害怕，下意识地转身想要逃避。

他不讨厌人们结伴成群，但无法适应人群带来的压迫感，这让他无所适从，近乎窒息。他开始冒冷汗，呼吸也渐渐变得急促起来。

至于底下热情的书迷们，在见到自己偶像的那一刻，便彻底陷入了疯狂状态，尖叫

声一波接着一波，各种表白声竟也一浪大过一浪。

"啊……好帅呀！"

"想不到真的和视频上一模一样，不对，真人比视频更帅啊！"

"视频不及真人的十万分之一！"

"老师，我会买你的漫画一直到老，就是死了，我也会让我的孙子，曾曾孙子，把你的书烧给我的！"

"就算你不画画，只要站在那里，我们也会永远支持你的！"

鹿唯在听到这句话的时候，脸色变得更加难看了。签售会还没开始，场面竟已有些混乱了。

"麓微老师的脸色好像不太对啊，要不要暂停，先去趟医院啊？"

小助理第一时间发现了鹿唯的不对劲，颇为忧愁地朝身边的负责人询问。

"来不及了，如今中途停止势必会造成反效果。只能硬着头皮上，谁上去提醒一下麓微老师？"

邵小野看着周遭急成一团，然而鹿唯仿佛陷入了自己的世界里无法自拔。

邵小野四处观望，刚巧看到商城二楼一个穿着肥硕的小鸡玩偶装的人在派发传单，她二话不说急忙奔向了二楼。

怎么回事，为什么周遭的声音开始一点点儿变得缓慢，影影绰绰的人影竟也开始一点点儿和黑暗融为一体。

又来了，那可怕又永无止境的黑暗再次袭向毫无反击之力的自己。

慢慢地，手脚被黑暗吞噬入腹，大脑的意识似乎也在一点一滴地流失，就连呼吸声也伴随着心跳的声响逐步停歇。

"扑通，扑通！"

残留的意识因为这有力而又清晰的心跳声而苏醒，是谁的心跳？自己仿佛陷入巨大的柔软中，不想出来。

这个怀抱，他记得；而耳畔呼唤他的声音，他也记得。

下一刻，他猛然清醒，大口喘息，入目的便是一个长相极其戏剧的小鸡脑袋。

是的！

一颗巨大的鸡头正以极其可笑的姿势，拼命地啄着他的锁骨处，然而从玩偶内发出的闷声闷气的声音，却是他分外熟悉的。

"邵小野？"嗓音里有着几分不确定。

在那鸡头努力地点了点头的时候，他忍不住笑了。笑容拉出的柔和线条，则再次让

场下的女粉丝呼吸停滞了至少三秒之久。

他牵着身边笨重而又可笑的小黄鸡，终于坐在了席位上，开始了正式的签名活动。

"你……叫什么名字？"鹿唯略带紧张且羞涩地询问着，却一直不敢直视对面小粉丝的正脸。

"啊……啊……我叫小铭！"小粉丝兴奋得差点儿咬掉舌头。

鹿唯点了点头，在上面写上：致小明，学业进步！

字迹很丑，不知是否因为紧张导致的，而且写错了别人的名字。

邵小野忍不住朝他翻了个大大的白眼。

然而，小粉丝仿佛一点儿都不在意他是否写错名字，而是下了台，一个劲儿地拍照发朋友圈炫耀。

签售会除了刚开始出现的小插曲，如火如荼地按照计划进行着，背后的一干工作人员则不住地双手合十，一副求神拜佛、感谢苍天的模样。

至于鹿唯则在整场签售会上，一只手挥洒自如地签名，而另一只手则紧紧地拉着身边小鸡玩偶的鸡翅膀，啊不，是邵小野的翅膀，不对！是邵小野的手才对，不曾松开。

其中有不少读者好奇询问他身边紧紧拉着不放的小黄鸡人偶有什么特别含义。

"我书里的吉祥物，"考虑片刻，他补充，"在下一册会出现。"

不小心沦为吉祥物的邵小野表示，她要向动物保护协会申请一级国家保护特权。

当然，邵小野也不可能真的只是单纯站在他身边充当吉祥物，比如他偶尔写错名字的时候，会轻轻敲敲他的脑袋提醒，再比如他忘记同读者说谢谢的时候，会推推他的肩膀之类的。

终于有一名过激的女粉丝看不下去，一只小黄鸡居然和自己的男神有如此亲密的互动，大手一挥，直接把她的头罩给扯了下来。

当真面目示人的一瞬，邵小野也有些蒙了，不过她很快镇定下来，刚想蹲下重新捡起头套，有一名女生认出了邵小野。

"啊，她是麓微老师视频里的那个女生！"

"是那个吹头发的女生！"

一石激起千层浪，原本趋于平稳的人群再次骚动起来。

"安静！"

就在此时此刻，一个沉着威严的嗓音传来，声音虽不大，但语气中的霸道气势却瞬间压制了在场的气氛，场面竟一下子被控制住了。

纪景行从后台款款而来，与鹿唯不相上下的高颜值再次引得台下的女生窃窃私语。

他来到邵小野的面前，眼神是从未有过的深切和认真，他握着她的手臂，不容她有一丝反抗。

"本来想等到圣诞节才说的，今天就趁着麓微老师的签售会上告白吧，当我女朋友好吗？"

话音刚落，他便顺势将邵小野拥入怀中。

在所有人都还没来得及为这样刺激的场面倒吸一口冷气时，一只冷硬的拳头直直打向了纪景行，他一时不备，生生吃了这一拳，邵小野顺势脱离了纪景行的怀抱。

抽气的观众因为这骤转的剧情差点儿没背过气去。

鹿唯将她扯到自己的身后，声音如澄澈冰寒的深水，警告意味十足！

"离她远一点儿！"

——本季完——